SONNWENDMORD

Fanny Svoboda ist das Pseudonym von Andrea A. Walter. Sie wurde 1980 in Melk geboren, lebte seitdem in Krems und in München. 2011 zog die ausgebildete Sozialpädagogin mit ihrer Familie zurück in die Wachau. Inspiriert von der Landschaft und den Menschen, schreibt sie schwarzhumorige, regional angesiedelte Kriminalromane und als Andrea A. Walter fesselnde Psychothriller.
https://www.diewalter.at

FANNY SVOBODA

SONNWENDMORD

Kriminalroman

emons:

Bibliografische Information der Deutschen Nationalbibliothek
Die Deutsche Nationalbibliothek verzeichnet diese Publikation
in der Deutschen Nationalbibliografie; detaillierte bibliografische
Daten sind im Internet über http://dnb.d-nb.de abrufbar.

© Emons Verlag GmbH
Cäcilienstraße 48, 50667 Köln
info@emons-verlag.de
Alle Rechte vorbehalten
Umschlaggestaltung: Nina Schäfer, nach einem Konzept
von Leonardo Magrelli und Nina Schäfer
Umsetzung: Tobias Doetsch
Gestaltung Innenteil: DÜDE Satz und Grafik, Odenthal
Lektorat: Julia Lorenzer
Druck und Bindung: CPI – Clausen & Bosse, Leck
Printed in Germany 2025
ISBN 978-3-7408-2224-8
Originalausgabe

Unser Newsletter informiert Sie
regelmäßig über Neues von emons:
Kostenlos bestellen unter
www.emons-verlag.de

*Da dämmert es dem Horvath. Wo andere Paare
Thermenurlaube und Plüschhandschellen brauchen,
brauchen die Mimi und er einen Mord,
um ihre Beziehung wieder in Wallung zu bringen.*

Prolog

Christel Hulatsch ist nicht blöd. Sie weiß, dass man sie hinter ihrem Rücken »die Lulatsch« nennt, was nicht besonders originell ist. Nicht dass die Leute über sie tratschen, stört sie. Es stört sie, dass die Leute wissen, dass sie es mitbekommt, und es trotzdem tun, denn Tratschereien gehören zum Dorfleben wie das Maikranzbinden und der Kirchenchor. Bald wird sie es ihnen zeigen. Dann werden sie sich still und heimlich dafür schämen, wie sie zu ihr waren. Die Christel atmet tief durch. Jetzt ja nicht aufregen, der Tag war schon unangenehm genug nach zwei unfreiwilligen Überstunden und dem Warten darauf, dass er sich endlich meldet. Er. Seit Tagen kann sie an nichts anderes denken als an ihn. Er und das Leben, das sie miteinander planen, sind ein Lichtblick in diesem Alltag, der der Christel neuerdings regelrecht auf den Magen schlägt. Wenn da nur nicht sie wäre, dieses elende Luder, das ihr im schlimmsten Fall alles zerstört, worauf sie hingearbeitet hat.

Die Donau schimmert im Mondlicht, als wäre sie mit Blattgold überzogen, und der Radweg liegt in fast vollständiger Dunkelheit. Die Christel kramt ihr Handy aus dem Rucksack und schaltet die Taschenlampe ein, um den Weg auszuleuchten. Seit den Regengüssen der letzten Tage sind viele Nacktschnecken unterwegs, und sie will keinesfalls auf eine draufsteigen. Schon als Kind hatte sie panische Angst davor, versehentlich eine zu zertreten. Nur einmal ist es ihr tatsächlich passiert. Daraufhin brachte sie die glitschige, halb tote Masse ins Haus, legte sie auf den Küchentisch und begann, sie mit Nadel und Zwirn zusammenzunähen. Tot wäre sie ja sowieso bald gewesen, und auf diese Weise konnte die Christel wieder etwas dazulernen. Ihre Mutter fand das krank und grauslich, aber die war ein kaltherziges Weib. Wäre die Christel auf sie draufgestiegen, hätte sie bestimmt nicht versucht, sie wieder zusammenzunähen.

Die Christel lässt den Lichtstrahl hin- und herpendeln. Holzhaufen, die bald angezündet werden, säumen das Donauufer. Morgen um die Zeit werden sich Menschenmassen darum scharen, werden sich die Wachau entlangwälzen, sich betrinken und den Höhepunkt des Tages darin finden, auf den Himmel zu starren, wo ein Feuerwerk nach dem anderen abgeschossen wird. All das wird ohne die Christel stattfinden. Sie wird ihren Katzen den Bauch kraulen und beruhigend auf sie einreden, während es draußen kracht und blitzt und sie dankbar dafür sein wird, keinem von den Einheimischen zu begegnen.

Mit Menschen hat die Christel es nicht so. Ihr sind die Katzen lieber oder die Auwälder um die Donau, wenn sie so dunkel daliegen wie jetzt gerade und sie sich sicher sein kann, keinem über den Weg zu rennen.

Die Christel zuckt zusammen. Was war das? Sie dreht sich um und richtet den Lichtstrahl zuerst auf den Weg und dann auf die Weiden, deren träge Äste wie überlange Greifarme bis zum Boden ragen. Da, schon wieder ein Knacken. Aber zum Glück ist keiner zu sehen. Es hätte ihr gerade noch gefehlt, wenn ein Patient sie beim abendlichen Spaziergang verfolgen würde. Sie ist schon genervt genug von denen, die kurz nach Ordinationsschluss daherkommen. Oder von denen, die eine halbe Stunde davor daherkommen. Oder von denen, die überhaupt in die Ordination kommen. Immer die gleiche Leier von denselben Leuten. Wobei die Netten schlimmer sind als die Unguten, denn an ihnen verpufft ihre Bissigkeit wie eine fehlgezündete Rakete.

Und immer ist sie diejenige, die sich von den Patienten blöd angehen lassen muss. Wäre sie Ärztin, wäre das anders. Ihr Chef muss sich schließlich nie anschnauzen lassen. Ihm bringen die Patienten ein Flascherl Veltliner und manchmal

Mannerschnitten mit, und das bei seiner Wampe, von seinem Alkoholproblem ganz zu schweigen. Sie sitzt hinter Milchglas in ihrem stickigen Kammerl, rennt zwischen Telefon, schlechten Venen und Brunzbechern hin und her und muss es allen recht machen. Nach fünfzehn Jahren als Ordinationshelferin verbucht sie es als einen guten Tag, wenn ihr niemand vor die Füße speibt und sie die Hubschraubermamis mit ihrem ergoogelten Halbwissen über Impfungen in Ruhe lassen. Aber wehe, sie kann sich das Schreien einmal nicht verkneifen, dann kommen die Patienten mit ihren Ein-Stern-Bewertungen bei Google daher oder beschweren sich bei der Ärztekammer über sie. Diese Minute des Triumphs sei ihnen gegönnt. Auf dem längeren Ast sitzt sowieso die Christel, die aus ihrem Zweitjob im Labor gelegentlich virulentes Material entwendet. Am liebsten Noroviren, die sie wie unsichtbare Schätze hortet. Und sie scheut sich auch nicht, sie auf den E-Cards der größten Querulanten zu verteilen, um ihnen so richtig schönen Dünnpfiff zu bescheren.

Wieder ein Geräusch. Sie könnte schwören, Schritte zu hören. Ein leises Quietschen von Gummisohlen, dazu ein Schlurfen, als würden Hosenbeine aneinanderreiben.

»Hallo?«, fragt die Christel und dreht sich um. Ihre Lampe ist zu schwach, um jemanden einzufangen. Sie starrt in die Schwärze, lauscht kurz und setzt sich wieder in Bewegung. Sie läuft ein bisschen schneller als zuvor und ist froh, bald wieder daheim zu sein. Sie ist kein ängstlicher Mensch, aber seit dem Einbruch in ihr Haus trägt sie ein stetiges Unbehagen mit sich herum. In Zukunft sollte sie lieber dort spazieren gehen, wo Straßenlaternen stehen.

Sie vernimmt ein Hüsteln und fährt herum. Also doch. Jemand verfolgt sie, schält sich aus dem Schatten wie der Schauspieler einer »Aktenzeichen XY«-Episode. Das Gesicht ist unter der schwarzen Kapuze zunächst kaum auszumachen. Erst nach und nach setzen sich Lippen, Nase und Augen zu einem Ganzen zusammen.

»Was schleichst 'n so deppert hinter mir nach?«, empört sie sich, als sie erkennt, wer vor ihr steht. Sie will es ihrem Gegenüber so richtig reinsagen, aber dazu bleibt der Christel keine Zeit mehr.

1

Das Letzte, was der Horvath jetzt braucht, ist ein klingelndes Handy. Nach tagelanger Schreibblockade konnte er sich endlich dazu überwinden, sein Manuskript zu öffnen, und jetzt das. Ein penetranter Anrufer, der sich nicht abwimmeln lässt.

»Hallo.« Das Wort fühlt sich an wie die Niederlage gegen einen unbekannten Gegner.

»Servus, Horvath. Da spricht der Stöger Heinzi. Hast ein Minuterl für mich?«

Der Horvath schaut auf die Uhr. Was will der Bürgermeister um diese Zeit von ihm? Noch dazu an einem Freitag. Manchmal wünscht er sich zurück in seine alte Wohnung mit den dicken Mauern und den Funklöchern, auf die er sich ausreden konnte, wenn er keine Lust zu telefonieren hatte.

»Horvath«, sagt der Stöger, als der Horvath nichts erwidert. »Ich brauch deine Hilfe. Seit Beginn meiner Amtszeit hab ich einen Bahö nach dem anderen. Die Dauerbaustelle auf dem Dorfplatz, der Spanner, und seit gestern Abend ist auch noch die Eva Bergmann abgängig. Das alles, acht Tage bevor das Fernsehen zum Drehen kommt.«

»Langsam, Heinrich. Was ist mit der Eva, und von welchem Spanner redest du?«

»Wenn ich das wüsst, hätt ich dich nicht ang'rufen. Alles, was ich weiß, ist, dass ich den Arsch aufg'rissen krieg, wenn so ein Tumult bei uns herrscht. Stell dir vor, was die Leut dem Kamerateam erzählen, wenn schon wieder was passiert ist.«

»Was gibt's denn zu filmen im Dorf?«, fragt der Horvath, um Zeit zu gewinnen. Er muss sich eine Ausrede ausdenken, falls ihn der Stöger in diese Sache verstricken will.

»Die Babsi hat mich für diese neue Realityshow angemeldet, in der ich gegen andere Bürgermeister um den Titel des beliebtesten Bürgermeisters von Österreich kämpf. Außerdem ist am Samstag der Spatenstich für die Gondel auf die andere Donauseite. Da werden sicher wieder ein paar Wichtige herumstehen und der Presse Dorfg'schichtln aufs Aug drücken. Dann ist unsere Gastronomie endgültig am End, und wir können uns die Touristen von hinten beim Vorbeifahren anschauen.«

»Wozu braucht's eine Gondel, wenn's Fähren und Brücken gibt?«

Der Stöger lacht verlegen. »Horvath, du magst gerissen sein, aber von guter Politik hast du keine Ahnung. Das ist fürs Image. Abg'frorene Marillenbäume, Felssturz und eine hiniche Mauterner Brücke. Die Leut sollen wieder was Positives mit ihrer Heimat verbinden und sehen, wofür sie ihre Steuern zahlen. Deshalb passen ein Spanner und eine Vermisste grad gar net auf meine Timeline.«

Der Horvath steht auf, durchquert sein Schreibzimmer und reibt sich den Bart. »Wer soll dieser Spanner sein? Da gibt's doch sicher schon eine paar Gerüchte.«

Der Bürgermeister hüstelt nervös. »Von mir hast das nicht, aber man erzählt sich, dass sich der Benny in der Nacht herumtreibt und in die Fenster schaut.«

Der Horvath bleibt abrupt stehen und zwickt die Augen zusammen. »Der Benny? So ein Blödsinn.« Er denkt daran, wie kindlich und schreckhaft der beim monatlichen Waldbaden mit der Mimi ist.

»Wenn ich's dir sag, Horvath. Der spechtelt durch die Fenster von Frauen, sicher auch bei der Eva. Wer weiß, auf welche Ideen der dabei kommt.«

Der Horvath ertappt sich dabei, wie er ununterbrochen seinen Kopf schüttelt. Er geht in die Küche und schenkt sich den letzten Rest des Kaffees vom Nachmittag ein. Die Brühe ist schwarz, kalt und schmeckt widerlich, aber Koffein ist neuerdings sein einziges Laster, und im Moment braucht er nichts dringender als ein Laster. »Und was soll ich deiner Meinung nach jetzt tun?«

»Also hilfst du mir?« Der Stöger atmet erleichtert auf. »Wir trinken morgen beim Sonnwenden ein Achterl und reden drüber. Bist eingeladen.« Der Horvath kippt den Kaffee runter und verzieht angeekelt das Gesicht. »Ich trink nicht mehr.«

»Ah, versteh. Ich hab g'hört, dass du jetzt mit der Mimi z'ammwohnst. Da zeigt sich, wer die Hosen anhat, gell? Du, ich muss los. Ich treff mich gleich mit dem Mayr Rupert in Lengenfeld am Golfplatz.«

Nur mit viel Phantasie erkennt der Horvath die Mimi inmitten eines Strohhaufens auf dem Balkon. »Ich hab glaubt, du schläfst schon.« Der Horvath zwickt die Augen zusammen, um sie zu fokussieren. »Was machst du denn mit dem ganzen Stroh, und warum bist du schon wieder nackert? Du weißt doch, dass die Leut da drüben immer mit dem Gucker rüberschauen.«

»Ich bastle Strohketten für die Sonnwendfeier morgen.«

»Hast du nicht gesagt, du lehnst Sonnwenden als touristische Massenveranstaltung ab?«

Der Horvath könnte schwören, dass sich im Häuserblock gegenüber der Vorhang in einem der oberen Fenster bewegt. Knallfrösche ziehen seinen Blick auf die Straße. Schuhsohlen der weglaufenden Kinder klatschen auf den Asphalt.

Die Mimi schält sich aus dem Stroh und streift Halme ab, die wie blonde Strähnen in ihren roten Haaren hängen. Sie faltet die Hände, als müsste sie sich zur Gelassenheit mahnen.

»Mit dem Fest zur Sonnwende wird die Zeit der Ernte und Fruchtbarkeit eingeläutet. Schon die Kelten haben an diesem Tag das Leben gefeiert«, erklärt sie betont ruhig und zieht die Silben in die Länge, so wie immer, wenn sie ihren Unmut vor ihm verbergen will. »Die Leute müssen Pachamama wieder fühlen lernen. Mit zehn G'spritzten und einer Bratwurst intus wird das schwierig.«

»Also ich muss da nicht hin«, wirft der Horvath, der seine

Mimi gar nicht so scharfzüngig kennt, ein. »Wir können auch gern daheimbleiben und deine Fruchtbarkeit einläuten.« »Wir haben es der Maria und dem Shaman versprochen. Sicher geh'n wir hin.«

Den Horvath schüttelt es noch immer, wenn »Maria und Shaman« so selbstverständlich ausgesprochen wird, als wären die beiden ein fester Begriff. Aber egal, wie sehr er sich innerlich dagegen sträubt, den Nachfolger seines Bruders an Marias Seite zu sehen, es hilft nicht. Stumm nimmt der Horvath die Situation an, solange der Guru nicht halb nackt durch sein Elternhaus tanzt oder dort Dschungeldrogen an spirituelle Junkies verteilt.

»Du erscheinst mir in letzter Zeit nicht im Gleichgewicht, Hase.« Die Mimi hüpft auf ihn zu. Sie stehen unter der Laterne, die über dem Eingang zum Wohnzimmer im Wind baumelt. Schnell schirmt der Horvath Mimis Brüste vor den Blicken des Gaffers von gegenüber ab. Sie hätten lieber die feuchte Wohnung in Stein mit Blick auf die Donau nehmen sollen, nicht diese hier, wo er sich ständig beobachtet fühlt. Aber diese Wohnung hat ein Zimmer mehr, und das soll demnächst mit Nachwuchs befüllt werden.

Die Mimi drückt dem Horvath einen Kuss auf den Mund und schnuppert danach an ihm. »Morgen steigst du besser wieder auf Matcha um. Du trinkst viel zu viel Kaffee.«

Der Horvath runzelt die Stirn. Seit die Mimi zur schamanischen Businessfrau geworden ist und sie ihre Wohnsitze zusammengelegt haben, kommt sie ihm viel bestimmter vor. Manchmal blitzt sogar so etwas wie Unzufriedenheit aus ihrem dritten Auge, wenn er seine Leberkässemmel neben ihr isst. Dann legt er sie lieber zurück in den Kühlschrank und tauscht sie gegen ayurvedisches Mondbrot und Erbsenwurst.

Kritisch mustert der Horvath die Mimi, und ihm wird ganz mulmig. Sie trägt zwar nie Hosen, aber ist das die Sache, die der Stöger gemeint hat?

2

Der Verkehr durch die Wachau ist stockend, und die Straße ist von parkenden Autos gesäumt. Die sommerlichen Abendtemperaturen locken Menschen aus ganz Niederösterreich und Wien zu den Sonnwendfeiern und in die umliegenden Heurigenlokale.

»Können wir nicht einfach zum Pulker-Heurigen gehen, uns eine Jause gönnen und wieder heimfahren?«, grantelt der Horvath, während er anhält und zwei Paare über die Straße winkt, die vom Ausg'steckt-Schild angezogen werden wie die Motten vom Licht. »Außerdem hab ich keine Lust, mitten in der Nacht im Stau zu stehen.«

Die Mimi schaut von ihrem Handy hoch. »Der Shaman hat gesagt, dass wir bei der Maria und ihm schlafen können. Dann kann dich der Shaman nach der Feier auf dem Moped zu ihnen bringen, wenn's dir zu weit ist, und die Maria und ich gehen die anderthalb Kilometer zu Fuß.«

Erneut muss der Horvath scharf abbremsen. Ungläubig deutet er auf den Bus, der mitten auf der Straße hält und aus dessen Innerem eine Schar von Senioren strömt.

»Sind die deppert?«, schimpft er und schüttelt den Kopf. »Ich werd ganz sicher nicht bei der Maria und eurem Guru schlafen, und auf ein Moped setz ich mich auch nie wieder mit ihm«, fügt der Horvath noch hinzu und spürt, wie sein Grant so richtig in Fahrt kommt.

»Schau, wie viele Autos da vorne parken«, erwidert die Mimi im denkbar schlechtesten Moment.

Der Horvath hat das längst selbst gesehen und wirft der Mimi einen fragenden Seitenblick zu. Früher hätte sie so was nicht gesagt. Da hätte sie eine Bestellung ans Universum gemurmelt oder ihn mit einem Spruch wie »Wenn du aufhörst, danach zu suchen, kommt alles ganz von selbst – sogar ein

Parkplatz« um den Verstand gebracht. Wann ist sie so weltlich geworden?

»Ich hab doch gesagt, wir müssen früher wegfahren. Am Nachmittag wär weniger los g'wesen«, setzt sie noch eins drauf.

»Entschuldige, dass ich das Kapitel fertig schreiben wollt. Ich hab im August Abgabetermin, und der Krüger hat noch nicht einmal die Leiche g'sehen.«

»Dass du alles auf den letzten Drücker machst, liegt daran, dass du überhaupt nicht mehr in deiner Mitte bist. Du chantest nicht mehr mit mir und boykottierst unsere Seelenreisen. Kein Wunder, dass du so bist.«

»Wir haben unseren Hauptwohnsitz in Krems, nicht in Fantasia, da muss zumindest einer von uns richtig arbeiten. Ich beug mich seit einem Jahr deinem spirituellen Regime, aber lass mich wenigstens meine Bücher auf die Weise schreiben, die ich für richtig erachte.«

Aus den Augenwinkeln sieht der Horvath, wie sich die Mimi Kopfhörer in die Ohren steckt und den Blick demonstrativ von ihm abwendet. Irgendwas läuft komplett falsch, denkt er und grübelt vor sich hin. Nicht einmal die Aussichtslosigkeit, einen Abstellplatz für das Auto zu finden, regt ihn jetzt noch auf. Stattdessen ruft er sich die letzten Jahre mit der Helga in Erinnerung. Hat der Anfang vom Ende mit ihr nicht ähnlich ausgesehen?

Nach zwanzig Minuten hat der Horvath eine Parkmöglichkeit nahe den Feierlichkeiten gefunden, dafür ist die Mimi, die er zuvor aussteigen hat lassen, im Sonnwendchaos verloren gegangen.

Inzwischen dämmert es, und im Westen zucken die ersten Blitze einzelner Raketen am Himmel. Dafür interessiert sich am Donauradweg, der an Sonnwenden zur Partymeile umfunktioniert wird, noch niemand. Hier brutzeln Bratwürste auf dem Grill, während Neunziger-Jahre-Radiohits aus einem blinkenden Lautsprecher dröhnen.

Der Horvath hat seit einem halben Jahr keinen Schluck Alkohol getrunken und spürt, wie ihm der Wein zügig in den Kopf steigt. Er schiebt sich durch die Menschenmassen, grüßt die Leute mit einem regelmäßigen Nicken in alle Richtungen und hält nach der Mimi Ausschau. Wahrscheinlich sitzt sie mit dem Shaman in einer verdrehten Meditationspose am Donauufer und singt ein Mantra. Der Shaman hat Glück. Er bekommt die Mimi in ihrer Werkseinstellung als freundliche schamanische Hohepriesterin, während sie in seiner Gegenwart zunehmend zum Hausdrachen mutiert.

Eine Hand klatscht auf Horvaths Rücken. Er zuckt zusammen und lässt beinahe seinen Getränkebecher fallen.

»Bei uns ist es halt am schönsten, gell?« Stögers Grinsen entblößt zwei falsche glänzende Zahnreihen. »Ich wett, im Nibelungengau haben s' kommende Woche Regen.«

»Gehören Süffisanz und Egozentrik zum Parteiprogramm?«

»Du würdest dich wundern, was intern alles dazug'hört.« Der Stöger verpasst dem Horvath einen Schlag auf die Schulter, der schmerzhafter ist, als er ausschaut, und lacht schallend. »Und wenn ich mir nicht selber der Nächste wär, wär ich nicht Bürgermeister.«

»Im Wein liegt die Wahrheit«, murmelt der Horvath, dem das Stück Langos, das er zuvor gegessen hat, ebenso unangenehm aufstößt wie die gesamte Situation.

»Können wir kurz allein reden?«, fragt der Stöger dann ernst und drängt sich vor dem Horvath durch die schmale Schleuse neben dem Getränkestand. Widerwillig folgt der Horvath ihm. Ach ja, es geht um die vermisste Eva Bergmann und um Benny Stahl, fällt ihm wieder ein. Da ihm Sonnwenden sowieso schon von der schlechten Stimmung zwischen der Mimi und ihm verdorben wurde, kann er sich auch das Palaver vom Bürgermeister anhören. Vielleicht schöpft er aus dem Gespräch eine Idee für den Kommissar-Krüger-Band, an dem er gerade arbeitet. Das Schreiben geht nur zähflüssig voran. Irgendwie fehlt ihm die zündende Idee, die den Plot zu etwas Besonderem macht. Der Druck auf ihn ist erhöht, seit er offiziell als der neue Krimi-Bestsellerautor Österreichs gilt, ohne dafür selbst Tausende Bücher kaufen zu müssen. Der große Reichtum blieb bisher dennoch aus, und wenn er daran denkt, dass er von seinen Tantiemen vielleicht bald eine Familie durchfüttern muss, wird ihm ganz flau. Das sind die Hormone, durchfährt es den Horvath, während er mit dem Stöger auf ein verlassenes Stück Donauufer zusteuert, wo er in seiner Jugend heimlich geraucht und seine ersten Petting-Erfahrungen gesammelt hat. Vielleicht ist die Mimi schwanger, und ihre seltsame Stimmung rührt daher? Der Horvath spürt das dümmlich-glückliche Lachen, das auf seinen Lippen liegt, während er dem Stöger ins Gesicht schaut, in dem er in diesem Moment nur die Mimi sieht.

»Kein Gegrapsche unter der Gürtellinie und Schmusen nur ohne Zunge«, erwidert der Stöger und hebt abwehrend seine Hände.

Der Horvath streicht sich mit der Hand über den Kopf. Sofort nach dem Gespräch wird er die Mimi suchen und mit ihr reden.

»Also«, fährt der Stöger fort, »die Eva ist weg, und keiner weiß, wo sie ist.«

»So weit waren wir schon am Telefon«, erklärt der Horvath und spürt Ungeduld in sich aufsteigen. Die Schiffe haben angelegt, was bedeutet, dass an beiden Donauufern bald die Feuerwerke abgeschossen werden. Er vernimmt den Drang, seine Mimi im Arm zu halten, wenn es losgeht. »Was heißt das, sie ist weg?«

»Sie ist gestern in der Früh nicht zur Arbeit erschienen. Der Bugl-Wirt ist rauf in ihr Zimmer, aber da war sie nicht. Ihr Auto parkt vor dem Haus, und auch sonst fehlt nix. Einen spontanen Urlaub kann man somit ausschließen.«

»Hat die nicht einmal ein Gspusi mit dem Freilich g'habt? Vielleicht weiß der was.«

»Das ist schon ein Weilerl her. Außerdem – mit wem hat die Eva kein Gspusi g'habt?«

Näher kommendes Stimmengewirr macht es dem Horvath schwer, zu verstehen, was der Stöger von sich gibt. Er denkt an Eva Bergmann, diese große, dürre Frau, die ihm beim letzten Besuch beim Bugl-Wirt leidenschaftslos das Bier vor die Nase gestellt hat. Wie der Dorfvamp ist sie ihm nicht erschienen mit ihrem gleichgültigen Blick und dem verhuschten Gehabe.

»Schau, gleich brennt die böse Hexe«, ruft eine Frau ihrem Sohn zu, der unbehelligt Steine ins Wasser schleudert und dabei »Fortnite, Fortnite, Fortnite« brüllt.

»Achtung, die Herren!«, tönt die Stimme eines Mannes in Feuerwehruniform. »Leg ma los?«

»Wir reden nachher weiter, Horvath«, schreit der Stöger, als unmittelbar neben ihnen das Feuer entzündet wird. Goldgelbe Flammen züngeln gierig um den Holzhaufen, als könnten sie es nicht erwarten, die Strohhexe zu verschlingen. Menschen drängeln sich bis an die Absperrung, und Handykameras werden – begleitet von »Ohs« und »Ahs« – auf das Geschehen gerichtet. Der Horvath spürt Hitze in seinem Gesicht und geht ein paar Schritte zurück.

Die plötzliche Stille ist die berüchtigte Ruhe vor dem Sturm. Als das Kreischen der Menschen einsetzt, hält der Horvath den Atem an. Aus dem aufgetürmten brennenden Holzhaufen ragt das Gesicht einer Frau, die ihm bekannt vorkommt. Die schulterlangen aschblonden Haare, das kantige, schmallippige Gesicht. Ist das Eva Bergmann? Nein, es ist Christel Hulatsch, wird ihm klar.

Die Sirenen ertönen so rasch, als hätte die Polizei um die Ecke auf diesen spektakulären Einsatz gewartet.

»Herrgott im Himmel, warum ausgerechnet jetzt?«, klagt der Stöger und zieht einen Flachmann aus der Innenseite seines olivgrünen Sakkos.

»Eine Frechheit von der Hulatsch, sich ausgerechnet in

deiner Amtszeit umbringen zu lassen«, erwidert der Horvath, doch sein Sarkasmus prallt am Bürgermeister ab. Dieser nickt und nimmt einen Schluck Schnaps, dessen scharfes Aroma dem Horvath entgegenströmt.

»Halt, halt, halt!«, lallt der Stöger. »Wir wissen gar nicht, ob das Mord war. Die Wasserleiche letztes Jahr, wegen der dich der Altbürgermeister herzitiert hat, hat sich auch als Kajakunfall herausg'stellt.«

»Na, hineingestolpert in den Haufen und zufällig verbrannt wird die Hulatsch nicht sein.«

Der Stöger gibt ein verächtliches Schnaufen von sich. »Die Hulatsch, die alte Bissgurn. Das war kein Mord, das war eine Inquisition.«

Der Horvath erinnert sich an die letzte Begegnung mit der Hulatsch, als sie ihn wegen der vergessenen E-Card im Wartezimmer zusammengeputzt hat. Dabei sah sie exakt so aus wie die bösen Emojis mit den zusammengezogenen Augenbrauen und den nach unten geneigten Mundwinkeln.

Das Sonnwendfeuer wurde inzwischen gelöscht, und die Schaulustigen sind weitgehend von der Polizei gebändigt. Als Anhängsel des Bürgermeisters, der früher selbst Polizist war, den Dienst aber aus Gründen, die er für sich behält, quittieren musste, darf der Horvath das Geschehen aus nächster Nähe beobachten.

Christel Hulatschs Überreste werden aus dem qualmenden Haufen gezogen, um den sich eine Horde von Kriminalbeamten und Forensikern schart. Unter ihnen ploppt Kommissar Krüger auf und winkt dem Horvath zu, eher er sich wieder in Luft auflöst. Dann taucht etwas anderes auf. Eine schmale Silhouette, begleitet von einer aufgeregten Stimme.

»Lassen Sie mich vorbei, ich gehör zum Horvath.« Es ist die Mimi.

»Herkommen!«, ruft der Stöger, der seinen Flachmann geleert hat und keinen ordentlichen Satz mehr herausbringt.

»Endlich hab ich dich g'funden!« Die Mimi fällt dem Horvath um den Hals und drückt sich an ihn. Sie riecht nach Rauch und Hochprozentigem.

»Hast du getrunken?«, fragt der Horvath überrascht. »Ausnahmsweise einen Marillenschnaps für die Nerven.« Also doch keine Schwangerschaft. Wie auch? Er kann sich nicht daran erinnern, dass die Mimi im letzten Monat ihren Eisprungtanz zelebriert hätte. Er spürt Enttäuschung, doch die Mimi presst sich so innig an ihn wie schon lange nicht mehr, und die negativen Gefühle ebben ab.

»Sie suchen nach dem Benny. Sie glauben, er ist der Mörder von der Christel. Du musst was tun«, sprudelt es aus ihr heraus. Und dann: »Du musst wieder ermitteln!«

Indessen erhellen bunte Feuerwerkskörper, die auf der anderen Donauseite aufsteigen, den Nachthimmel. Ihr unbeirrtes Knallen wird begleitet von auf- und abklingender Musik, die von Windböen herübergetragen wird.

Die Mimi liegt noch immer in Horvaths Armen. Sie haben dem Geschehen rund um die verbrannte Hulatsch den Rücken zugekehrt und betrachten das Farbspiel am Himmel.

»Hase, ich lieb dich. Du bist mein Held«, flüstert die Mimi und hört sich dabei genauso an wie seine alte Mimi, die in den letzten Monaten nach und nach verblasst ist. Da dämmert es dem Horvath. Wo andere Paare Thermenurlaube und Plüschhandschellen brauchen, brauchen die Mimi und er einen Mord, um ihre Beziehung wieder in Wallung zu bringen.

3

Das Zischen des Wasserkochers dringt ins Wohnzimmer, wo die Mimi leise vor sich hin schnarcht. Ihr rotes Haar ist wie Herbstlaub um ihren Kopf drapiert. Der Horvath ist seit fünf Uhr wach, sofern er überhaupt geschlafen hat. Mit dem Handy in der Hand liegt er halb unter der Mimi und durchforstet Benny Stahls Facebook-Account. Er weiß nicht, was er unter den schlechten Memes und geteilten Feuerwehreinsätzen zu entdecken hofft, aber eine Frau ist ermordet worden, eine andere verschwunden, und der mutmaßliche Täter ist unauffindbar. In einer derartigen Situation ist jede nutzlose Information besser als gar keine.

»Bruder«, zischt es aus dem Vorzimmer. Der Shaman hält seinen Kopf in den Raum und bedeutet dem Horvath, ihm zu folgen.

Vorsichtig rollt der Horvath die Mimi von sich runter und steht auf. Dass er sich überreden hat lassen, bei der Maria und dem Shaman zu schlafen, ist allein der Tatsache geschuldet, dass er nach dem zweiten Glas Wein am Abend zuvor nicht mehr in der Lage war, zu fahren. Barfuß betritt er die Küche und wird von Kaffeegeruch empfangen. Der Inhalt der Tasse, die der Shaman ihm vor die Nase hält, entpuppt sich jedoch als eine rötliche Brühe, die alles andere als Kaffee ist. Fragend hebt er die Augenbrauen und riecht an der Flüssigkeit.

»Hagebuttentee«, erklärt der Shaman. »Der Maria ist der Mord auf den Magen geschlagen. Sie hat schon zweimal g'spieben, und ihr hat so vor dem Kaffeegeruch gegraust, dass ich ihn weggeschüttet hab.«

Der Horvath rümpft die Nase und stellt die Tasse geräuschvoll auf dem Küchentisch ab. Er setzt sich und blickt sich um. Mit dem endgültigen Auszug seines Bruders Rudi sind auch die letzten Spuren von ihm verschwunden. Seine Espressomaschine und der Messerblock wurden durch Shamans Koch- und Räucherwerkzeuge ersetzt, die der Horvath nicht ohne ausgiebige Recherche benennen kann. Die gesamte Kühlschrankfront ist ein Teppich aus Fotos von Maria und dem Guru, als teilten die beiden seit Jahren ihr Leben miteinander und nicht erst seit zwölf Monaten.

»Wie wirst du vorgehen?«, fragt der Shaman an die Küchenzeile gelehnt, während Maria wortlos die Küche betritt. Ihr Gesicht hat eine gräuliche Farbe angenommen, und ihre Augen sind verquollen.

»Zu tief ins Glas g'schaut, Schwägerin?«, begrüßt der Horvath sie.

Maria fällt wie ein nasser Sack auf den Sessel neben ihm. Ihr scheint es tatsächlich schlecht zu gehen, denn sonst echauffiert sie sich bei jeder Gelegenheit lautstark darüber, wenn er sie »Schwägerin« nennt. »Ich vertrag die Schmerzpulverl für mein Knie nicht, aber ohne halt ich es bis zur Operation nicht aus.«

»Was meinst du damit?«, wendet sich der Horvath wieder dem Shaman zu.

»Na, wegen der Christel und der Eva.«

»Das ist Sache der Polizei. Da misch ich mich nicht ein. Außerdem steh ich kurz vor meinem Abgabetermin.«

»Bruder, unser Dorf braucht dich. Ohne dein Gespür und deinen Scharfsinn sind wir verloren.«

Der Horvath spürt es genau. Irgendwas ist im Busch, denn die Beweihräucherung des Gurus fällt selbst für seine Verhältnisse etwas zu euphorisch aus.

»Du hast die Frau von meinem Bruder geheiratet und besiedelst mein Elternhaus. Was kommt als Nächstes?«

Der Shaman zuckt mit den Schultern, nimmt zwischen ihm und der Maria Platz und setzt sein schmierigstes Grinsen auf.

Also doch, denkt der Horvath.

»Die Mimi und ich wollen zum Gedenken an Elisabeth Plainacher und die anderen Frauen, die der Hexenverbrennung zum Opfer gefallen sind, Gedenkstätten besuchen und dort Zeremonien abhalten.«

»Ja und?«, fragt der Horvath, der sich noch nicht vorstellen kann, was an dieser Aktion schlimmer sein soll als an all den anderen Dingen, die seine Freundin und der Guru gemeinsam veranstalten.

»Wir wollen Anfang August zu Fuß bis nach Süddeutschland pilgern und werden am 27. September, das ist der Tag des letzten Hexenprozesses, in Wien ankommen.«

Das Magengrummeln übertönt den eingeschalteten Geschirrspüler. Kurz meint der Horvath, es sei sein eigener Magen, dann springt die Maria auf und stürmt mit auf den Mund gepresster Hand aus dem Raum.

»Da misch ich mich nicht ein«, wiederholt der Horvath den Satz, den er vorhin schon einmal ausgesprochen hat und den er nie so meint, wenn er ihn sagt. Es missfällt ihm, dass die Mimi mit dem Guru durch das Land ziehen will und es nicht einmal für nötig hält, ihm die Mitteilung selbst zu überbringen.

»Was ist denn mit der Maria los?« Die Mimi torkelt schlaftrunken in die Küche. »Shaman, gib mir die Ozeantrommel. Deine Frau speibt sich die Seele aus dem Leib.«

Dem Horvath wird auch schlecht, als er mit dem Shaman auf dessen Moped sitzt und sich zu seinem Auto bringen lässt, das noch immer dort steht, wo er es gestern Abend abgestellt hat. Der Shaman parkt das Moped knapp an der Stoßstange von Horvaths VW Buzz.

»Bruder, ich lieb dich dafür, dass ihr mit der Maria zum Schulmediziner fahrt. Der Tag meiner Geburt in dieser Dimension ist meinen Eltern so wichtig, dass ich die Einladung bei ihnen leider nicht absagen kann.«

»Happy Birthday, falls das übersetzt heißt, dass du heute Geburtstag hast«, murmelt der Horvath vor sich hin, ohne den Shaman anzuschauen.

Shamans Umarmung kommt prompt und dauert wie immer zu lange. Der Horvath schüttelt den Guru ab und flüchtet in sein Auto. Dort bleibt er noch eine Weile sitzen und lässt die Ereignisse des letzten Tages Revue passieren, bevor er den Motor startet und zurück zu Maria und Mimi fährt.

4

Dr. Freilich, der Dorfarzt, sieht nicht weniger schlecht aus als Maria, die kreidebleich mit einem Kübel vor der Brust im Wartezimmer der Ordination sitzt. Die Mimi klopft derweilen auf die Ozeantrommel, und der Horvath nutzt die Wartezeit, um durch das geöffnete Milchglasfenster auf Christel Hulatschs ehemaligen Arbeitsplatz zu spähen. Dorthin, wo nun Dr. Freilich unbeholfen in die Tastatur tippt, als würde er zum ersten Mal in seinem Leben einen Computer bedienen. Christel Hulatschs Arbeitsplatz sieht aus wie immer, die Menschen zeigen sich betroffen, Dr. Freilich wirkt zerknirscht. Etwas anderes war nicht zu erwarten.

Dass der Arzt an diesem Wochenende Dienst hat, kommt der Neugier der Dorfbewohner zugute, denn die Patienten, die nacheinander in der Gruppenpraxis eintrudeln, sehen alles andere als krank aus. Unter ihnen ist auch Babsi Stöger, die Frau vom Bürgermeister, deren Blick hektisch durch das Wartezimmer kreist und alles genau in Augenschein nimmt. Der Horvath begleitet Mimi und Maria auch nur, um sich einen Überblick über die Gesamtsituation zu verschaffen.

»Was machen S' denn da mit der Trommel?«, fragt die alte Frau, die dem Horvath zwar bekannt vorkommt, die er aber nicht einordnen kann. Wahrscheinlich ist sie eine der Seniorinnen vom neuen Wohnzentrum, das letztes Jahr feierlich im Dorf eröffnet worden ist.

»Ich heile die Maria mit göttlichen Klängen von der Speiberei«, antwortet die Mimi.

»Was heutzutag nicht alles möglich ist«, sagt die Alte und runzelt die ohnehin bereits faltige Stirn.

»Musik ist die natürlichste und schönste Form der Heilung, deshalb hätten wir gar nicht herkommen müssen. Ich hab eine große selbstheilende Kraft aus der Maria strömen sehen.«

»Das war keine große Kraft, das war ihr Frühstück«, grummelt der Horvath, dem die Warterei mittlerweile auf die Nerven geht.

»Als ich noch jung war, hab ich Ziehharmonika g'spielt«, schwelgt die alte Frau mit dem Pullover, der nicht in diese Jahreszeit passt, in Erinnerungen. »Ich hab der Frau Babsi die Fotos von meinen Konzerten gezeigt, als sie bei mir war.« Sie lehnt sich zu Babsi Stöger hinüber. »Jetzt waren S' schon lange nicht mehr da. Wollen S' mich nicht einmal wieder besuchen?« Babsi Stöger nickt und lächelt förmlich. Dabei sieht sie genauso aus wie auf den offiziellen Fotos, die von ihr und dem Bürgermeister kursieren.

Das Wartezimmer füllt sich weiter. Die Luft wird stickig, und der Horvath spürt Beklemmung. Aus dem anschwellenden Stimmengewirr filtert er Bruchstücke von Sätzen heraus. Spekulationen über Christel Hulatsch, einen angeblichen Geliebten, über Benny, den Tatverdächtigen, sogar über die verschwundene Eva Bergmann, die in den Augen der Dorfbewohner nicht minder verdächtig ist, zumal sie noch immer abgängig ist.

»Maria«, ruft Dr. Freilich endlich.

Maria quält sich sichtbar angeschlagen hoch, gerät ins Schwanken und klammert sich an Mimis Arm.

»Hase, hilf mir, die Maria zu stützen. Ich denk, die Heilung setzt ein. Das verlangt ihr alle Kräfte ab.«

Marias Nägel bohren sich in Horvaths Unterarm. Gemeinsam schleppen sie seine ehemalige Schwägerin zur Tür, die ihnen von Dr. Freilich geöffnet wird.

»Geht schon wieder«, krächzt Maria, taumelt aber sofort wieder, als der Horvath Anstalten macht, sie loszulassen. »Könnts mich bitte reinbringen?«

Dr. Freilich bekräftigt Marias Worte mit einem Winken.

»Kommts ruhig mit. Bei mir spielt sich eh alles obenherum ab. Die Frauenärztin ist eine Tür weiter.«

Der Horvath bemüht sich um einen diskreten Blick aus dem Fenster, als Dr. Freilich mit Maria smalltalkt, während er sie abhorcht und ihren Bauch abtastet. Etwas abseits von der Behandlungsliege stehend, lauscht der Horvath ihren Gesprächen, während er gleichzeitig die Diplome und Auszeichnungen an den Wänden beäugt. Auch Mimis skeptischer Blick entgeht ihm nicht. Er ist froh, dass sie sich bisher mit ihren kritischen Monologen über die »Schulmedizin«, wie sie sie nennt, zurückgehalten hat. Die Ozeantrommel in der Hand, sitzt sie da, als wartete sie auf ihren Einsatz. Er weiß genau, was in ihrem Kopf vorgeht, während sie den Arzt mustert, der nicht gerade als Vorzeigebeispiel eines funktionierenden Gesundheitswesens herhalten kann. Sein Körper quillt in der Mitte auseinander wie zu früh aus der Form gestürzter Pudding, seine Hände bewegen sich fahrig, und in seinen Augen verzweigen sich rote Äderchen wie von Schädlingen befallenes Geäst. Kein Wunder. Er lässt keine Gelegenheit aus, einen über den Durst zu trinken. Es gab kaum ein Fest im Dorf, bei dem der Arzt imstande war, den Heimweg allein anzutreten. Beim letzten Sturmheurigen konnte der Horvath, der ebenfalls schon ordentlich bedient war, ihn nur mühsam davon abhalten, sich ans Steuer seines Autos zu setzen.

Nach einer kurzen Anamnese diagnostiziert Dr. Freilich das, worauf auch der Horvath ganz ohne Medizinstudium gekommen ist. Maria hätten die Ereignisse auf den Magen geschlagen, sie solle sich schonen, dann werde es ihr bald besser gehen.

»Haben Sie die Hulatsch umgebracht?«, platzt es aus der Mimi heraus, als Dr. Freilich sich wieder an den Computer setzt, um seine Diagnose einzutippen.

Maria fällt zurück auf die Liege, von der sie sich gerade erst aufgerafft hat. »Mimi«, zischt sie vorwurfsvoll, und ihr bleiches Gesicht färbt sich rot.

Eine Minute lang herrscht peinliches Schweigen, das vom Ticken der Wanduhr dramaturgisch aufgebläht wird. Dr. Freilich sackt in sich zusammen und kippt nach vorne. Sein Kopf landet auf der Tastatur, wo eine zusammenhanglose Buchstabenreihe über den Bildschirm galoppiert.

»Horsti!«, ruft Maria. Sie springt auf und eilt auf den Arzt zu. In getauschten Rollen zieht sie ihn hoch und tätschelt ihm das schweißnasse Gesicht.

»Das ist eine Katastrophe«, klagt er und fährt sich über die rot geränderten Augen. »Nicht nur, dass die Christel tot ist – ich steh jetzt auch ohne Ordinationshelferin da.«

»Was ist denn mit der Brigitte?«

Dr. Freilich keucht. »Die ist nach ihrer Meniskusoperation noch mindestens bis Ende August im Krankenstand. Bis eine offizielle Ausschreibung raus ist und die Stelle besetzt wird, kann ich nicht warten.«

»Was muss man denn da können?«, fragt die Mimi, und dem Horvath schwant Böses.

»Vorerst wär's schon eine Erleichterung, wenn jemand das Telefon übernehmen, die E-Cards der Patienten stecken und Medikamente ausgeben könnt.«

»Geh, Horvath – Ordinationshelferin, das wär doch was für dich.«

Der Horvath zuckt zusammen. »Für mich? Ich bin Schriftsteller und hab im August einen Abgabetermin.«

»Na, sag ich doch, dass das was für dich wär. Zwanzig Stunden in der Woche wirst wohl entbehren können, und das Geld kannst sicher auch brauchen.«

Als ob Marias Worte nicht schon dreist genug wären, stimmt die Mimi ihr auch noch zu. »Ja, Hase. Das wäre perfekt für dich. Die Tantiemen kommen grad eh nur so schleppend rein.«

»Was interessiert mich der Gesundheitszustand der Leut? Ich bin hauptberuflich dafür zuständig, sie in meinen Büchern ums Eck zu bringen«, versucht er sich aus der drohenden Misere zu retten.

Die Mimi tänzelt in Horvaths Richtung. Das Gesicht vom

Arzt abgewandt, zwinkert sie ihm zu. Er weiß genau, was sie ihm damit zu verstehen geben will. Im Umfeld der Ermordeten zu sein, wäre hilfreich, um etwas über ihren Mörder herauszufinden. Doch der Horvath liegt falsch.

»Du bist gut im Tippen, und ich bin gut mit Menschen. Wir können uns den Job teilen, das wäre richtig super. Gemeinsam bringen wir Heilung ins Dorf, ist das nicht eine wundervolle Reise?«

Jetzt ist der Horvath kurz davor, von Marias Kübel Gebrauch zu machen. Er und die Mimi in einer Arztpraxis, das kann nicht gut gehen.

Kommissar Krüger erscheint so unvermittelt hinter der Mimi, dass der Horvath erschrocken zusammenfährt.

Herr Kollege, auf persönliche Befindlichkeiten kann man in unserem Job keine Rücksicht nehmen. Sei ein Profi, ich muss schließlich auch mit Bernadette zusammenarbeiten, nachdem du mich im letzten Kapitel zum One-Night-Stand mit ihr genötigt hast, obwohl wir beide wussten, was für eine Klette sie ist.

»Das Programm, mit dem wir arbeiten, könnt euch die Brigitte in ein paar Stunden erklären. Wir sperren morgen einfach ein bisserl später auf. Parallel würd ich mich um eine fixe Vertretung umschauen, dann seids bald wieder entbunden.« Dr. Freilich klingt dankbar, vielleicht etwas zu dankbar für Horvaths Geschmack, immerhin hat ihn seine potenzielle neue Ordinationshelferin wenige Minuten zuvor indirekt des Mordes an Christel Hulatsch bezichtigt.

»Die Mimi hat eine besondere Art, mit Problemen umzugehen. Da kann es eventuell passieren, dass einer mit einem abgetrennten Finger in die Ordi kommt und die Mimi den verbleibenden neun Fingern als Dankeschön etwas auf der Blockflöte vorspielt«, unternimmt der Horvath einen verzweifelten Versuch, sich aus der Affäre zu ziehen. Sosehr ihn dieser Mordfall auch reizt, seine Vormittage zwischen einem labilen Arzt, grantigen Patienten und einer Schamanin, die sich in feindlichem Gebiet wähnt, zu verbringen, ist nicht das, was der Horvath sich für den Sommerbeginn vorstellt.

Dr. Freilich erhebt sich zügig aus seinem Stuhl und kommt mit ausgebreiteten Armen auf die Mimi zu. »Genau diese Art von Optimismus brauchen wir in unserer Praxis! Ihr seids beide eingestellt – morgen um sieben geht's los!«

5

Im Dorf ist es geisterhaft still für einen frühsommerlichen Abend. Die Außenrollos vieler Ortsansässiger sind geschlossen, die Vorhänge zugezogen, die Gartentüren mit Scheibtruhen und Leitern verbarrikadiert.

Die Horden von Journalisten, die über den Fall Christel Hulatsch berichten, sind hinter ihre Schreibtische verschwunden, wo sie halbstündlich jedes noch so belanglose Detail rund um das Dorf in die Welt hinausspeien. Vor allem Benny Stahls Zuhause steht im Fokus der Sensationspresse. Das Foto vom verwilderten Vorgarten vor dem kleinen Haus mit den dreckigen Fenstern geht um die Welt. Die Fahndung nach Benny läuft laut DonauWelt auf Hochtouren.

Bennys Haus, wo er zusammen mit seinem Vater wohnt, ist auch Horvaths Ziel. Er weiß, dass sich dort nach wie vor Scharen von Kriminalbeamten herumtreiben, ebenso im Haus der Hulatsch. Trotzdem kann es nicht schaden, sich ein Bild zu machen, der Zündspur zu folgen, solange sie glüht.

Das Handy zum Fotografieren im Anschlag, streift der Horvath durch die Gassen. Am Dorfplatz blitzen die blauen Lichter zweier Polizeiautos. Zügig und mit gesenktem Kopf schleicht er an ihnen vorbei.

»Woher der plötzliche Bewegungsdrang?«, tönt eine kratzige Stimme. Der Horvath dreht sich um. Hinter dem aufgestellten Kragen einer Polizeijacke erkennt er Walter Simoner.

Demonstrativ fährt sich der Horvath über den Bauch, der flacher geworden ist, seit er das abendliche Dosenbier vor dem Fernseher aus seinem Leben gestrichen hat. »Dieser stählerne Körper kommt nicht von irgendwoher«, kontert er. Simoner beäugt ihn wie ein Wolf, in dessen Revier er eingedrungen ist.

»Vorsicht, Horvath. Wennst glaubst, dass du hier herumschnüffeln kannst und ich mir das gefallen lass, dann irrst dich gewaltig.«

Der Horvath zuckt langsam mit den Schultern. »Ich bereit mich mental auf meinen neuen Arbeitsplatz vor, check die Parkmöglichkeiten, wie sich das für einen ordentlichen Angestellten gehört.«

Simoners hochgezogene Augenbrauen stellen die stumme Frage, von welchem neuen Arbeitsplatz der Horvath spricht.

»Der Freilich hat mich in der Ordi eingestellt.«

»Mach keinen Scheiß, Horvath. Ich warne dich!« Der Polizist kommt näher und hebt in einer drohenden Gebärde die Arme. Erst jetzt entdeckt der Horvath seinen Kollegen, der am Auto lehnt und etwas auf ein Blatt Papier an einem Klemmbrett kritzelt, während er ihn und den Simoner nicht aus den Augen lässt.

»Servas, Oida«, flüstert der Simoner, als er direkt vor ihm steht. »Der neue Kollege ist ein bisserl übergenau.« Er deutet mit dem Kopf in Richtung des anderen Polizisten.

»Gibt's schon einen Todeszeitpunkt?«

»Laut Mageninhalt und Verwesungsgrad Freitagabend. Da ist auch der Holzhaufen aufbaut worden, in dem sie der Täter versteckt hat.«

»Und wie schaut's mit einer Spur zum Benny aus?«

»Die Kollegen vom LKA sind aktuell im Haus beschäftigt. Wir gehen davon aus, dass er sich nach Ungarn verzupft hat.«

»Wie kommts denn auf Ungarn?«

»Vom Festnetz der Stahls ist zuletzt mit Verwandten in Pécs telefoniert worden.«

»Was sagt sein Vater?«

»Der alte Stahl ist zu debil und praktisch nicht zu befragen, geschweige denn ein geeigneter Vormund für den Benny.«

»Gibt's handfeste Indizien für Bennys Schuld?«

»In seinem Zimmer liegt ein Nachtsichtgerät. Wahrscheinlich hat er die Hulatsch beobachtet und verfolgt. Rabiat, wie sie war, hat sie ihn zusammeng'staucht, da ist er auszuckt, hat sie mit dem Stein erschlagen und sie in seiner Panik verbrennen wollen.«

Der Horvath stellt sich die Szene bildlich vor. Sie erscheint zunächst schlüssig, aber das alles passt nicht zum Benny. »Erschlagen«, murmelt er vor sich hin.

»Diese Informationen hast aber nicht von mir!« Der Simoner wirft einen schuldbewussten Blick in Richtung seines Kollegen, der nun im Auto sitzt und ins Funkgerät spricht.

»Das schaut dem Benny nicht ähnlich. Die Mimi kennt ihn besser als alle anderen. Sie treffen sich jeden Monat beim therapeutischen Waldbaden«, entfährt es dem Horvath, der sofort bereut, sich so tief in die Karten schauen zu lassen.

»Waldbaden?« Der Simoner wirkt nun hellhörig, ist ganz in seinem Job.

»Der Benny ist ein Fünfjähriger im Körper von einem Zwanzigjährigen. Es gibt fast nichts, wovor der keine Angst hat.« Der Horvath vergräbt die Hände in den Jackentaschen. »Hunde, Menschen, Gewitter«, zählt er auf, würde seine Worte aber am liebsten dorthin zurückschieben, wo sie hergekommen sind.

Dem Simoner entfährt ein verächtliches Schnauben. »Ein Narr, wie er im Lehrbuch steht. Eine tickende Zeitbombe. Bei solchen ist es nur eine Frage der Zeit, bis sie komplett durchdrehen. Der hätt schon als Kind weggesperrt werden müssen, am besten gleich mit dem Vater.«

Der Horvath ballt seine Hände zu Fäusten. Er ist selbst nicht immer ganz integer, aber die Aussagen des Polizisten machen es ihm schwer, sich zurückzuhalten. Er darf es sich nicht mit ihm verscherzen, denn die polizeiinternen Informationen sitzen bei Walter Simoner so locker wie die Hosen seiner Uniform.

»Wie kommt's denn überhaupt dazu, dass man den Benny für einen Spanner hält, abgesehen von der G'schicht mit dem Nachtsichtgerät?«

»Der Stöger hat gesehen, wie er um drei in der Früh draußen herumgerannt ist. Von wegen, der hat vor allem Angst.«

»Warum sollt der Benny mehr Spanner sein als der Bürgermeister, der um dieselbe Zeit im Freien herumgeistert?«
Der Simoner strafft die Schultern und nimmt eine Haltung an, die Autorität vermitteln soll. »Dazu kannst deine Schwägerin befragen, denn die war es, die uns gemeldet hat, dass der Benny um ihr Haus schleicht und in die Fenster spechtelt.«
Schritte nähern sich. »Gibt es Probleme?« Die Stimme von Simoners schmächtigem Kollegen ist tiefer als erwartet.
»Alles geklärt. Der Horvath wollt sich nur ein bisserl die Füße vertreten. Und zwar donauaufwärts, in die entgegengesetzte Richtung vom Tatort.«
Der Horvath macht ohne eine Verabschiedung kehrt, zweigt in Richtung Kirche und schließlich zum Radweg ab. Er wird später zurückkommen, wenn die Polizei abgerückt und Ruhe eingekehrt ist. Bis dahin ist die Idee, spazieren zu gehen, tatsächlich keine schlechte.

Der Horvath ignoriert das Vibrieren seines Handys in der Jackentasche ebenso wie den plötzlich einsetzenden Regen, der auf die schütteren Stellen auf seinem Kopf klatscht und ihm in den Kragen rinnt. Mit jedem Schritt in Richtung Donau ist er sich gewisser. Er wird den Mörder der Hulatsch finden, das ist er vielleicht nicht ihr, aber dem Benny schuldig, mit dem er sich auf seltsame Weise verbunden fühlt. Der Horvath denkt daran, wie er nach dem Tod seines Vaters selbst den Stempel des Sonderlings aufgedrückt bekommen hat. Das Dorfkollektiv ist mit seinen Urteilen schnell und rigoros, wenn jemand nicht ins Bild passt.

Der Regen wird kräftiger. Der Horvath sucht Schutz unter einer Trauerweide, deren üppige Äste bis über den Radweg ragen. Den Blick auf einen Schlepper gerichtet, der sich behäbig donauaufwärts wälzt, geht er in die Hocke, zwickt die Augen zusammen und versucht, die Herkunft des Transportschiffes auszumachen. Etwas Rotes gleitet in sein Sichtfeld. Ein Teil einer Jacke, die von einem Windstoß hin und her gerissen wird. Der Horvath springt auf, schlittert die Böschung zum Donauufer hinunter und fängt sich an einer aufgetürmten Steinformation. Die rote Jacke richtet sich, gepackt von kräftigen Böen, zur Fahne auf, als markierte sie eine bedeutsame Stelle. Der Körper, der unter den Ästen liegt, scheint in sich eingesunken. Beißender Gestank von Spiritus steigt dem Horvath in die Nase, als er sich über die Steine lehnt und genauer hinsieht. Jemand hat versucht, den Körper anzuzünden, wie die angebrannten Hosenbeine der Jeans verraten. Ein Schwarm Fliegen kreist um die halb geöffneten Augen, aus denen jegliches Leben gewichen ist. Hinter nassen, von Blut verfärbten Strähnen blitzt ein gräuliches Gesicht hervor, das der Horvath trotz des eingesetzten Verwesungsprozesses erkennt. Es ist Eva Bergmann.

6

»Das ist ein Serienmörder. Er signalisiert seine Frauenverachtung, indem er versucht, sie zu verbrennen!« Die Mimi ist aufgewühlt, als sie das Polizeirevier nach einer zweistündigen Befragung verlassen.

Da der Horvath dem Simoner gegenüber erwähnt hatte, dass die Mimi und der Benny sich kennen, dauerte es keine zehn Minuten, bis die Mimi zu einer Aussage bestellt wurde. »Die wollen dem Benny die Morde anhängen. Die spinnen komplett«, empört sie sich lautstark auf dem Weg zum Auto. Diese Sätze hat der Horvath durch die dünnen Wände des Reviers in der letzten halben Stunde dutzendfach gehört. So wie sich die Mimi aufgeregt hat, wundert es den Horvath, dass sie nicht in eine Zelle gesteckt worden ist.

»Angeblich soll er Frauen beobachten.« Die Mimi schlägt die Autotür mit unnötiger Wucht hinter sich zu, doch der VW zeigt sich davon unbeeindruckt. Sofort trauert der Horvath seinem alten Chevy nach, der das nicht hingenommen hätte, ohne scheppernd und knarrend dagegen aufzubegehren.

Der Horvath verkneift es sich, der Mimi davon zu erzählen, dass nicht nur der Bürgermeister den Benny nachts gesehen hat, sondern auch die Maria, die den Benny beim Spannen erwischt haben soll. »Warum bist du so fest davon überzeugt, dass der Benny so was nicht machen würde?«, fragt er stattdessen und startet den Motor. »Seine Mutter war eine Säuferin, die sich vor seinen Augen erhängt hat. Das geht nicht spurlos an einem Kind vorüber. Ich weiß, wovon ich red.«

»Der Shaman und ich haben intensive Lichtarbeit mit ihm gemacht.«

»Lichtarbeit«, wiederholt der Horvath und denkt an Simoners Aussagen. »Vielleicht hätte der Benny keine spirituellen Elektriker gebraucht, sondern eine Psychotherapie.«

»Der Benny war auf dem Weg zum Alleins. Es war eine Fügung, dass er durch das Waldbaden zu uns gefunden hat. In einer Psychotherapie hätte er niemals Heilung erfahren, Hase.« Der Horvath reibt sich die Augen und tritt ordentlich auf das Gaspedal. Er äußert nur ungern Zweifel an Mimis Arbeit, aber als Ermittler bleibt ihm nichts anderes übrig, als jeden Stein zweimal umzudrehen.

»Die haben ein Nachtsichtgerät in seinem Zimmer entdeckt. Wozu sollte er so eines besitzen, wenn nicht zum Spannen?« Kommissar Krüger taucht auf der hinteren Bank auf und nickt dem Horvath anerkennend im Rückspiegel zu.

»Hase, verhörst du mich?«

Der Horvath legt seine Hand auf Mimis Knie. »Ich will nur den Mörder von der Hulatsch und der Bergmann finden.«

»Das Highest Excitement vom Benny war, Tiere und Insekten zu beobachten. Weil er so menschenscheu war, hat er das in der Nacht gemacht. Die Idee mit dem Nachtsichtgerät war von mir.« Die Mimi seufzt und lehnt ihren Kopf an die Nackenstütze. »Ich bin mit dem Benny verbunden. Ich fühle, dass er keinem was antun würd. Ich fühle auch, dass er ganz in der Nähe ist und Angst hat.«

»Dem Benny werden zwei Morde angehängt, und er ist auf der Flucht. Dass er Angst hat, ist mir auch ohne Shining klar.«

»Nein, ich spüre etwas anderes.«

Der Horvath ist froh, dass es zwischen ihm und der Mimi wieder harmonischer geworden ist, deshalb verkneift er sich einen bissigen Kommentar. Er muss bei der Sache bleiben. Jetzt gilt es, das Umfeld der Hulatsch und der Bergmann unter die Lupe zu nehmen, denn auch sein Gespür sagt ihm, dass mit dem Benny ein Unschuldiger an den Dorfpranger gestellt wird. Es mag sein, dass seine Linse nicht nur herumschleichende Füchse, Grillen oder Äskulapnattern eingefangen hat, sondern auch die eine oder andere Provinzschönheit. Zu einem Mörder macht ihn das für den Horvath aber noch lange nicht, selbst wenn in Ermittlerkreisen die Theorie vorherrscht, dass sich der naheliegendste Verdacht zumeist als der richtige erweist. Diese These hat der Horvath bereits vor einem Jahr widerlegt, als sein Bruder Rudi des Mordes am Obstbauern bezichtigt wurde.

»Weiß man, wann Eva Bergmann umgebracht worden ist?«

»Laut Simoner am Donnerstag, also einen Tag vor Christel Hulatsch. Das ist ihm bei meiner Befragung rausgerutscht.«

»Die Arme hat tagelang ganz allein an der Donau liegen müssen«, überlegt die Mimi mitfühlend.

In Gedanken versunken treibt der Horvath sein Auto durch Krems. Inzwischen ist es dunkel geworden, und über der Stadt flackern Lichter wie bunte Girlanden, die sich am nassen Asphalt spiegeln.

»Wo fährst denn hin?«, fragt die Mimi, die erst bemerkt, dass sie nicht auf dem Weg in ihre Wohnung sind, als sie die Donaubrücke überqueren.

»Wir machen einen Nachtspaziergang durch das Dorf.«

Im Gegensatz zu den Städtern scheinen die Leute im Dorf bereits zu schlafen. Die Häuser stehen da wie schwarze Klötze vor einer nebelverhangenen Himmelskulisse. Der Wind treibt den muffig-herben Geruch von alten Gemäuern und vergorenem Obst durch die Gasse, in der das Haus von Benny und dessen Vater liegt. Ein verwunschenes Haus, wie die Mimi gähnend feststellt, das mit dem abgebröckelten Außenputz und dem verwilderten Vorgarten das Drama widerspiegelt, das sich in den letzten Jahrzehnten hier zugetragen hat.

Der Horvath nimmt Mimis Hand und zieht sie weiter in Richtung Christel Hulatschs Haus, das im Gegensatz zu allen anderen Eigenheimen wie ein von Kindern erbautes Legohaus aussieht. Nicht sehr groß, aber hübsch mit seinem spitzen Dach, dem Erker und den Hortensien, die im fahlen Licht der Straßenlaterne zu erahnen sind.

»Ich bin müde«, klagt die Mimi wie ein kleines Mädchen und hängt schwer und träge an Horvaths Arm.

Von ihrer Müdigkeit ist jedoch keine Spur mehr zu bemerken, als ein Scheppern aus Christel Hulatschs Grundstück dringt. Die beiden fahren zusammen.

»Vielleicht sind Journalisten eingebrochen«, flüstert der Horvath und späht über die Hecke in den Garten. Er wendet sich der Mimi zu, doch sie ist verschwunden.

»Pst«, zischt es aus einer Richtung, die der Horvath nicht auf Anhieb ausmachen kann. »Ich bin hier!«

Die Mimi steht auf der anderen Seite des niedrigen Holzzauns und bedeutet ihm, ihr zu folgen.

»Siehst du das Polizeiabsperrband?«, flüstert der Horvath so laut, dass es vermutlich die ganze Nachbarschaft hören kann. Er zeigt auf das Band an der Haustür und schüttelt den Kopf.

»Das pickt nur am Haus, nicht im Garten«, erwidert die Mimi. Sie entriegelt die Gartentür von innen und gewährt dem Horvath Einlass.

Er hat ein ungutes Gefühl, das Grundstück zu betreten. Wenn er dabei erwischt wird, wird seinen Ermittlungen der Garaus gemacht. Wieder scheppert es. Vielleicht ist tatsächlich ein Journalist eingedrungen, vielleicht sogar der Mayr von der DonauWelt, der nur zwei Häuser weiter wohnt. Sollten er und die Mimi bei ihrem Einbruch erwischt werden, könnten sie sich darauf ausreden, dass sie den Eindringling stellen wollten.

Die Mimi leuchtet den Rasen mit der Taschenlampe ihres Handys aus. Horvaths Blick folgt dem Lichtkegel.

»Im Garten ist keiner«, bemerkt er und nimmt der Mimi das Telefon aus der Hand. »Du bleibst hier.«

Im stummen Protest positioniert sich die Mimi an der Hecke, aber es dauert – wie erwartet – nicht lange, bis der Horvath ihre Schritte hinter sich hört. Das Scheppern wird lauter. Ein rhythmisches, dumpfes Schlagen auf Blech, das direkt aus dem Haus zu kommen scheint.

»Was ist das?«, fragt der Horvath und blickt eine Treppe hinab, die augenscheinlich zum Keller des Hauses führt. Das

Geräusch wird nun begleitet von hohen Tönen, die er nicht zuordnen kann.

Mimis Sorgenfalten werden von einem breiten Grinsen abgelöst. Sie schiebt ihn zur Seite und drängt sich an ihm vorbei die Treppe hinunter.

»Katzerl«, quietscht sie beinahe so hoch wie die Tiere und hebt ein Fellknäuel hoch. »Die Katzenklappe spießt. Sie können nicht rein.«

Der Horvath vernimmt näher kommende Männerstimmen und legt den Zeigefinger auf seinen Mund. Sie sollten verschwinden, stattdessen hockt sich die Mimi auf den Boden und drückt ein schwarz-weiß geflecktes Katzenbaby an ihre Brust.

»Die Mama ist auch da!«, ruft sie viel zu laut. »Sie fürchtet sich.«

Der Horvath erkennt ein gelb leuchtendes Augenpaar hinter der Mimi. Die ausgewachsene schwarze Katze kauert zwischen zwei Mistkübeln und gibt knurrende Geräusche von sich.

Während die Mimi auf die Tiere einredet, lauscht der Horvath nervös den Schritten und Stimmen, stellt dann aber erleichtert fest, dass sich die Männer entfernen.

»Wir sollten gehen, Mimi.«

»Wir können die Katzerl nicht dalassen. Bei der Polizei haben sie gesagt, dass die Christel ganz allein in ihrem Haus gewohnt hat. Jetzt haben sie keinen mehr, der sie füttert. Hast eine Idee, wie wir helfen können?«

»Helfen? Bin ich der Franz von Assisi, oder was?«

Die Mimi ignoriert seine Frage. »Ja, Miezis. Ja, ich kümmere mich um euch.«

»Die Katzen von der Ermordeten gehen uns nix an. Wir können sie nicht mitnehmen, das ist Diebstahl. Wahrscheinlich entwenden wir damit sogar Beweismaterial«, versucht er sich rauszureden.

»Das ist pure Liebe, Hase. Außerdem, was sollen die Katzerl denn bitte beweisen, außer dass sie die liebsten Erdlinge sind, die Pachamama uns geschenkt hat?«, protestiert die Mimi. »Hol die Einkaufsbox vom Auto, da können wir sie reingeben.«

Der Horvath tippt sich mit dem Finger an die Schläfe. »Ich hol sicher keine Schachtel vom Auto. Die Katzen bleiben da.«

Die Schachtel in der Hand, geht der Horvath neben der Mimi in Richtung Auto. Da hat er sich ganz schön was eingebrockt, sie in seinen Fall hineinzuziehen. Nun ist er keinen Schritt weiter und schleppt stattdessen in einer Nacht-und-Nebel-Aktion vier Katzen von der toten Hulatsch durch das Dorf. Über ihm rattern Jalousien. Der Horvath zieht den Kopf ein und legt einen Zahn zu. Der Kratzer, den ihm das Muttertier beim Hochheben zugefügt hat, juckt und brennt. Offenbar hat sich nichts daran geändert, dass Tiere ihn noch weniger leiden können als Menschen. Jetzt hat er gleich vier davon am Hals, und wie er die Mimi kennt, wird er sie so schnell nicht wieder los. Das alles ausgerechnet jetzt, wo er ein Buch zu schreiben, einen Fall zu lösen und ein Kind zu zeugen hat. Wobei er sich bei Letzterem nicht mehr so sicher ist. Die Mimi scheint ihre Eierstöcke zum Sperrgebiet erklärt zu haben, auch wenn sie aktuell so tut, als wäre alles in Ordnung.

Du musst konsequenter sein, mahnt Kommissar Krüger von der Seite. *Du bist Ermittler, kein Pantoffelheld.*

»Sei net goschat«, grantelt der Horvath, wartet, bis die Mimi im Auto sitzt, und stellt die Box auf ihren Schoß. Natürlich weiß er, dass Krüger recht hat. Er selbst hat ihn erschaffen, ihn zum Helden seiner Bücher gemacht. Wenn einer ein Gespür für Menschen hat, dann er.

»Har Hare Hari Wahe Guru, blissful. Har Hare Hari Wahe Guru, blissful«, singt die Mimi, als sich der Horvath ans Steuer setzt und den Motor startet.

Und du bist auch nicht Harry Potter, tritt Kommissar Krüger nach.

7

»Die Ordination hat g'schlossen!« Die schrille Stimme der Ärztin, die hinter ihnen zur Gemeinschaftspraxis stöckelt, löst einen Schmerz in Horvaths Kopf aus. Er stemmt sich vergebens gegen die versperrte Tür.

»Ich hab doch g'sagt, dass noch zu ist.« Dr. Senta Braun mustert den Horvath und die Mimi mit einer Mischung aus Argwohn und Trotz. Jetzt, wo sie so nahe vor ihnen steht, hat sie für den Horvath an Attraktivität eingebüßt. Die Haare zu offensichtlich blondiert, Make-up-Ränder am Hals wie schlecht verstrichene Wandfarbe, ein Rahmen aus verklumpten Wimpern um die eisblauen Augen.

»Wir arbeiten ab heute hier.« Die Mimi lächelt breit und streckt der Ärztin die Hand entgegen, die ungerührt ihren Schlüssel ins Türschloss rammt.

»Wir vertreten die Hulatsch, solange der Freilich niemanden hat«, erklärt der Horvath und ist verwundert über Senta Brauns Distanziertheit. Noch letztes Jahr ist sie ihm bei der Sonnwendfeier – vom Wein angeheitert – um den Hals gefallen, als wären sie die besten Freunde. Jetzt schaut sie ihn an, als hätte sie ihn noch nie zuvor gesehen. Es muss an der Mimi liegen, denkt der Horvath. Irgendein Rivalitätsgehabe unter Frauen, von dem er nichts weiß und auch nichts wissen will.

Wortlos stößt die Ärztin die Tür mit dem Fuß auf. Sie winkt ihn und die Mimi ins Innere des renovierten Hauses, in dem sich bis vor einigen Monaten auch das Büro des Bürgermeisters befunden hat.

»Schauts euch das an«, blafft Dr. Senta Braun durch das leere Treppenhaus, das die beiden Ordinationen voneinander trennt. »Eigentlich hätten wir in den Neubau ziehen sollen, aber dann hat sich der Altbürgermeister dort eingenistet wie eine fette Made, und wir sitzen noch immer in dieser Baracke. Ich sag's euch, lang mach ich das nimma mit.«

»Komm, Horvath«, drängt die Mimi. »Wir sind eh schon zu spät.«

Die Ärztin steuert auf die Tür ihrer Praxis zu und hält inne. »Horvath!«, ruft sie seinen Namen und strahlt, als wäre sie in den Freundlichkeitsmodus geschaltet worden. »Wie kommt's, dass du die Christel vertrittst?«

»Wir sind als verdeckte Ermittler da«, gibt die Mimi zurück, ohne Dr. Braun anzuschauen.

Der Horvath hört gerade noch, wie die Ärztin »Wie wunderbar« ausruft, dann wird er von der Mimi in Dr. Freilichs Ordination gezogen.

»Mimi«, empört er sich. »Warum bist du denn so unfreundlich?«

»In meinem Frauenheilkreis gebären die Schöpferinnen des Lebens in der freien Natur. Der Körper weiß, wie es funktioniert, ein Butzi zu bekommen. Dank Pachamama schaffen Frauen das ohne Zutun einer Gynäkologin.« Die Mimi spricht das Wort »Gynäkologin« aus wie ein Schimpfwort. »Außerdem, hast du diese roten Nägel gesehen? Also ich würd nicht wollen, dass sie damit in meine –«

»Genau darüber müssen wir noch reden, Mimi«, unterbricht der Horvath. »Kein Schulmedizin-Bashing, kein Singen, kein Getrommel und kein nackertes Getanze in der Ordi, verstanden? Wir müssen unauffällig bleiben.«

Die Mimi öffnet ihre Jutebeutel. »Willst mich durchsuchen? Ich hab alle heilsamen Werkzeuge daheim lassen. Sollen die Leut halt an ihren Pulverln sterben. Ist ja eh ganz im Sinne dieses Gesundheitssystems.«

»Horvath, Mimi«, begrüßt Dr. Freilich die beiden. Er tritt aus seinem Behandlungszimmer. »Die Brigitte ist auch schon da. Die Gute hat ihren Krankenstand unterbrochen und gibt euch eine Einschulung für die Programme, die meine Ordinationshelferinnen verwenden. Bis die Patienten kommen, seids

Profis. Eure Schlüssel zur Ordi bekommts dann auch von ihr.« Der Horvath hört eine Spur Verzweiflung aus seinem falschen Lachen heraus. Nicht nur der Mimi sind Ärzte suspekt, sondern auch ihm. Er erinnert sich noch gut daran, wie er nach dem Tod seines Vaters von einem Arzt zum nächsten gereicht worden ist, weil er sich weigerte zu essen. Am Ende jedes Termins hielt er ein Rezept für ein neues Medikament in den Händen. Was ihm wirklich half – und das hat er bis heute keinem erzählt –, war, dem Schulmobber am Kremser Bahnhof ein paar richtig feste Watschen zu verpassen. Auf diese Weise war ein kleiner Teil Gerechtigkeit wiederhergestellt, und der Horvath drehte auf dem Weg zum Bus noch einmal um und holte sich zwei Bosna vom Würstelstand.

Auch seine Meinung den Freilich betreffend hat sich nicht gerade gebessert, seit er Eva Bergmanns Leiche am Donauufer gefunden hat. Zwei Leichen im nahen Umfeld eines Mannes sind selten ein Zufall. Noch dazu zwei, die sich optisch ähnlich waren. Nicht zum Verwechseln ähnlich, aber beide waren groß und schlaksig und hatten eine ähnliche Frisur. Trotzdem war Eva Bergmann für Horvaths Geschmack die deutlich Attraktivere von beiden. Während sich in Christel Hulatschs kantigem Gesicht Verdruss und Grant festgesetzt hatten, lag auf Eva Bergmanns Antlitz mit den naiven Augen und den herzförmigen Lippen ein Dauerlächeln, wenn auch ein unnahbares.

Der Horvath verweilt im Wartezimmer. Indessen verschwindet die Mimi in der Tür links neben ihm, die zum Büro führt, und der Freilich in der Tür vor ihm, auf der schief das Schild »Behandlung 1« klebt. Die Mimi ruft nach ihm, und er betritt den schmalen, langen Raum, der mit Schreibtisch, Mikrowelle und klinischem Edelstahlwaschbecken Büro, Aufenthaltsraum und Labor in einem ist. Die medizinische Küchenzeile wird von einem Durchgang mit Schiebetür durchbrochen, der in Dr. Freilichs Untersuchungszimmer mündet.

»Servus«, grüßt Brigitte, als sie ihn bemerkt, und deutet auf einen niedrigen Aktenschrank, auf dem ein Bündel mit weißer Kleidung liegt. »Das ist deine Arbeitsmontur.« Der Horvath hebt die zusammengefalteten Sachen an und erkennt ein Poloshirt und eine Bundfaltenhose. Auch das noch. »Größe L?« Er zieht am kratzigen Stoff des Shirts. »Das könnt ein bisserl knapp sitzen.«

Nach der dreistündigen Einweisung brennen dem Horvath die Augen vom kleinen Bildschirm mit der schlechten Auflösung. Zwischen fachlichen Gesprächen und Small Talk konnte er Brigittes Alibis für die Nächte der Morde aus ihr herauskitzeln. Solide Alibis zwischen Ehemann, Tochter, Schwiegersohn und Enkelkindern, die die frisch operierte Frau im Rollstuhl durch das Haus beförderten.

Brigitte verabschiedet sich, und die Mimi bietet an, sie wegen ihres maroden Beins nach Hause zu begleiten. Es sind noch nicht einmal Patienten da, doch der Horvath wünscht sich schon jetzt zurück nach Hause. So anstrengend hat er sich das Ganze nicht vorgestellt. Schon jetzt hegt er Zweifel daran, dass es eine gute Idee war, für Dr. Freilich zu arbeiten.

Als Brigitte und Mimi außer Sichtweite sind, zieht er hastig eine Schreibtischschublade nach der anderen auf. Der Inhalt beschränkt sich auf typische Büroutensilien: Klammern, Bleistifte, Notizblöcke und Kugelschreiber. Er stößt sich vom Schreibtisch ab und rollt mit dem Drehsessel auf die andere Seite des Raums. Hier ist die Auswahl an Schränken und Schubladen größer. Wahllos macht er die Tür eines vergilbten Kastens auf. Packungen mit seltsamen Schläuchen und Kanülen fallen heraus. Der Horvath schiebt sie mit dem Fuß zurück, er will sich lieber nicht vorstellen, wofür die sind.

Ein Schild mit dem Aufdruck »C. H.«, das über dem Schrankgriff klebt, zieht seine Aufmerksamkeit auf sich. *Christel Hulatsch.* Mit einem Blick vergewissert er sich, dass

Dr. Freilich in seinem Behandlungszimmer sitzt, lauscht dem langsamen Klicken seiner Computertastatur. Er öffnet die Tür des hohen Regals, rückt zwei Packungen Chai zur Seite und inspiziert die untere Hälfte des Schranks. Dahinter steht ein Flechtkörbchen, in dem ein altes Smartphone, ein Muschel-Schlüsselanhänger, ein Pixi-Buch und ein Lederarmband liegen.

»Das sind Fundstücke«, ertönt Freilichs Stimme hinter ihm. Der Horvath fährt zusammen. »Die Christel hat die Sachen immer ein paar Monate lang gesammelt. Wenn sich keiner gemeldet hat, hat sie sie weggeschmissen oder dem Dorfflohmarkt gespendet.«

Horvaths Augen wandern noch einmal über die Gegenstände. Auf dem Handy klebt ein Sticker mit dem Namen »Stefano«.

»Die Brigitte ist so superlieb. Sie kommt nächste Woche in unseren Plant-Medicine-Heilkreis, dann wird sie die Krücken bald nicht mehr brauchen.«

Mimis Stimme lenkt Dr. Freilich vom Horvath ab. Er nutzt diesen Moment, um ein DIN-A4-Kuvert aus Christel Hulatschs Sachen zu ziehen und es unter einem Berg von ungeöffneter Post und Reklame auf dem Schreibtisch verschwinden zu lassen.

»Frau Mimi, es reicht doch schon, wenn man Sie sieht. Dann geht nämlich die Sonne auf.«

Flirtet der Freilich etwa mit der Mimi? Oder versucht er, sie mit seinen Schmeicheleien auf seine Seite zu ziehen?

»Ich zeig euch noch schnell die Hausapotheke, bevor wir aufsperren«, erklärt der Arzt.

Minuten später stehen der Freilich, die Mimi und der Horvath in einem kleinen, fensterlosen und stark klimatisierten Raum, der vom Boden bis zur Decke mit Medikamentenpackungen vollgestopft ist.

»Die gängigen Präparate werdets bald blind finden. Schmerzmittel, Herz-Kreislauf-Medikamente, Blutdrucksenker, Fieberzapferl, Entwässerungstabletten und alles, was Magen und Darm repariert, verschreib ich jeden Tag. Nach zwei Tagen habts das heraus.«

»Da sind Globuli«, freut sich die Mimi.

»Ja, die gehen auch gut.«

Der Horvath hört nur halb zu, was Dr. Freilich und Mimi reden. Kurz vor ihrer Exkursion in den Medikamentenraum konnte er einen Blick in Christel Hulatschs Kuvert werfen. Was er darin entdeckt hat, geht ihm nicht mehr aus dem Kopf.

8

»Wie viel Geld ist das denn bitte?« Der Horvath und die Mimi sitzen im Auto, und Mimis Augen sind starr auf das Geldbündel auf Horvaths Schoß gerichtet. »Um die zehntausend Euro.« Das Geld interessiert ihn nur am Rande. Viel neugieriger macht ihn der Zettel, der ebenfalls im Kuvert gesteckt hat. Die kleinen getippten Buchstaben flimmern vor Horvaths Gesicht.

Wenn dir etwas an deinem Ruf und an deiner Karriere liegt, erwarte ich den zweiten Teil der Zahlung bis 5. Juli.

Kein Absender, kein Empfänger. Nur zwei Zeilen, die ihre Wirkung augenscheinlich nicht verfehlt haben.

»Wir können das Geld nicht mitnehmen, Hase. Es kommt von einer Ermordeten.«

»Die Katzen, die wir mitgenommen haben, gehören derselben Leiche«, kontert der Horvath und wischt sich über den Kratzer am Unterarm, der von einem der Tiere stammt.

»Das ist etwas ganz anderes.«

»Genau. Die Hunderter pinkeln mir nicht in die Schuhe, und sie stinken auch nicht durch die ganze Wohnung. Aber keine Sorge. Sobald ich herausgefunden hab, von wem das Geld ist, übergeb ich es der Polizei.«

Kommissar Krüger taucht auf der Rückbank auf und mahnt den Horvath wortlos, bei der Sache zu bleiben.

»Zwei tote Frauen aus dem Umfeld vom Freilich. Ein Batzen Geld und ein Erpresserbrief. Ich wette, der liebe Doktor hat ordentlich Dreck auf seinem weißen Kittel«, fasst der Horvath seine Gedanken laut zusammen und nimmt den Kommissar im Rückspiegel ins Visier.

»Hat die Hulatsch jemanden erpresst, oder ist sie selber erpresst worden?«

Der Horvath grübelt über Mimis Frage. Theoretisch

könnte beides der Fall sein. Die Hulatsch könnte dieses Geld empfangen haben, oder sie hat es in der Ordination deponiert, um selbst eine Zahlung an jemanden zu leisten.

»Bei ihrem Job kann man nicht von einer großen Karriere reden, die zerstört werden könnte, also tippe ich darauf, dass sie Geld bekommen hat«, sagt der Horvath mehr zu sich selbst als zur Mimi. »Zehntausend Euro«, murmelt er weiter und fährt mit den Fingern über die ordentlich verschnürten Hunderter. »Ich fress einen Besen, wenn da nicht der Freilich seine Griffel im Spiel hat.«

Die Mimi richtet sich im Autositz auf, ist nun einen halben Kopf größer als der Horvath. »Hase, das kann ich mir nicht vorstellen. Der Doktor ist so ein Lieber.«

»Waren nicht bis vorgestern alle Schulmediziner aus Prinzip Verbrecher? Woher kommt dein Sinneswandel?«

»Ich hab seine Aura gelesen«, verteidigt die Mimi ihn. »Ich spüre keine negativen Energien.«

»Du bist befangen, weil du ein paar Zuckerkugerl bei ihm gesehen hast. Dass er mit seiner Zaubermedizin derselben Klientel das Geld aus der Tasche zieht wie du, macht ihn nicht vertrauenswürdiger.«

Der Horvath beißt sich auf die Lippen. Das hätte er nicht sagen sollen, ausgerechnet jetzt, wo das Verhältnis zwischen ihm und der Mimi langsam wieder ins Lot kommt.

Zum Glück ist die Mimi nur selten nachtragend.

»Gurt dich an. Wir statten jetzt dem Bugl-Wirt einen Besuch ab.«

»Die Katzerl!«, ruft sie und ist in Gedanken schon wieder ganz woanders. »Ich kann dich nicht begleiten. Ich muss heim. Die Armen haben sicher schon Hunger.«

Nachdem der Horvath die Mimi bei der Bushaltestelle abgesetzt hat, gönnt er sich einen doppelten Espresso beim Bugl-Wirt. Nach wie vor hat es oberste Priorität, die Verbindung zwischen Eva Bergmann und Christel Hulatsch herzustellen.

Er würde seine nächste Tantiemenabrechnung darauf verwetten, dass es eine Verbindung zwischen den Morden, der Erpressung und der Arztpraxis gibt. Diese Verbindung ist bestimmt nicht Benny Stahl, der mit einem Balken über den Augen zahnlückig vom Titelblatt der Tageszeitung grinst. Der Horvath schiebt die Zeitung quer über den Stammtisch aus seinem Sichtfeld. Er darf nicht riskieren, von Spekulationen und falschen Verdächtigungen in die Irre geführt zu werden.

»Noch ein Kaffeetscherl?«, fragt der Bugl-Wirt, zieht in einer einzigen Handbewegung die leere Kaffeetasse vom Tisch und wischt dabei mit einem stinkenden Lappen die Zuckerreste weg.

»Trinkst auch was mit?«, erwidert der Horvath. »Bist eingeladen.«

Der Horvath mustert den Bugl beim Bedienen der Espressomaschine. Er entscheidet sich für ein Achterl, das dem Horvath jetzt auch lieber wäre. Das Tablett in der Hand, kehrt der Wirt an den Tisch zurück. Zum ersten Mal fällt dem Horvath auf, wie aufgedunsen und verlebt sein alter Schulkollege ausschaut. Das Resthaar erinnert an den fettigen Flaum eines frisch geschlüpften Vogels, das Gesicht ist von einer ungesunden Röte überzogen.

Der Bugl stellt das Tablett ab. Zwei Stamperlgläser stehen zwischen Horvaths Kaffee und seinem Wein, den er in ein Saftglas gefüllt hat.

»Erst einmal ein bisserl Medizin«, sagt er und schiebt dem Horvath das Glas mit dem Schnaps zu. Wortlos greift dieser danach und kippt die klare Flüssigkeit hinunter. Ein Brennen breitet sich in seiner Speiseröhre aus. Er ist nichts mehr gewohnt, und er sollte auch nicht saufen. Wenn die Mimi das wüsste, müsste er sich ihrem spirituellen Waschprogramm unterziehen, um die Qualität seiner Spermien wiederherzustellen, falls das überhaupt noch Bedeutung für sie hat. Wie dem auch sei, bei all den rotzenden Patienten kann eine kleine Desinfektion von innen nicht schaden.

»Ich hab g'hört, du und die Mimi seids die neuen Ordinationshelferinnen beim Freilich.«

Der Horvath unterdrückt nur mit Mühe ein Aufstoßen.

»Ich bin Ordinationshelfer. Wir vertreten die Hulatsch. Apropos, weißt du, ob die Eva und die Christel gut miteinander waren?«

Der Bugl-Wirt reibt sich mit der Handfläche über die Stirn. »Die Hulatsch, die alte Hex, war mit keinem gut. Und die Eva war eine Eigenbrötlerin, die hat mit niemandem so richtig was zu tun g'habt. Schad eigentlich. So eine fesche Frau.«

»Wann hast du die Eva zum letzten Mal gesehen?«

»Das war an ihrem freien Donnerstag. Sie ist an mir vorbei, als grad der Höchtl Werner zum Heckenschneiden da war. Ganz ungewohnt sportlich war s' unterwegs, als hätt s' wandern wollen. In der Nacht ist mir dann aufg'fallen, dass bei ihr kein Licht an war, und am nächsten Tag ist sie nicht zur Arbeit kommen. Ich hab gleich g'wusst, dass da was nicht stimmt. Man hat der Eva vieles nachsagen können, aber pünktlich und zuverlässig war sie.«

»Wie lange hat die Eva bei dir im Gasthaus gearbeitet?«

Der Wirt scheint zu überlegen, nimmt dabei geräuschvoll einen großen Schluck Wein. »Sie ist kurz vor Corona ins Dorf gekommen und hat bei mir ang'fangen.«

»Hat sie manchmal Besuch gehabt?« Der Horvath wirft ganz automatisch einen Blick zur Treppe, die von der Gaststube hoch zu den Fremdenzimmern führt, von denen eines Eva Bergmann bewohnt hat.

»Die Eva hat sich von allen abgeschottet. Die hat ihren Dienst gemacht, dann ist sie ins Zimmer verschwunden. Nicht einmal auf ihren Geburtstag wollte sie mit mir anstoßen«, erwidert der Bugl und betrachtet ebenso wie der Horvath den Aufgang. »Alles haben die Kiwara auf den Kopf g'stellt. Alle Zimmer haben s' durchsucht, aber g'funden haben s' zum Glück nix, sonst könnt ich zusperren. Ein bisserl Schwarzgeld und ein Oferl hat schließlich jeder daheim.«

»Waren da Männerg'schichten? Oder ist dir einmal aufgefallen, dass es Probleme zwischen ihr und einem Gast gegeben hat?«

Der Bugl-Wirt schüttelt den Kopf. Kleine Schweißperlen setzen sich in Bewegung, rollen vom Haaransatz in Richtung Augenbrauen. »Wie ich g'sagt hab. Die Eva war ganz eigen. Die hat nicht einmal mit den Leuten g'redet, geschweige denn sonst was. In letzter Zeit hat sie so Andeutungen g'macht, dass sie weggehen wird, hat sogar angefangen, Englisch zu lernen.«

Stumm nimmt der Horvath diese Information zur Kenntnis und schaut sich dabei in der Gaststube um, die mit ihren dunklen Möbeln und den Plastikpflanzen wenig einladend wirkt. Früher galt der Bugl-Wirt als einer der besten Gasthöfe im Bezirk. Inzwischen hat er an Charme eingebüßt, ist verstaubt und lockt bestenfalls durstige Radfahrer und die örtliche Stammtischrunde an.

»Im Dorf wird erzählt, dass sie was mit dem Freilich gehabt haben soll, ist da was dran?« Dem Horvath hat die Frage den ganzen Tag lang auf der Zunge gebrannt, aber es wäre taktisch unklug gewesen, den Arzt schon am ersten Tag in der Ordination damit zu konfrontieren. Aus Erfahrung weiß er, wie wichtig es ist, den Hauptverdächtigen – und das ist der Freilich seiner Meinung nach – zuerst in Sicherheit zu wiegen, ehe man Schicht für Schicht ins Gewebe schneidet, um Informationen freizulegen.

»Kurz nachdem die Eva hergezogen ist, hab ich die zwei beim Spazierengehen g'sehen, aber recht innig sind sie mir nicht vorkommen. Ich glaub nicht, dass bei denen was gegangen ist.« Der Bugl-Wirt begrüßt ein Paar, das soeben die Gaststube betreten hat, und bedeutet seiner Kellnerin mit einer barschen Handbewegung, sich der beiden anzunehmen. »Die ersten Gäste heute.« Seine Stimme ist leise. »Bitte schau, dass du den Benny findest. Ein frei laufender Mörder ist nicht grad gut fürs Image vom Dorf und auch nicht für meinen Geldbeutel.«

»Was ist denn mit der Seniorenunterkunft beim ehemaligen Kaiser-Wirt? Belieferst du die nicht mehr mit Essen?«

»Nach einem kleinen Problem mit einem nicht mehr ganz so frischen Dorschfilet, das ein paar nicht vertragen haben, kriegen die jetzt Essen auf Rädern aus Krems.« Die Nasenflügel vom Bugl-Wirt blähen sich zu Nüstern auf. »Brauchst nicht glauben, dass der Stöger bei der Heimleitung ein gutes Wort für mich eing'legt hat. Aber Hauptsache, vor der Wahl dreimal in der Woche zu mir zum Essen kommen und das Blaue vom Himmel versprechen. Da sind s' alle gleich, die Politiker.«

Nickend führt der Horvath die Kaffeetasse an den Mund. Die schwarze Brühe riecht wie Pinselreiniger und schmeckt auch so. »Darf ich mich ein bisserl in Evas Zimmer umschauen?«

»Na klar, Horvath.« Der Wirt wühlt einen Schlüssel aus seiner Hosentasche. »Mit dem kommst rein.«

Der Horvath streckt die Hand danach aus, dabei stockt er kurz. Ein Muschelanhänger aus Perlmutt mit einer kleinen ovalen Perle baumelt am Schlüsselring. Es ist die gleiche Muschel, die er in Christel Hulatschs Schrank unter den Fundstücken entdeckt hat.

Der Horvath zupft die polizeiliche Versiegelung an der Tür ab, an der sich offensichtlich bereits vor ihm jemand zu schaffen gemacht hat. Evas Zimmer wirkt kahl und unpersönlich. Der Horvath streicht mit der Hand über die Wände. Keine Löcher von Nägeln, die darauf hinweisen, dass dort bis vor Kurzem Fotos aufgehängt waren. Keine Deko. Nichts. Ein Zimmer, das entweder Aufbruch verheißt oder zeigt, dass Eva nie richtig angekommen ist. Selbst wenn man davon ausgehen kann, dass die Polizei einige ihrer Sachen mitgenommen hat, deuten die übrig gebliebenen Habseligkeiten auf ein spartanisches Leben hin.

Auf einem kleinen Tisch neben dem Fenster befinden sich

ein Wasserkocher, ein paar Packungen Tee, benutzte Tassen, Bücher und ein Koh-Phangan-Inselführer. Auch die Schubladen bringen nur nichtssagende Gegenstände zum Vorschein.

Der Horvath öffnet den Kleiderkasten, betrachtet die sorgsam gefalteten Röcke, Shirts und Blusen, die mit ihren Pastelltönen und blassen Blumenmustern so langweilig aussehen, dass sie offenbar nicht einmal für die Polizei von Bedeutung waren. Alles riecht sauber und frisch gewaschen, könnte aber nahezu jeder Person gehören. Etwas von Eva Bergmanns Persönlichkeit erkennt er auf diesen fünfundzwanzig Quadratmetern nicht.

Wer war diese Frau mit dem schulterlangen Haar und dem distanzierten Blick? Wer waren ihre Freunde? Wo und mit wem hat sie ihre freien Tage verbracht?

Er blickt auf die Muschel, die in seinen Händen liegt, löst sie schließlich vom Schlüsselring und steckt sie in seine Jackentasche. Egal, was die Polizei vor ihm in diesem Zimmer entdeckt hat, die Tatsache, dass Benny noch immer als Hauptverdächtiger gilt, zeigt, dass es sie keinen Schritt weitergebracht hat. Er hingegen hat ein handfestes Beweisstück, dass es zwischen Eva Bergmann und Christel Hulatsch eine Verbindung gegeben haben muss, die ihn im besten Fall zum Mörder führen wird.

9

In der schmalen Gasse, die ihn zurück zum Auto schleust, gibt es kein Ausweichen vor dem Shaman, der ihm mit einer Frau im Schlepptau entgegenkommt. Kurz ist der Horvath irritiert. Die Rothaarige an seiner Seite ginge leicht als Mimi durch, wenn er nicht soeben ein Selfie von ihr und den Katzen erhalten hätte und wüsste, dass sie in ihrer Wohnung ist. »Bruder!«, ruft der Shaman. »Was für ein Glück, dich zu treffen.«

»Servus«, gibt der Horvath knapp zurück. Der Guru zieht ihn in eine Umarmung, gegen die er sich nur unmerklich zur Wehr setzt. Sein Blick haftet an der Frau, die er zunächst dankbar für eine neue Seelenpartnerin vom Shaman gehalten hat. Ein Irrtum, wie er nun merkt.

»Maria, warum rennst du mit einer Perücke herum? Ich hab glaubt, wenigstens du bist noch normal.«

Seine Ex-Schwägerin greift sich an den Kopf und lächelt verlegen. »Man muss halt auch einmal offen für was Neues sein.«

»Findest nicht, dass die Marilou mit dieser Haarfarbe wie eine Göttin ausschaut?«, fragt der Shaman. »Wenn sie jetzt noch meinen Shibori-Poncho anhätt …« Er fährt mit der Hand über sein Kleid, das vermutlich der zitierte Shibori-Poncho sein soll.

»Mari… was?« Der Horvath stöhnt. »Wo wollts denn hin? Für den Kinderfasching seids vier Monate zu spät.«

»Wir geh'n zum Bugl-Wirt.«

»Hast auf der Jagd kein ordentliches Kräuterbüschel für deine Frau erlegt?«, wendet sich der Horvath, der die spitzfindigen Bemerkungen nicht lassen kann, an den Shaman.

»Ich brauch dringend was Paniertes und danach was mit Schlagobers. Nach der Bauchgrippe schreit mein Körper nach

Fett«, fährt die Maria dazwischen, bevor der Shaman etwas erwidern kann. Sie verdreht die Augen und zupft am Ärmel seines Ponchos. »Komm jetzt.«

Die Maria zieht den Shaman weiter, da fällt dem Horvath etwas ein. »Maria!«, ruft er den beiden hinterher.

Der Shaman dreht sich zuerst um. »Die Maria heißt jetzt Marilou, das bedeutet ›Stern des –‹«

»Was willst denn noch, Horvath?«, keift die Maria.

So grantig hat der Horvath sie zum letzten Mal in der Ehe mit seinem Bruder Rudi erlebt. Was ist denn nur mit den Frauen los? Zuerst Mimis seltsame Wandlung und jetzt Maria. »Ich hab gehört, dass du den Benny angezeigt hast.«

Die Maria nickt. Sie schaut für Horvaths Geschmack noch immer elend aus. Die roten Haare lassen ihre Haut noch blasser und die Augenringe noch dunkler erscheinen. Außerdem hat sie ordentlich an Gewicht verloren. Er muss beizeiten ein dringendes Wörtchen mit dem Shaman reden. Er hat ihn ausdrücklich davor gewarnt, die Maria in seine dubiosen Ayahuasca- und Schnupftabak-Zeremonien, die er so selbstverständlich praktiziert wie Zähneputzen, hineinzuziehen.

»Glaubst, ich bin auch in Gefahr?« Ihre Stimme schrumpft zu einem Flüstern. Ihr Gesicht wird kreidebleich. »Es wird erzählt, dass er in der Nacht in die Fenster von Frauen spechtelt.«

»Wie meinst du das?« Der Horvath wiederholt Marias Worte in Gedanken. »Du hast ihn doch selber angezeigt. Du musst es also besser wissen als alle anderen.«

Die Maria kommt näher. »Ehrlich gesagt, hab ich den Benny nicht um mein Haus schleichen g'sehen. Also g'sehen hab ich schon wen, aber der hat eine ganz andere Statur g'habt. Die Conny und die Babsi haben trotzdem g'meint, dass das nur der Benny gewesen sein kann, da hab ich ihn bei der Polizei gemeldet.«

Der Horvath ermahnt sich, ruhig zu bleiben. »Da machts

auf ›Wir haben uns alle lieb‹, und dann muss der Benny für einen Spanner herhalten, nur weil ihn die Tratschweiber zum Dorftrottel abgestempelt haben.« Seine Stimme ist lauter geworden als beabsichtigt. »Jetzt steht der Benny nicht nur als Voyeur, sondern auch als Mörder da, ist dir das eigentlich klar? Das ist eine Hexenjagd. Kein Wunder, dass der Bub sich irgendwo versteckt.«

»Geh mich nicht gleich so an, Horvath.« Die Maria schürzt beleidigt die Lippen. »Wennst willst, stell ich das bei der Polizei richtig, aber einen großen Unterschied wird das nicht machen.«

Der Horvath dreht sich um und lässt die beiden in der Gasse stehen.

»Das Mama-Katzerl hat ein Wehwehtscherl am Bauch!«

Der Horvath betritt die Wohnung, wo die Mimi am Gang steht und ihn erwartungsvoll anschaut.

»Ist das irgendein Geheimcode, von dem ich nix weiß?« Der Horvath streift seine Schuhe in der Garderobe ab und wirft die Schlüssel und das Handy auf die Kommode, über der das Hochzeitsbild von Maria und Shaman prangt, das er seit Monaten loswerden will. »Und warum redest du neuerdings eigentlich dauernd in Babysprache?«

»Die Katzenmama hat einen Kaiserschnitt bekommen. Jetzt lassen sie nicht einmal mehr die Tiere natürlich gebären.«

»Mimi, das ist kein Thema für mich. Ich red ja auch nicht mit dir darüber, wie ich mir die Nasenhaare schneid.«

Um Horvaths Füße streifen zwei miauende Kätzchen. Er kommt nicht umhin, sie anzulächeln. Natürlich findet er sie süß, aber das würde er niemals zugeben. Echte Männer finden Katzen nicht süß, zumal ihn Kommissar Krüger, sein eigener Protagonist, bereits als Pantoffelhelden abgestempelt hat und er sich zunehmend Mimis Gesetzen beugt.

Die Mimi und die Katzen folgen ihm ins Schreibzimmer, wo er Christel Hulatschs Erpresserbrief, das Geld und den

Muschelanhänger aus der Jackentasche zieht und in eine Schreibtischschublade legt.

»Hase, ich hab erst geräuchert. Die Sachen bringen ganz dunkle Energien in unsere Wohnung.« Die Mutterkatze auf dem Arm, steht die Mimi in der Tür. Jetzt sieht der Horvath, was sie gemeint hat. Eine kahle Stelle prangt auf dem Bauch des Tieres. Bei genauerem Betrachten erkennt er eine fischgrätenartige Narbe, die relativ frisch zu sein scheint.

»Wenn ich bei Dyson einen Räucherroboter für deinen spirituellen Hausputz find, schenk ich ihn dir zum Geburtstag, versprochen.«

Die Mimi hört ihm gar nicht zu. Seit die Katzen eingezogen sind, ist sie nur noch mit ihnen beschäftigt. »Husch, husch, jetzt geht's aufs Kisterl«, ruft sie und trippelt aus dem Zimmer. Sekunden später vernimmt er ein Scharren und möchte sich nicht vorstellen, wie die Mimi den jungen Tieren den Gang aufs Katzenklo beibringt. Vielleicht könnte er die Maria dazu überreden, die Katzen bei sich aufzunehmen. Seit dem Tod ihres Hundes Bello jammert sie ständig, wie trostlos ein Haus ohne Tiere ist, und das, obwohl der Shaman bei ihr eingezogen ist.

Der Horvath setzt sich an seinen Schreibtisch und klappt den Laptop auf. Er sollte dringend an seinem Buch weiterarbeiten, aber Krügers Fall wird von dem der ermordeten Frauen im Dorf aus seinen Gedanken verdrängt. Weil das mit dem Schreiben nichts wird, ruft er nacheinander die Facebookseiten von Christel Hulatsch, Eva Bergmann und Dr. Freilich auf. Die Accounts sind lange nicht mehr mit neuem Content befüllt worden und treiben wie Geisterschiffe durch das Netz.

Auch das erneute Betrachten des Erpresserbriefs und der Muschel bringt keine bahnbrechenden Erkenntnisse.

Es wird Zeit, dass er sich den Arzt vorknöpft. Und er muss den Benny finden.

10

Der Horvath knallt das Telefon auf die Ladeschale. »Frau Gattringer hat ihren Termin auf halb zehn verschoben.« Seit einer halben Stunde trudeln die Anrufe im Minutentakt ein. Wenn der Horvath eine Sache mehr hasst, als zwangsweise mit Menschen reden zu müssen, dann ist es, am Telefon mit ihnen reden zu müssen. Die Mimi rollt näher an den Bildschirm heran. »Hase, ich find mich grad nimma zurecht. Wie komm ich denn von dieser Maske zurück zu den Terminen?«

»Schau«, sagt der Horvath, obwohl er selbst nicht weiß, wohin er klicken muss, aber die nächste Patientin drückt ihr Gesicht an die milchige Glasscheibe. Der Horvath stöhnt genervt. »Wozu lassen wir die Leute eigentlich eine halbe Stunde früher herein, wenn der Freilich eh nicht pünktlich ist?«, murrt er und schiebt das Fenster auf. »Horvath, mit dir hätt ich jetzt nicht gerechnet.« Die ältere Dame schaut verwirrt von ihm zur Mimi und wieder zu ihm. »Seids ihr die neuen Ordinationshelferinnen?«

»Geht's vielleicht ein bisserl maskuliner?« Der Horvath schnalzt mit der Zunge. »Ich hab keinen Termin, aber hoffentlich nimmt mich der Herr Doktor trotzdem dran.«

»Natürlich«, ruft die Mimi, die in ihrem neuen Job augenscheinlich mehr aufzugehen scheint als der Horvath. »Fühlen Sie sich willkommen, meine Liebe.« Sie nimmt die E-Card der Frau entgegen und steckt sie in den Kartenleser. »Mah, Sie sind aber freundlich. Da müsst man dem Benny regelrecht dafür danken, dass er die Hulatsch –«

»Sie werden eine Weile warten müssen«, unterbricht der Horvath, bevor sie den Satz zu Ende gesprochen hat, und gibt ihr die E-Card zurück.

Die Frau wendet sich ab, dreht sich dann aber noch einmal zu ihnen. »Ich muss letztens mein goldenes Armketterl hier verloren haben. Ist euch was aufg'fallen?«

»Wir schauen nach«, erwidert die Mimi und wirft dem Horvath einen Blick zu, der als Arbeitsauftrag zu verstehen ist. Dann schickt sie der alten Frau einen Luftkuss, winkt ihr und schiebt die Glasscheibe wieder zu.

Der Horvath rollt zu Christel Hulatschs Schrank, öffnet ihn und zieht das Körbchen mit den Fundstücken heraus. Ein Armband entdeckt er darin nicht, aber ihm fällt etwas anderes auf, was ihm bisher entgangen ist. Fünf weiße Packungen, die ihn an Babynahrung erinnern. Er stellt die vergessenen Gegenstände zurück und nimmt eine der Packungen heraus. »MaxiKcal für die rasche Gewichtszunahme«, liest er. War die Hulatsch es leid, dass man sie hinter ihrem Rücken »die Lulatsch« nannte, und wollte sie sich mit diesem Pulver etwas mehr auf die Rippen bekommen? Der Horvath stellt das Mittel zurück in den Schrank und fährt sich mit der Hand über den Bauch, über den sich das weiße Shirt spannt, das er in der Ordination anhaben muss.

»Ihr alle tragt die Heilung in euch!«, dringt Mimis Stimme vom Wartezimmer zu Horvath ins Büro. Ruckartig fährt er herum. Erst jetzt bemerkt er, dass die Mimi nicht mehr auf ihrem Platz sitzt. Er springt auf und rennt in den Warteraum.

»Teyata om bekanze bekanze. Maha bekanze. Radza samudgate soha«, singt die Mimi mit geschlossenen Augen und dreht sich dabei wie die Figur einer Spieluhr im Kreis. »Teyata om bekanze bekanze. Maha bekanze. Radza samudgate soha.«

»Mimi!«, zischt er warnend, als die Tür zur Ordination von außen geöffnet wird und Dr. Freilich vor ihm steht.

Der Arzt sieht gehetzt aus, und seine Stimmung lässt sich nicht auf Anhieb deuten. Er starrt die Mimi ein paar Sekunden lang an, dann klemmt er sich die Tasche unter die Achsel und klatscht in die Hände. »Wunderschön, Frau Mimi. Wunderschön.«

Die Mimi verstummt. »Das ist ein Heilmantra«, klärt sie Dr. Freilich auf. »Das kann ich Ihnen gern beibringen.« »Sie sind mir ja eine, Frau Mimi«, wendet er sich zuerst an die Mimi und dann an einen alten Mann mit knittrigem Gesicht und fahlem Teint. »Der Herr Schubert schaut mir gleich gar nimma so blass aus. Da werd ich bald arbeitslos sein.« Das Lachen des Arztes hallt durch den Raum, und die Patienten stimmen nacheinander wie im Kanon mit ein.

»Da kommt man richtig gern her«, krächzt eine Stimme, die der Horvath der Frau Lagler, seiner alten Klassenlehrerin, zuordnet.

»Eine reizende junge Dame«, pflichtet eine andere Dame bei. »Was ganz anderes als die Lulatsch.«

»Rupert, du kannst gleich mitkommen.« Dr. Freilich nickt in Richtung eines Mannes mit Schnauzbart, den der Horvath seit seiner Zeit im Jugendfußballverein kennt. Seit Rupert Mayr zu seinem Nachfolger bei der DonauWelt geworden ist, hat der Horvath jedoch vermieden, ihm über den Weg zu laufen. Krank wirkt Rupert Mayr für Horvaths Empfinden nicht. Er trägt Golfkleidung, und sein üppiges dunkles Haar, dessen Farbe offensichtlich erst aufgefrischt worden ist, ist glatt nach hinten gegelt.

Rupert Mayr streckt sich kurz und erhebt sich. Anstatt Freilich ins Behandlungszimmer zu folgen, bleibt er unmittelbar vor dem Horvath stehen und zieht eine Geldbörse aus der Brusttasche, aus der zwei Hunderter ragen.

»Zahl ich bei dir?«, fragt er.

»Nein, nein. Das machen wir ab sofort drinnen bei mir. Der Horvath und die Frau Mimi haben eh schon so viel zu tun. Wir wollen ja nicht, dass sie mir gleich wieder davonrennen.«

Die beiden Männer verschwinden im Behandlungszimmer, und der Horvath und die Mimi kehren zurück hinter das Anmeldepult.

Den Horvath lässt das Gefühl nicht los, dass der Freilich etwas verheimlicht. Die seltsame Aufgeschlossenheit der Mimi gegenüber, dazu die permanente übertriebene Freundlichkeit und nicht zuletzt die Tatsache, dass er zwei Menschen eingestellt hat, die nicht ansatzweise Erfahrung in diesem Job mitbringen. Aber wenn der Arzt etwas zu verbergen hat, warum sollte er ausgerechnet ihn in sein nahes Umfeld holen? Der Horvath geht die möglichen Gründe in Gedanken durch, da taucht Kommissar Krüger mit der Schlussfolgerung neben ihm auf, zu der auch er selbst gekommen ist: *Sei deinen Freunden nah, doch deinen Feinden noch näher.*

»Die Pipibecher«, erinnert ihn die Mimi, und er schreckt hoch. Sie drückt ihm die Liste mit den Namen der Patienten, die eine Probe abgeben müssen, in die Hand. Er greift nach einem Permanentmarker, beschriftet zwei Sticker mit den ersten Patientendaten, klebt sie auf die Becher und reicht sie der Mimi. Die schiebt das Fenster auf und lehnt sich nach draußen ins Wartezimmer.

»Lotte und Karl, machts ihr bitte Pipi ins Becherl?«

»Pipi ins Becherl«, wiederholt der Horvath. »Die sind erwachsen, Mimi.«

»Auf der Suche nach wahrhaftiger Heilung sind wir alle in der Dimension von Kindern.«

Der Horvath verdreht die Augen. »Kein Wunder, dass die Hulatsch sich umbringen hat lassen. Ich würd schon jetzt lieber verbrennen, als Brunzbecher von Fremden herumzutragen.«

Die Mimi erwidert irgendetwas, doch Horvaths Aufmerksamkeit richtet sich auf Rupert, der soeben verhuscht aus dem Behandlungszimmer kommt und sich mit einem Kopfnicken von ihnen in Richtung Ausgang verabschiedet.

Diesmal ist es der Horvath, der sich durch das Fenster lehnt und hinausschaut. Dabei entgeht ihm nicht, wie dem Rupert die Geldbörse aus den Händen rutscht und aufgeklappt auf dem Linoleumboden landet. Von den beiden Hundert-Euro-Scheinen ist nichts mehr zu sehen.

»Lass mich mal«, sagt er und zieht die Computertastatur unter Mimis Händen zu sich herüber.

»Hase, ich muss einen Termin eintragen«, beschwert sie sich, aber der Horvath kann nicht warten. Mit zwei Fingern tippt er »Rupert Mayr« in die Patientenliste.

»Machst dir Sorgen um ihn?«, fragt die Mimi. Ihre Augen flattern ebenso wie seine über Ruperts Datenblatt.

»Mah, der Arme hat ein Burn-out und ist schon so lang krankgeschrieben«, stößt sie mitfühlend aus und faltet die Hände wie zum Gebet vor der Brust. »Die Schulmedizin stopft ihn sicher mit Psychopulverln voll.«

»Mhm«, murmelt der Horvath und reibt sich über das Kinn, an dem sich der fehlende Dreitagebart so falsch anfühlt wie Rupert Mayrs Diagnose.

Dr. Freilich ist nach dem letzten Patiententermin so rasch verschwunden, dass der Horvath keine Gelegenheit hatte, ihm Fragen zu stellen. Die Hände in den Taschen seiner weißen Hose vergraben, steht er am Fenster und verfolgt den Range Rover des Arztes, der sich langsam in der Ferne verliert.

»Ich geh räuchern, Hase.« Die Mimi holt ein Salbeibündel und ein Feuerzeug aus ihrem Jutebeutel. Der Horvath wartet kurz, dann schleicht er in Freilichs Behandlungszimmer und öffnet sämtliche Schranktüren und Schubladen, ohne darin etwas von Bedeutung zu entdecken. Welche dubiosen Geschäfte macht der Arzt mit Rupert Mayr? Haben die Hulatsch und der Freilich gemeinsam Patienten erpresst? War der Rupert hier, um seine Rate zu bezahlen? Der Horvath kratzt sich im Nacken. Der Kragen des Poloshirts klebt schweißnass an seiner Haut. Erneut zeigt das Thermometer beinahe dreißig Grad, und der Tag präsentiert sich von seiner sommerlichsten Seite.

Eine dunkle Stimme lässt den Horvath aufhorchen. Hat der Freilich etwas vergessen? Mit großen Schritten eilt er zurück ins Büro. Von hier aus kann er den Mann im Wartezimmer nicht nur hören, sondern auch sehen. Ein tätowierter Kerl mit Halbglatze. Hinter ihm ein kleiner Bub, der mit der einen Hand seinen Schnuller festhält und sich mit der anderen ans Hosenbein des Mannes krallt.

»Die Ordination hat schon zu«, erklärt die Mimi. »Aber ich bin Schamanin und kann Ihnen auch helfen.«

Schnell rennt der Horvath nach draußen. »Mimi, du darfst keine Heilversprechen abgeben, sonst kriegen wir wieder Probleme mit der Wirtschaftskammer.«

Die Augen des Mannes ruhen einige Sekunden auf dem Horvath. Erneut schwingt die Tür auf, und eine Frau kommt herein. Der Bub streckt die Arme nach ihr aus, und sie hebt ihn hoch.

»Wir sind keine Patienten. Wir wollen das Haus besichtigen«, erwidert der Mann. Er zieht ein Smartphone aus seiner Hosentasche, wischt über den Bildschirm und präsentiert ihn der Mimi und dem Horvath. »Wir haben einen Termin mit der Eigentümerin. Oder ist es schon verkauft?«

Der Horvath starrt auf Christel Hulatschs Haus, das auf dem Foto der Verkaufsplattform größer erscheint, als es ist.

»Das wird schwierig. Die Frau Hulatsch hat ihren physischen Körper verlassen. Sie ist umgebracht worden. Vermutlich von einem Serienmörder.«

Die schwarzhaarige Frau drückt ihren Sohn enger an sich und weicht einen Schritt zurück.

»Die Verkäuferin ist die Ermordete? Die Zeitungen sind voll davon.« Der Mann macht ein betroffenes Gesicht. »Unter diesen Umständen wollen wir das Haus lieber doch nicht sehen.«

11

»Die Bergmann und die Hulatsch. Beide umgebracht. Beide offensichtlich im Begriff, das Dorf zu verlassen.« Der Horvath denkt laut, und die Mimi greift seine Gedanken auf.

»Vielleicht haben die zwei was miteinander gehabt und wollten z'ammen abpaschen.«

»Die Arzthelferin vom Freilich und die Kellnerin vom Bugl-Wirt hätten kein Pantscherl haben können, ohne dass das einer mitbekommen hätt.«

Die Mimi zuckt mit den Schultern, und der Horvath schöpft eine weitere Portion Bohnengulasch aus dem Topf, der in der Mitte des Esstisches steht. Er spürt, wie sein Bauch grummelt. Hoffentlich hat er sich in der Arztpraxis kein Virus eingefangen. Er schiebt die Tofustücke an den Tellerrand und streut großzügig Chilipulver über sein Essen. Damit hat er sich den Magen noch jedes Mal eingerenkt.

»Den Räuchertofu hab ich extra für dich reingegeben.«

»Es gibt nur zwei Dinge, die nach Rauch schmecken dürfen: eine Marlboro und ein Stück Speck.«

»Speck verursacht Tierleid, Hase.«

»Aber Tofu verursacht mir Leid.« Der Horvath beugt sich stöhnend unter den Tisch, wo das gefleckte Kätzchen dabei ist, seine Beine hochzuklettern. »Wie soll das weitergehen mit den Tieren? Die können nicht auf Dauer bei uns bleiben.«

»Warum denn nicht? Schau, wie lieb sie sind.« Die Mimi hebt die schwarze-weiße Babykatze hoch und reibt ihre Wange am Kopf des Tieres. Der Horvath weiß genau, worauf das hinausläuft, wenn er jetzt keine klare Grenze setzt. Dann wird es mit den Katzen ähnlich sein wie mit der riesigen Buddhafigur im Wohnzimmer und dem Shaman. Beides hat die Mimi in ihr Leben eingeschleust, bevor er sich dagegen zur Wehr setzen konnte.

Das muss ein Ende haben. Trotzig steht er auf, geht zum Kühlschrank und holt ein Dosenbier heraus. Sein Notfallbier, das seit einem halben Jahr in der hintersten Ecke steht und seit Mai abgelaufen ist. Sei es drum. Er zieht an der Aluminiumlasche. Das leise Zischen, begleitet vom aufsteigenden Aroma, weckt Vorfreude in ihm. Demonstrativ dreht er sich in Mimis Richtung und nimmt einen Schluck. Er setzt die Dose ab und hustet.

»Mimi! Was machst du da?« Bier sprudelt aus seinem Mund und läuft ihm über das Kinn. »Du kannst doch nicht die Katze abschlecken!«

»Ich putze sie«, lispelt die Mimi und zieht ein hautfarbenes Teil aus ihrem Mund. »Das ist eine Zungenbürste, die den Katzerln ein besonderes Gefühl von Innigkeit geben soll. Damit schaffe ich Vertrauen zwischen uns. Magst es auch einmal probieren?«

»Das ist mir ein bisserl zu viel Crazy Cat Lady.« Der Horvath schüttelt sich und setzt sich wieder an den Tisch. Mit spitzen Fingern greift er nach der Latexzunge und wirft sie hinter sich ins Spülbecken. »Apropos grauslich. Hast du gewusst, dass die Maria jetzt Marilou heißt und eine rote Perücke trägt?«

Die Mimi schiebt ihren leeren Teller zur Seite und zieht ein Wasserglas zu sich heran. »Marilou ist ihr Seelenname. Das bedeutet ›Stern des Meeres‹. Ich find's superlieb, wie gut sich die zwei verstehen.«

»Du findest es superlieb, dass der Shaman ihr Haus übernimmt und ihr einen neuen Namen gibt? Für mich hört sich das nach Geiselnahme an.«

»Geh, Hase, denk nicht immer so negativ. Du siehst das, was du seh'n willst, weil du Schuld und Scham gegenüber dem Rudi empfindest –«

Der aufkommende Sturm treibt Gebrüll zu ihnen herauf in die Küche. Die Mimi verstummt. Beide lehnen sich an die Fensterbank und schauen hinunter. Eine Horde von Halbwüchsigen in Fußballtrikots strömt vom Sportplatz, der an ihr Wohnhaus angrenzt. Unter ihnen Rupert Mayr. »Burschen, ihr seids die Helden von morgen!«, grölt er in die Menge. »Jetzt gibt's erst mal ein Biertscherl für alle über eins fünfzig!« »Ein komplett gebrochener Mann. Kein Wunder, dass er seit Monaten arbeitsunfähig ist.« Horvaths Sarkasmus geht vollkommen an der Mimi vorbei. »Er kann zur nächsten Aya-Zeremonie kommen, das würd ihm guttun.« Der Horvath bleibt am geöffneten Fenster. Warmer Wind trocknet die Schweißperlen an seiner Oberlippe. Seine Gedanken driften ab und kehren erst ins Jetzt zurück, als die Mimi vor ihm steht und ihm sein Telefon entgegenhält. »Es ist die Marilou«, flüstert sie. »Maria«, korrigiert der Horvath genervt. Mit einem Widerwillen, der sich bis in seine Fingerspitzen erstreckt, greift er nach dem Smartphone. Das Gespräch bei ihrem letzten Aufeinandertreffen nagt an ihm. »Was gibt's?« »Der Benny«, Marias Worte werden von einem Schnaufen begleitet, »er war hier!« Der Horvath schiebt die große schwarze Katze, die halb auf seinem Fuß sitzt, zur Seite und rennt in die Garderobe. »Halt ihn auf, ich muss mit ihm reden!« »Er ist längst weg, aber du solltest trotzdem herkommen. Du wirst nicht glauben, was ich im Stadl g'funden hab.«

Die Maria deutet auf das Schlaflager hinter dem alten Traktor. Die schmutzige Matratze und die Decken gehörten bis vor einem Jahr Marias Hund. Reste von Fell erinnern an den toten Bello, die Abdrücke auf dem billigen Schaumstoff zeigen jedoch eindeutig, dass erst vor Kurzem ein Mensch darauf gelegen ist. Der Horvath kniet sich hin, hebt die Zipfel der Decken hoch und schnuppert. Es riecht muffig, und die reiskornartigen Kotbällchen weisen darauf hin, dass sich der ungebetene Gast den Schlafplatz mit Mäusen geteilt haben muss.

»Der arme Benny«, murmelt die Mimi betroffen. »In meiner Vision habe ich ihn liegen sehen, aber ich hab nicht g'sehen, dass es bei der Marilou ist.«

»Arm? Laut Polizei hat er die Hulatsch und die Bergmann hamdraht. Und mit der Behauptung, dass er ein Spanner ist, hab ich ihm offensichtlich auch nicht unrecht getan. Ich hab eh das Gefühl g'habt, dass gestern wieder einer ums Haus g'schlichen ist.« Die Maria schüttelt den Kopf. Die Haare ihrer Perücke fallen dabei schwerfällig hin und her.

»Der Benny hat den beiden nix getan. Und Spanner ist er auch keiner.«

»Sei nicht so naiv, Mimi. Den Blödsinn muss ich mir schon vom Shaman anhören. Denkts doch einmal nach. Warum sollt er sich verstecken, wenn er sich nichts zuschulden hat kommen lassen?«

»Hast schon vergessen, dass der Rudi voriges Jahr in der gleichen Situation war?«, mischt sich der Horvath in Mimis und Marias Gespräch ein. Er dreht sich zu den beiden um und hat im ersten Moment Mühe, sie auseinanderzuhalten.

»Im Gegensatz zum Benny ist der Rudi für seine Verhältnisse aber normal«, verteidigt die Maria den Rudi, was den Horvath wundert. So freundliche Worte hat sie nicht einmal in ihrem Ehegelübde über ihn verloren.

»Jedenfalls werd ich sicher nicht allein im Haus bleiben, solange der Shaman jeden Abend im Retreat ist«, fügt die Maria nach einer Minute des Schweigens hinzu.

»Der Guru lässt dich ausgerechnet jetzt allein?« Der Horvath erhebt sich vom Boden und zieht belustigt die Augenbrauen hoch. Dabei entgeht ihm nicht, dass er bei seiner ehemaligen Schwägerin einen wunden Punkt getroffen hat.

»Mimi«, sagt er. »Kannst du die Maria und mich kurz allein lassen?«

Mit einem Hauch von Trotz, zu dem sie nie stehen würde, wendet sich die Mimi um und geht in Richtung Tor. Im Lichtkegel des Halogenstrahlers sieht ihre Silhouette so schön aus, dass der Horvath sich kaum auf Maria konzentrieren kann. Die Mimi schaut aus wie damals, als sie vom Licht einer Straßenlaterne beschienen am Glühweinstand auf ihre Freundin gewartet hat und sie sich zum ersten Mal begegnet sind.

»Was willst denn, Horvath? Willst mich wieder zammputzen?«

Der Horvath verschränkt die Arme vor der Brust. »Die Anzeige musst mit deinem Gewissen ausmachen«, erwidert er und steigt von einem Bein auf das andere. »Ich wollt dich fragen, was mit deinem Guru ist. Habts Zores miteinander?«

Die Maria wirft einen Blick hinter sich, als wollte sie sich vergewissern, dass die Mimi außer Hörweite ist. »Nicht direkt Zores. Der Shaman ist eh lieb wie immer …«

»Aber?«

Die Maria kratzt sich über den falschen Scheitel und zupft danach an den Strähnen ihrer Perücke. »Ich glaub, er steht auf die Mimi.« Mit einem Ruck reißt sie sich die roten Haare vom Kopf und wedelt damit vor Horvaths Gesicht. »Die hab ich in seinen Sachen g'funden. Ganz scharf macht es ihn, wenn ich sie aufsetz.« Marias Mundwinkel zucken nach unten. »Damit erinnere ich ihn an die Mimi«, fügt sie unnötigerweise hinzu und bricht in Tränen aus.

Unbeholfen klopft ihr der Horvath auf die Schulter. »Hast du ihn gefragt, oder nimmst du das alles nur an?«

»Was gibt's denn da zu fragen? Die rote Perücke hat er im Kasten versteckt g'habt. Wahrscheinlich hat er auf einen passenden Zeitpunkt gewartet, um sie mir zu geben.« Die Maria wischt die Tränen mit dem Handrücken weg und strafft die Schultern. »Aber ich bin ihm zuvorgekommen. Du hättest seh'n sollen, wie deppert er dreing'schaut hat, als ich ihn in der Früh als Mimi aufg'weckt hab.«

Galliger Geschmack steigt dem Horvath die Speiseröhre hoch. Der Gedanke, dass der Guru ein Auge auf Mimi geworfen haben könnte, behagt ihm gar nicht. Dass er damit die Maria verletzt, bringt das Fass zum Überlaufen. Trotzdem mahnt er sich zur Ruhe. Der Rudi war ein Hallodri, und vielleicht projiziert die Maria das Verhalten ihres Ex-Mannes auf den Shaman. Er kennt diese Muster nur allzu gut von sich selbst. Nicht nur einmal hat er die Mimi auf Anzeichen seiner Ex-Frau Helga gescannt, hat kalte Schweißausbrüche bekommen, als sie ihm mitteilte, eine Tupperparty geben zu wollen, was sich glücklicherweise als Aprilscherz herausgestellt hat. Mimis Kreischen lässt die Maria aufschreien.

»Der Benny!«, hallt ihre Stimme über den Hof. »Hase, komm schnell!«

Der Horvath und die Maria hetzen hintereinander ins Freie. Im Dämmerlicht erkennt der Horvath die Umrisse eines Fahrrades, das sich zügig vom Grundstück entfernt. Die Mimi steht mit ausgestrecktem Arm da, deutet auf das Rad und keucht. »Das ist der Benny. Schau, auf dem Gepäckträger zwickt der Glücksaffe, den er immer bei sich hat.«

»Der kleine Scheißer wollt sicher zum Schlafen kommen«, schimpft die Maria.

Der Eindringling fährt langsam für jemanden, der auf der Flucht ist, trotzdem hat der Horvath Mühe, ihm zu folgen. Als er die Straße erreicht hat, hört er Mimis Schritte hinter sich. Dichter Verkehr zwingt die beiden zum Stehenbleiben. Der Horvath nützt die Gelegenheit, um die Mimi zu mustern. Ob ihr bewusst ist, wie anziehend sie auf den Shaman wirkt? Und könnte das auf Gegenseitigkeit beruhen? So alt und träge, wie er langsam wird, kann er mit dem Shaman, der sich neuerdings damit brüstet, jeden Tag zehn Kilometer barfuß zu laufen, nicht mithalten.

»Komm!«, schreit die Mimi und zieht ihn über die Straße. Stolpernd nimmt der Horvath die Verfolgung wieder auf. Doch in Gedanken jagt er nicht den Benny, sondern liefert sich ein Wettrennen mit dem Shaman, der ihm aus dem Gesicht des zerfledderten Plüschaffen an Bennys Rad entgegenschaut.

Loser Splitt, der über den Dorfplatz verstreut ist, lässt den

Horvath schlittern. Er stürzt, rappelt sich hoch und rennt weiter. Die Schürfwunden an seinen Handflächen brennen wie Verätzungen und treiben ihm das Wasser in die Augen. Wann ist er so ein verdammtes Weichei geworden? Sekunden später hat er zur Mimi aufgeschlossen, biegt in die Gasse von Bennys Elternhaus ein und drosselt sein Tempo. Keuchend beugt er sich nach vorne, ringt um Atem und um Worte.

»Der Benny wollte einfach nur heim«, spricht die Mimi das aus, was er denkt. Die beiden starren auf den Rücken des Mannes mit der dunklen Weste, der gemächlich vom Rad steigt und es an den Gartenzaun lehnt. Der Horvath presst die Augen zusammen, um unter der Baskenmütze ein Gesicht auszumachen. Er könnte jetzt gut seine neue Brille gebrauchen, die im Auto liegt und die er nur aufsetzt, wenn es sich gar nicht vermeiden lässt.

Inzwischen ist das Dorf von der Art Dunkelheit überzogen, die ein nächtliches Unwetter verheißt. Eine anthrazitfarbene Wolkenfront wälzt sich zügig über den Himmel, und im Norden zucken Blitze. In der Luft liegt feuchter Sommergeruch, den er der Wachau blind zuordnen könnte.

Der Horvath setzt sich wieder in Bewegung. Es wäre ihm lieber, wenn die Mimi einen Sicherheitsabstand einhielte, aber inzwischen kennt er sie gut genug, um zu wissen, dass sie ohnehin ihren Sturkopf durchsetzen und ihm folgen wird, also spart er sich die Diskussion.

Die Gestalt gelangt an der Haustür an, bückt sich und schiebt einen Blumentopf zur Seite. Das Klimpern lässt den Horvath erahnen, dass es sich bei dem Gegenstand, den Benny aufgehoben hat, um einen Schlüssel handelt. Er verliert keine Zeit, stößt die Gartentür auf und bahnt sich zwischen hohem Gras und Disteln einen Weg zum Haus.

»Benny, wir wollen mit dir reden«, ruft er.

»Ich bin es, die Mimi«, fügt die Mimi hinzu, doch der Benny rührt sich nicht.

Der Schlag kommt abrupt und lässt den Horvath taumeln. Mimis Schrei folgt zeitversetzt. »Was soll denn das?« Das Flackern vor Horvaths Augen legt sich, und er starrt in das faltige Gesicht vom alten Stahl. Der wiederum betrachtet seine Handfläche, mit der er den Horvath hart an der Schläfe getroffen hat, als könnte er nicht glauben, wozu sein klappriger Körper noch imstande ist.

»Er hat ihn mitgenommen.«

Die flackernde Laterne über der Tür blitzt wie ein Stroboskop und löst Schwindel im Horvath aus. Fast wie in alten Zeiten, in denen er seine Samstagabende noch im Millennium verbracht hat. Er fasst sich an die Schläfe und spürt ein Rinnsal aus warmem Blut. Der Alte hat ihn mit dem Schlüssel getroffen. Im schlimmsten Fall muss er in die Ambulanz und genäht werden.

»Wer hat den Benny mitgenommen? Ein Polizist?«

Der Horvath ärgert sich, dass die Mimi die Fragen stellt und nicht er.

Der alte Stahl schüttelt hektisch den Kopf. »Nein, nein.«

»Herr Stahl, sagen Sie uns, wo der Benny ist.« Endlich hat auch der Horvath seine Sprache wiedergefunden, auch wenn seine Stimme für sein eigenes Gehör dumpf und schwammig klingt. Erneut taumelt er und muss sich ans Holzgeländer klammern, um sich auf den Beinen halten zu können.

Die Haustür schwingt auf und gibt die Sicht auf einen Haufen aus Unrat, dreckiger Wäsche und Altglas frei. Ein brennender, fauliger Gestank strömt aus dem Vorzimmer.

»Wo ist der Benny?«, fragt der Horvath wieder und unterdrückt den Wunsch, sich die Nase zuzuhalten.

»Ein Engel war da und hat ihn geholt.«

»Was?«, stößt der Horvath hervor. Der Alte scheint verwirrter zu sein, als ihm bekannt war.

»Ein schöner Engel, aber die Augen waren böse.«

Die Mimi und der Horvath werfen einander einen Blick zu.

»Der Engel hat ihn mitgenommen, meinen Benny. Jetzt ist er fort.«

»Ich weiß nicht, ob es g'scheit ist, den alten Stahl allein zu lassen.«
Der Horvath und die Mimi hetzen im Laufschritt durch die Gasse.
»Du blutest noch immer«, erwidert die Mimi, ohne auf seine Worte einzugehen. In einer fließenden Bewegung zieht sie ihr Kleid über den Kopf, knüllt es zusammen und drückt es dem Horvath an die Schläfe.
»Geh, Mimi. Zieh dich wieder an. Du bist fast nackert.«
»Lass es auf der Wunde, sonst hört es nicht auf zu bluten. Bei der Maria leite ich dann die Heilung mit Johanniskraut ein.«
Dem Horvath dröhnt der Schädel, trotzdem beschleunigt er seine Schritte. Auf den letzten Metern vor Marias Haus setzt Regen ein. Der Horvath würde lieber ins Auto steigen und auf dem schnellsten Weg zurück nach Krems fahren, aber die Maria erwartet die beiden bereits an der Auffahrt zu ihrem Grundstück.
»Mimi, warum hast denn du schon wieder nix G'scheites an?« In Marias Tonfall schwingt ein Vorwurf mit. Der Horvath erinnert sich an ihre Behauptung, der Shaman interessiere sich für die Mimi. Mit einem Mal wäre es ihm lieber, sie und der Guru würden nicht so viel Zeit miteinander verbringen, doch jetzt, wo sie sich gemeinsam selbstständig gemacht haben und jeden Tag ihre Zeremonien und Coachings abhalten, ist das schwierig.
Vor dem Haus parkt Shamans Moped. Rasch nimmt der Horvath Mimis Kleid von der Wunde und wirft es ihr zu.
»Anziehen!«, befiehlt er forscher als beabsichtigt.
»Mah, Horvath! Das g'hört genäht!« Die Maria kommt auf ihn zu und beäugt die Verletzung. Der Horvath dreht sich zur Seite und beschwichtigt sie mit einer wegwerfenden Handbewegung.

Die Maria trägt wieder die rote Perücke. Wenn er genau darauf achtet, imitiert sie sogar Mimis Art, zu reden. Der mädchenhafte Unterton und die in die Länge gezogenen Vokale wirken, als wäre sie falsch synchronisiert worden. »Was ist denn passiert? War das der Benny? Hat die Polizei ihn festgenommen?«

»Das war sein Vater.«

»Der alte Stahl? Da siehst, wie gefährlich die ganze Bagage ist.«

»Red bitte nicht schlecht über den Benny«, mischt sich die Mimi ein und erntet ein abfälliges Schnauben von der Maria. »Der Shaman ist heimgekommen. Ihr könnts fahren.« Wie auf ein Stichwort erscheint Shamans Kopf im Fenster. Die Maria dirigiert den Horvath und die Mimi in Richtung seines Autos. Der Horvath kommt nicht umhin, zu denken, dass sie vor allem die Mimi loswerden will.

Der Horvath ist dankbar dafür, dass die Mimi fährt. Den Kopf ans Seitenfenster gelehnt, denkt er über das Treffen mit Bennys Vater nach. Dass der alte Stahl so spät Vater geworden ist, war lange Zeit Gesprächsthema Nummer eins im Dorf. Niemand weiß genau, was in Bennys Entwicklung schiefgelaufen ist, aber wenn man den Gerüchten Glauben schenken kann, hatte seine Mutter ein Alkoholproblem, das sie auch während der Schwangerschaft nicht in den Griff bekommen hat. Bennys körperliche und geistige Beeinträchtigung war neben dem verschuldeten Haus und ihrem fragwürdigen Ruf das Vermächtnis, das sie ihm hinterlassen hat. Aber sie hat ihm noch etwas anderes hinterlassen. Nach ihrem frühen Tod sprang die gesamte Verachtung, die die Dorfbewohner für sie hegten, wie ein Fluch auf den Benny über.

»Was hat der alte Stahl damit gemeint, als er gesagt hat, dass der Benny von einem Engel geholt worden ist?«

Die Mimi schaut angestrengt auf die Straße. Es lässt sich nicht verbergen, dass sie nur äußerst selten ein Auto lenkt.

Ihre Hände krallen sich um das Lenkrad, während sie den VW über die Bundesstraße steuert.

»Vielleicht war wirklich ein Engel da.«

»Na klar, was auch sonst«, belässt es der Horvath dabei. Es war anzunehmen, dass seine Freundin, die regelmäßig das Pendel schwingt und lieber beim Universum bestellt anstatt bei Amazon, auch eine Engel-These in Betracht zieht. Der Horvath sieht die ganze Angelegenheit rationaler. Der alte Stahl ist seit Jahren dement. Dass sein Sohn unter Mordverdacht steht, wird es ihm nicht gerade leichter machen.

Regentropfen klatschen wie feste Geschosse auf die Donau und auf die Windschutzscheibe. Der Horvath betrachtet die vorbeiziehenden Schiffe, in deren Fenstern die Silhouetten von Menschen zu erahnen sind. Die Lichter des gegenüberliegenden Dorfes spiegeln sich schwach auf der unruhigen Wasseroberfläche und versetzen den Horvath in einen hypnotischen Zustand. Das ist das Letzte, was er wahrnimmt, bevor er auf dem Autositz eindöst.

12

Das Betreten der Praxis fühlt sich an, als wäre der neue Job seit einer Ewigkeit fixer Bestandteil seines Lebens. Ein verhasster Bestandteil, wohlgemerkt. Gerade erst kann er es sich leisten, sich den unliebsamen Job in der Redaktion der DonauWelt vom Hals zu halten, da muss er sich mit viel zu gesprächigen Senioren, hysterischen Müttern und quengeligen Kindern herumärgern. Ständig kommt eine Hälfte der Patienten zu spät, während die andere Hälfte ohne Termin auftaucht und erwartet, in der nächsten Sekunde ins Behandlungszimmer gerufen zu werden. Sogar in einer Ein-Stern-Google-Bewertung findet der Horvath seinen Namen wieder, und das schon nach zwei Arbeitstagen. Darin steht, er habe die Augen verdreht, als sich ein Bub in der Spielecke übergeben hat. Aber freundlich zu sein ist gar nicht so leicht, wenn man jeden Tag der gleichen Leier über das Wetter, Rückenschmerzen und dem Lieblingsthema der Dorfbewohner ausgesetzt ist: Christel Hulatsch und Eva Bergmann. Ein Glück, dass die Ordination donnerstags geschlossen ist und er nur noch ein paar Stunden bis zum nächsten freien Tag durchhalten muss.

»Mah, Horvath. Was ist dir denn passiert?«

Der Horvath wirft einen Blick hinter sich und stellt rasch den Fuß in die Tür, um sie am Zufallen zu hindern. Dr. Senta Braun kommt angestöckelt, schiebt sich ins Haus und fasst ihm ungefragt an den Kopf.

»Du Armer«, tröstet sie ihn im Tonfall einer besorgten Mutter und bläst einen kühlen Zahnpastahauch auf seine Schläfe.

Der Horvath schüttelt ihre Hand ab und weicht einen Schritt zurück. »Ist nur ein Kratzer.«

Er hätte wissen müssen, dass der Klebeverband, der nur einen Teil der Verletzung verdeckt, unnötig Aufsehen erregt.

Aber die verdammte Wunde hat immer wieder aufs Neue geblutet und das Bettzeug versaut. Blutspuren auf den Autositzen hätten ihm gerade noch gefehlt. Senta Braun macht keinerlei Anstalten, ihre Ordination zu betreten. Der Horvath steht da wie ein Reh, das im Lichtkegel eines Autoscheinwerfers gefangen ist. Trotz ihrer hohen Stimme und der rosa Wangen geht etwas Einschüchterndes von ihr aus. Früher hätte er Senta Braun attraktiv gefunden, heute fühlt er sich von dem Eindruck, sie würde mit ihm flirten, in die Enge getrieben.

»Du bist ein bisserl früh da, gell?« Sie wirft einen demonstrativen Blick auf ihre Armbanduhr.

Das ist dem Horvath durchaus bewusst. Sein zeitiges Eintreffen in der Praxis hat nichts mit plötzlichem Arbeitseifer zu tun, sondern mit dem Plan, das Büro vom Freilich noch einmal gründlich zu untersuchen.

»Und wo ist die rothaarige Kollegin?«, erkundigt sich Senta Braun mit der Spur eines Untertons, den der Horvath nicht deuten kann.

»Die Mimi ist im Haus von meiner Ex-Schwägerin und hat dort ein spontanes Meditationsdate mit ihrem Guru«, antwortet er wahrheitsgemäß und spürt die aufsteigende Röte in seinem Gesicht.

Senta Brauns Lachen setzt verzögert ein. »Na, bei dir geht's aber zu. Wennst einmal ein bisserl Ruhe brauchst, besuchst mich halt in meiner Ordi.«

Was ist das nur für eine merkwürdige Atmosphäre zwischen ihm und der Ärztin. Ihr schweres, süßes Parfum hüllt ihn ein wie eine Giftwolke. Ihre Augen tasten sein Gesicht auf seltsame Weise ab. Durchdringend und gleichgültig zugleich, als suchte sie etwas, von dem sie selbst nicht so genau weiß, was es sein soll. Er ist froh, als sie sich zum Gehen wendet.

»Der Horsti ist heute übrigens auch schon da«, plaudert sie vor sich hin, während sie den Schlüssel wie einen Dolch ins Schloss ihrer Eingangstür rammt. »Mittwoch ist der einzige

Tag, an dem der Gute überpünktlich ist, musst du wissen. Da hat er am Vorabend wahrscheinlich keinen Stammtisch.« Diese Information hätte der Horvath früher erhalten sollen, dann hätte er die Mimi überredet, eine Stunde länger im Bett zu bleiben. Aber vielleicht kann er die Zeit nutzen, um dem Freilich ein paar Informationen zu entlocken, auch wenn sein Kopf noch immer dröhnt und er sich kaum vorstellen kann, heute einen guten Job abzuliefern. Er scheint in diesem Fall ebenso festzustecken wie in seinem aktuellen Manuskript, bei dem es in den letzten Wochen auch kein Vorankommen gibt.

Ein Duftmix aus Desinfektionsmittel und Morgenfrische empfängt ihn in der Ordination. Die Fenster stehen offen, und die hereinfallenden Sonnenstrahlen verheißen einen milden Sommertag. Aus Freilichs Behandlungszimmer dringt die Stimme eines Mannes, der der Horvath auf Zehenspitzen folgt. Er kann sie keiner Person aus dem Dorf zuordnen, aber sie klingt aufgebracht. Die Lautstärke schwillt zunehmend an, und nun kann der Horvath jedes Wort mühelos durch die geschlossene Tür hören.

»Horstl, ich hab dir dreihundert Euro für das Attest gegeben, und jetzt hat mich der Amtsarzt am Krawattl.«

Dr. Freilich erwidert etwas, das der Horvath nicht versteht. Im Behandlungszimmer kommt Bewegung auf. Ein Stuhl wird geschoben, und etwas knallt auf den Boden.

»Mit deinem Wisch kann ich mich brausen geh'n. Das wird ein Nachspiel haben, das sag ich dir.«

Zügig schlüpft der Horvath durch die Tür ins Anmeldezimmer. Auch von hier aus entgeht ihm der Zorn des Mannes nicht. Er stößt Schimpfwörter aus, dann stürmt er aus dem Behandlungsraum, durchquert mit schweren Schritten das Wartezimmer und verlässt die Ordination.

Dr. Freilich taucht abrupt vor ihm auf. »Was machst du denn schon da?« Der Arzt ringt um einen gelassenen Tonfall, der jedoch nicht zu seiner angespannten Mimik passt.

»Gegenfrage«, erwidert der Horvath und tritt näher an ihn heran. »Was wirft dein Nebengeschäft mit den falschen Attesten ab? Genug, um der Hulatsch einen Batzen Schweigegeld zukommen zu lassen?«

Dr. Freilich holt tief Luft, die er dem Horvath stoßweise ins Gesicht bläst. Er lehnt sich an die Küchenzeile und reibt sich nervös über das Kinn.

»Wie lange geht das schon?« Der Horvath vergräbt die Hände in den Taschen seiner Jeans und schaut ihn herausfordernd an.

»In der Coronazeit sind immer wieder Patienten gekommen, die nach Impf- und Maskenattesten gefragt haben. Es war ein kleines Taschengeld.« Verschämt senkt der Arzt den Kopf. »So eine Ordi wirft nicht so viel ab, wie du wahrscheinlich glaubst.«

»Und so ein Burn-out-Attest für den Mayr Rupert, wirft das mehr ab?«

Dr. Freilich schürzt die Lippen und überkreuzt die Beine. Seine gesamte Körperhaltung zeigt einen Mann, der sich ertappt fühlt. Sein Ausdruck verrät auch, dass er darüber grübelt, wie viel der Horvath weiß und woher er es weiß.

»Hier und da hab ich auch nach Corona ein Gefälligkeitsattest ausgestellt. Aber nix Großes.«

»Eines, mit dem der Rupert drei Monate blaumachen darf, damit er in Ruhe Golf spielen und den Jugendfußballclub trainieren kann.«

Kommissar Krüger taucht neben dem Freilich auf. *Gut gemacht, Kollege. Den Herrn Doktor schön in die Enge treiben.*

»Dann hat die Hulatsch was mitbekommen und wollte am Geschäft beteiligt werden. Aber was hat die Bergmann damit zu tun? Warum hat sie sterben müssen?«

Schweißperlen bilden sich auf Freilichs Stirn. »Sag mal, hat's dich, Horvath? Ich hab nix mit den Morden zu tun.«

»Die Hulatsch hat dir kleine Brieferl mit ihren Forderungen hinterlassen. Aber sie war gierig und hat immer mehr wollen, was?«

»Ich hab der Christel und der Eva nix getan.« Dr. Freilich schwankt wie Wolkenkratzer bei Sturmlage. »Ich hätt dich nicht eing'stellt, wenn ich was mit den Morden zu tun hätt. Ich will selber, dass der Benny – oder wer auch immer die beiden umgebracht hat – gefasst wird.«

Seine Worte irritieren den Horvath kurz, dann fällt ihm wieder ein, was Kommissar Krüger zu sagen pflegt: *Sei deinen Freunden nah, doch deinen Feinden noch näher.*

In sich zusammengefallen wie eine Marionette, bei der die Fadenspannung gelöst wird, sackt Dr. Freilich auf Mimis Schreibtischsessel. Sein Körper wird von tiefen Schluchzern geschüttelt. Der Horvath schenkt jeder seiner Bewegungen Aufmerksamkeit. Folgt nun ein Geständnis?

»Ja, es stimmt. Die Christel hat von den Attesten gewusst.« Geräuschvoll zieht er Rotz hoch. »Aber sie hätt es gar nicht notwendig gehabt, irgendwas einzufordern oder zu erpressen. Ich hätt ihr alles gegeben, was ich hab. Das hat sie auch gewusst.«

In diesem Moment hätte der Horvath gern den Schnaps, den der Freilich, wie sein Atem verrät, bereits vor dem Frühstück getrunken hat.

»Sie war die einzige Frau, die ich je geliebt hab. Aber sie hatte kein Interesse an mir. In ihrem Leben hat es nur ihre Katzen und den Tierschutz gegeben.«

Ist das wahre Motiv des Mordes an Christel Hulatsch unerwiderte Liebe? Kränkungen und Verletzung des Selbstwertgefühls sind die häufigsten Tötungsgründe, sagen Statistiken. Habgier und materielle Bereicherung stehen an zweiter Stelle, gefolgt von Rache. Aber wenn es um verschmähte Liebe geht, wie passt Eva Bergmann in dieses Puzzle? Hat auch sie Freilichs Gefühle zurückgewiesen?

»Die Eva hat mich an sie erinnert, deshalb hab ich vor ein paar Jahren was mit ihr angefangen«, greift der Freilich

Horvaths Gedanken auf. »Aber sie hat der Christel nicht das Wasser reichen können. Es war schnell wieder vorbei mit uns.«

»Jetzt sind sie alle zwei tot«, stellt der Horvath nüchtern fest und verschränkt die Arme vor der Brust. Erneut schluchzt der Arzt kurz auf, greift dann in die Tasche seines Kittels und zieht sein Handy heraus. Mit einem Wischen erweckt er das Display zum Leben und ruft vor Horvaths Augen die Bildergalerie auf. Er tippt auf ein Foto und drückt ihm das Handy in die Hand.

Der Horvath betrachtet das Bild, das eine Gruppe von Männern und Frauen im Sesselkreis zeigt, die in die Kamera lachen. In ihrer Mitte der Freilich.

»Ich war lange trocken, aber seit vier Monaten trink ich wieder. Von Freitag bis Sonntag bin ich normalerweise in einer Privatklinik für Alkoholiker in der Steiermark. Wegen Sonnwenden und dem Bereitschaftsdienst am Wochenende bin ich diesmal schon am Donnerstag in der Früh hin, da ist die Ordi sowieso zu. Am Freitag war ich offiziell auf Fortbildung, und wir hatten nur für die Medikamentenausgabe geöffnet. Darum hat sich die Christel allein gekümmert.« Freilichs Brust hebt und senkt sich, als ränge er um Luft. »Ich war mehr als zweihundert Kilometer weit weg, als die Christel …« Sein Schlucken gleicht einem Würgen. Er spricht den Satz nicht zu Ende, zieht stattdessen eine Packung Tabletten aus seiner Kitteltasche, drückt eine aus dem Blister und steckt sie sich in den Mund. »Das Foto ist vom Freitagabend. Der Paul«, er tippt auf einen Mann mit blonden Locken, »hat Geburtstag gehabt. Nach der Gruppentherapie haben wir gefeiert, was bei mir ein bisserl eskaliert ist. Ich war sentimental und hab's mit Schlafpulverln und Schnaps, den ich geschmuggelt hab, übertrieben.«

»Ein Selbstmordversuch?«, hakt der Horvath nach.

»Ich weiß, wie viel ich schlucken kann, ohne dass es mich abreißt. Ich wollt mich nur ausloggen.« Die Worte des Arztes kommen so zögerlich, als hätte man seinen Geschwindigkeits-regler auf die langsamste Stufe gestellt.

»Was war der Grund dafür?«

»Zwischen den Therapien hab ich am Freitagabend kurz mit der Christel telefoniert. Sie war noch in der Ordi, hat die Abrechnung gemacht und so komisch herumgeredet. Erst hab ich geglaubt, mit der Kassa stimmt was nicht. Dann hat sie mir erzählt, dass sie kündigen und wegziehen wird. Das hat mich fertiggemacht. Das war das letzte Mal, dass ich mit ihr geredet hab.« Der Freilich ringt um Fassung. »Wie der Abend weitergegangen ist, hab ich dir schon geschildert.«

»Dafür gibt es Zeugen, nehm ich an.«

Dr. Freilich nickt resigniert. »Ich hab die Nacht zur Über-wachung im Krankenzimmer verbracht. Die ganze Station kann das bestätigen.« Der Arzt steht auf, streift sich Hose und Kittel glatt und schaut den Horvath eindringlich an. Die Mimi betritt die Ordination, und er senkt die Stimme. »Bitte bleib diskret, Horvath. Ich kann es mir nicht leisten, dass sie mir fünf Jahre vor der Pensi die Ordination zudrehen.«

13

Ganz aus dem Schneider ist der Freilich für den Horvath nicht, aber seine Alibis werden von der Klinik in einem Mail an Dr. Freilich bestätigt und scheinen zumindest auf den ersten Blick stichfest, was den Horvath wieder an den Beginn seiner Ermittlungen befördert.

»Hase, du musst dich noch umziehen«, erinnert die Mimi und hält ihm einen Jutebeutel entgegen.

Der Horvath rollt mit dem Sessel zu ihr. Er zieht ein Teil nach dem anderen heraus und betrachtet die Kleidung. »Das sind nicht meine Sachen. Das ist alles pink.«

»Ups, das schaut im Tageslicht viel dunkler aus«, erwidert die Mimi. »Ich hab meinen roten Bikini mitg'waschen, der hat ein bisserl abgefärbt.«

Sie greift nach dem Poloshirt und hält es an Horvaths Gesicht. »Pink passt richtig gut zu deinen grauen Haaren. Das wird die Patienten freuen. Wenn alles weiß ist, ist es eh fad.«

»Es ist mir egal, was die Patienten freut. Nicht einmal Ken muss rosa Zeugs anziehen.«

Die Mimi faltet die Hände wie zum Gebet und streicht dann über Horvaths Kopf. »Hase, du weißt gar nicht, wie sehr ich deinen Egotod herbeisehne. Was ist das?«, fragt sie im nächsten Moment.

Der Horvath weiß nicht, was sie meint. Dann hört auch er das leise Vibrieren. Er steht auf, folgt dem Geräusch, das ihn zu Christel Hulatschs Schrank führt, und öffnet die Tür. Es ist das vergessene Handy, auf dem soeben ein Anruf eingeht.

»Wie kann es sein, dass in der heutigen Zeit jemand sein Handy irgendwo vergisst und es tagelang dort liegen lässt?«, murmelt er vor sich hin. »Die meisten halten es keine zehn Minuten ohne aus.«

»Heb schnell ab, vielleicht weiß derjenige nicht, wo er es vergessen hat.«

Zu spät. Der Anruf verstummt, und die Tastensperre ist aktiv. Der Horvath zieht das Telefon heraus und betrachtet den kleinen weißen Sticker darauf. *Stefano.* Die Buchstaben neigen sich leicht nach rechts, als wäre ein Sturm über den Namen gefegt. Die vertraute Handschrift von Christel Hulatsch, die ihm in den letzten Tagen immer wieder untergekommen ist.

Der Horvath rollt zurück an den Schreibtisch, weckt den Computer mit einer Mausbewegung und ruft die Patientendatei auf. Er tippt den Namen »Stefano« ein und wartet.

»Was suchst denn?«, fragt die Mimi und beugt sich über ihn, um ebenfalls einen Blick auf den Bildschirm zu erhaschen.

»Ich such den Besitzer des Handys. Es muss jemand sein, der in letzter Zeit da war, sonst wäre der Akku nicht mehr geladen oder die Hulatsch hätte das Gerät längst entsorgt.« Er geht mit dem Finger über die Liste aller Patienten, auf der Suche nach dem Vornamen Stefano. Nichts. Kein Stefano hat die Ordination in den letzten zwei Monaten aufgesucht.

»Die Christel hat nebenbei ja noch in Wien in einem Labor gearbeitet. Vielleicht hat es dort jemand vergessen, und sie hat es mitgenommen.« Die Mimi dreht ihren Schlüsselbund in der Hand und schiebt dann energisch das Milchglasfenster auf. »Da ist ja schon die liebe Frau Schneeweiß! Ich freu mich so, dass Sie da sind!«, ruft die Mimi, als begrüßte sie eine Freundin. Der Horvath schaut hinaus ins Wartezimmer und verfolgt, wie die alte Frau Schritt für Schritt samt Gehstock in ihre Richtung wackelt. Ihr breites Lächeln lässt einen Goldzahn in der oberen Zahnreihe aufblitzen.

»Frau Mimi, mein Husten ist fast weg. Ihr Tee hat mir so gut geholfen, dass ich gar nicht zum Herrn Doktor will. Ich bin nur gekommen, weil ich Ihnen das geben wollte.« Die blasse, sehnige Hand der Frau schiebt sich durch die Luke. »Den hab ich mit meinem Urenkerl für Sie angemalt. Sie haben mir ja erzählt, wie gern Sie Steine haben, und der schaut noch dazu aus wie ein Herz.«

Die Mimi nimmt den glitzernden roten Stein entgegen und drückt ihn an ihre Brust. »Mah, das ist so lieb von Ihnen, Frau Schneeweiß.« Sie schiebt das Glasfenster bis zum Anschlag zur Seite, springt auf den Schreibtisch und beugt sich hinaus, um der alten Frau einen Kuss auf die Stirn zu drücken. Deren Augen sind jetzt nur noch schmale Schlitze, und ihrer Kehle entfährt ein kratziges Kichern, während sie sich zum Gehen wendet.

So wird die Mimi ausschauen, wenn sie selbst alt und grau ist, denkt der Horvath und spürt eine wohlige Wärme in sich aufsteigen. Sein Blick streift den Schlüsselbund, der schon die ganze Zeit in ihrer Hand klimpert, den er aber erst jetzt so richtig wahrnimmt. Aus der Wärme von eben wird eine beißende Kälte, die seine Bewegungen gefrieren lässt.

»Woher hast du den?«

Die Mimi betrachtet die Muschel, die zwischen Daumen und Ringfinger baumelt. »Den Anhänger? Den hab ich geschenkt bekommen.« Sie legt den Schlüsselbund auf der Schreibtischunterlage ab und richtet ihren Finger auf die rosa verwaschenen Kleider. »Du solltest dich umziehen, bevor die Patienten kommen.«

Die Mimi fasst an den Bund von Horvaths schwarzem Shirt und zieht es hoch. Widerstandslos hebt er die Arme und lässt es sich über den Kopf ziehen. Eine Sekunde später stülpt sie das pinkfarbene Poloshirt über seinen Kopf, das nach Waschnüssen und Räucherstäbchen riecht.

»Die Hose nicht vergessen, Hase«, erinnert sie ihn und geht in Richtung Freilichs Behandlungsraum. »Ach ja, jetzt weiß ich wieder, von wem ich den Mumu-Anhänger hab.«

»Mumu-Anhänger?«, wiederholt der Horvath fragend.

»Ich hab geglaubt, das ist eine Muschel.«

»Das ist eine Vagina.« Sie greift nach ihrer Tasche, zieht ihren gehäkelten Geldbeutel heraus und bringt eine Visitenkarte zum Vorschein. »Die hab ich von Elvis Groissberger. Ein superlieber Mensch, der beim letzten Atemyoga für den Empfang seiner weiblichen Energie dabei war. Der macht die Anhänger selber. Schön, oder?«

Die Mimi reicht ihm die Visitenkarte. Neben dem Logo, das exakt so aussieht wie der Anhänger, beinhaltet sie einen Namen und eine Telefonnummer. Mehr Informationen braucht der Horvath nicht, denn wer Elvis Groissberger ist, weiß er ganz genau.

»Mimi, kann ich ins Puff fahren?«

Die Mimi dreht sich zu ihm um und schickt ihm einen Luftkuss. »Du kannst alles, wenn du an dich glaubst, Hase.«

Der Shaman hockt auf dem Boden im Treppenhaus und zwirbelt die Kordel seiner Meditationskette zwischen den Fingern. Damit hat der Horvath beim Verlassen der Ordination nicht gerechnet und hebt verwundert die Augenbrauen.

»Was tust du denn hier?«

Der Shaman blickt überrascht hoch. »Die Marilou hat einen Termin.« Mit dem Kinn deutet er in Richtung Senta Brauns Praxis.

»Ist irgendwas?«

Der Guru schüttelt den Kopf. »Nur die jährliche Kontrolle. Ich hab ihr eh gesagt, dass ich alles auspendeln kann, aber sie wollt lieber zur Schulmedizinerin.«

Der Horvath betrachtet den Shaman argwöhnisch. Nichts an ihm hat sich verändert, trotzdem entdeckt er in den kantigen Kieferknochen, die heute nicht von einer Perücke weichgezeichnet werden, etwas, das Misstrauen in ihm weckt.

»Was sagst du denn dazu, dass die Maria mit falschen roten Haaren herumrennt?«, fordert er den Shaman heraus und denkt dabei wie so oft in den vergangenen Stunden an Marias Worte.

Seine Züge erhellen sich. »Die Marilou ist immer eine Göttin, egal mit welchen Haaren.« Die Tür zu Dr. Brauns Ordination schwingt auf, und der Shaman starrt erwartungsvoll auf die beiden Frauen, die das Wartezimmer verlassen, bis er erkennt, dass keine davon die Maria ist. »Wo hast du denn die Mimi gelassen?«

»Die fährt heut mit dem Bus heim, wenn sie mit der Büroarbeit fertig ist. Ich muss früher weg. Ich hab einen Termin.« Der Shaman steht auf und streift den Stoff seines kurzen Ponchos glatt. Kann es sein, dass die Mimi auf ihn steht? Er blickt an sich hinab, mustert die zerbeulten Jeans und den Bund seiner Lederjacke. Sind er selbst und die Maria nur die Alibibeziehungen der beiden?

»Hast eine Spur zum Mörder von den Frauen?«

Der Horvath will nicht mit dem Shaman über den Fall reden, trotzdem schafft es der Guru, ihm eine Antwort zu entlocken. »Ein Zuhälter aus Krems, der Elvis Groissberger, ist eventuell eine heiße Spur. Ich fahr jetzt in sein Puff und knöpf ihn mir vor.«

»Elvis? Das wird aber nicht sein richtiger Name sein.« Der Shaman lacht auf. »Wie kommt man denn auf die Idee, sich Elvis zu nennen?«

Der Horvath versetzt dem Guru einen Schlag in die Rippen, der genauso fest ausfällt wie beabsichtigt. »Da hast du recht, Schorschi – ich meine: Shaman. Eine ganz komische Idee.«

Aus dem oberen Stockwerk nähern sich Schritte. Der Altbürgermeister rennt in Bermudahosen und buntem Blumenhemd die Treppe herunter. Neuerdings sieht man ihn ständig in diesen Hemden, die, so vermutet der Horvath, nach Midlife-Crisis schreien. Auch seine Brille ist verschwunden, und die grauen Haare wirken etwas voller. Kann es sein, dass er ein Toupet trägt?

»Ich hab geglaubt, du bist in der Pensi«, begrüßt der Horvath ihn.

»Ich hab mein letztes Zeug abgeholt, bevor die Büros neu vermietet werden.« Er tippt auf eine Aktentasche, die unter seinem Arm klemmt. »Was hab ich da gehört?« Sein Grinsen ist anzüglich und wird von kehligen Lauten begleitet. »Ihr zwei gehts ins Puff?« Der Altbürgermeister steckt sich den Rest eines Schokoriegels in den Mund und putzt sich die Hände an seiner Hose ab.

»Nur ich. Aus beruflichen Gründen«, erwidert der Horvath und ärgert sich darüber, dass er schon wieder mehr ausgeplaudert hat, als er wollte.

»Eh klar. Es ist immer aus beruflichen Gründen.« Der Altbürgermeister zieht die letzten beiden Wörter dümmlich in die Länge. Er fährt sich mit dem Handrücken über das Kinn und wischt die Schokoladenreste weg. »Hast keine Angst, dass deine Chefin was mitkriegt, wennst so offen drüber redest?« Sein Grinsen kehrt zurück.

»Die Mimi weiß es und ist begeistert.«

Eine Mischung aus Anerkennung und Verwunderung liegt in den Augen des ehemaligen Bürgermeisters. »Ich würd dir ja gern gratulieren, aber du weißt schon, wie das mit den Frauen ist, oder?«

»Ich fürchte, du wirst es mir gleich erklären.« Der Horvath ist angefressen und genervt. Das Letzte, was er jetzt braucht, ist dieses Gespräch.

»Eine Frau muss richtig eifersüchtig sein. Die muss dir alles madig machen wollen, was dir Freude macht. Nur dann ist es Liebe. Natürlich darfst du ihr das nicht durchgehen lassen. Aber wozu erzähl ich dir das, Horvath. Du bist offenbar eh auf einem guten Weg mit deiner Chefin.« Der Altbürgermeister ballt seine Hände zu Fäusten und rammt sie ihm andeutungsweise in die Brust. Dann bewegt er sich im Laufschritt zum Ausgang, hält inne und dreht sich noch einmal zu den beiden Männern um. »Jetzt hast Gott sei Dank wieder was G'scheites an. Hab dich vorher am Fenster g'sehen. Mit den Barbiesachen tust dir keinen Gefallen.« Er rümpft die Nase und richtet den Zeigefinger, auf dem ein dicker goldener Ring steckt, auf den Shaman. »Das gilt auch für dich.«

14

Ob er will oder nicht, die Worte des Altbürgermeisters hallen in ihm nach wie ein verhasster Schlagerhit. Dass der kein Beziehungsexperte ist, erkennt man allein an seinem Verschleiß von Ehefrauen in den letzten fünfzehn Jahren. Dem Horvath ist bewusst, dass hinter seinem Gerede nicht mehr als veralteter Chauvinismus steckt, trotzdem ist da ein Funke, der in ihm einen Flächenbrand aus Zweifeln auslöst. Mimis permanente Predigten über Freiheit, dass sie ihm nie einen Vorwurf macht, wenn er anderen Frauen hinterherschaut, und ihn jetzt sogar ins Puff fahren lässt, ohne nachzufragen. Steckt hinter dem, was sie »universelles Urvertrauen« nennt, Gleichgültigkeit? Kann es sein, dass sie ihn einfach nicht genug liebt und es ihr egal ist, was er treibt und wohin ihre Beziehung mündet? Ein Indiz dafür wäre, dass er im Gegensatz zum Shaman bisher weder ihre Eltern noch Verwandte kennenlernen durfte. Dass sie zusammengezogen sind und zwischenzeitlich über ein gemeinsames Kind gesprochen haben, verliert für den Horvath mit jeder Sekunde an Bedeutung, zumal sie im letzten Monat nicht einmal mehr auf ihr Eisprungritual bestanden hat.

Mit zu hoher Geschwindigkeit treibt der Horvath sein Auto über die Bundesstraße. Die Landschaft verschwimmt zu einem Aquarell aus Grün- und Brauntönen, in dem vereinzelt reife Marillen als orange Farbkleckse aufblitzen. Stromabwärts ist eine Truppe Kajakfahrer auf der Donau unterwegs, die der Horvath verfolgt, bis sie aus seinem Sichtfeld gleiten.

Beim Erreichen der Kremser Ortstafel erscheint Kommissar Krüger auf dem Beifahrersitz. Er streicht mit dem Daumen über das staubige Armaturenbrett und betrachtet die schmutzige Fingerspitze. *Eine richtige Familienkutsche hast du dir da angeschafft, Herr Kollege. Trotzdem solltest du deine privaten*

Angelegenheiten hintanstellen, sonst ist der Mörder von der
Hulatsch und der Bergmann bald über alle Berge, mahnt er.
»Gusch, sonst degradier ich dich im nächsten Kapitel in den
Innendienst.« Mit einer ausholenden Handbewegung wischt
er den Kommissar weg. Auch das Verhältnis zwischen ihm
und seinem Hauptprotagonisten war schon einmal besser,
aber darum muss er sich später kümmern.

Der Asphalt ist von der Nachmittagssonne aufgeheizt,
und die Ringstraße flimmert wie eine Halluzination vor dem
Horvath. Er spürt, wie Schweiß über seinen Rücken strömt.
Anstatt die Jacke auszuziehen, schaltet er die Klimaanlage auf
die kälteste Stufe und schnauft.

Elvis Groissbergers Club liegt außerhalb des Stadtzen-
trums in einer Wohnsiedlung, in der man ein derartiges Etablissement nicht vermuten würde. Die schmale Straße ist ge-
rahmt von Einfamilienhäusern im Achtziger-Jahre-Stil mit
halbhohen Zäunen und soliden Vorgärten, die der Horvath
langsam passiert. Er erkennt die Einfahrt zum Bordell nicht
auf Anhieb, fährt daran vorbei und wendet das Auto an einer
Bushaltestelle.

Die Reifen rumpeln über das unebene Pflaster, an dem der
letzte Winter nicht spurlos vorübergegangen ist. Eine umge-
kippte Mülltonne liegt vor einer Doppelgarage, die wie alles
andere ihre besten Tage hinter sich hat. An der rosa Fassade
des Clubs prangt der verwaschene Schriftzug »MENjoy«.

Der Horvath kann sich nicht vorstellen, wen es in diesen
verranzten Club zieht. Er stellt das Auto auf einem der Park-
plätze ab und steigt aus. Die Hitze ist inzwischen so drückend,
dass er seine Jacke auf den Fahrersitz wirft.

Auf dem Weg zum Eingang wirbelt ein warmer Wind Zi-
garettenstummel über das Pflaster. Vom Haus nebenan wird
metallisches Scheppern herbeigetragen. Wäre die Mimi hier,
würde sie von der Präsenz dunkler Energien sprechen, und
er müsste ihr ausnahmsweise zustimmen.

An der Tür, die nicht anders ausschaut als jede andere Tür

eines Einfamilienhauses, sucht er vergebens nach einer Klingel. Dort, wo bis vor einiger Zeit offensichtlich ein Knopf angebracht war, ragen nun Drähte aus einem Kabelkanal an der Fassade. Der Horvath bückt sich zu dem Stapel ungeöffneter Post und Werbematerial, der halb unter einer abgetretenen Türmatte liegt. Auch für jemanden ohne den Scharfsinn eines Ermittlers wäre deutlich erkennbar, dass hier seit Tagen, vielleicht auch seit Wochen keiner mehr war.

»Hallo!«, ruft er und klopft. »Öffnen Sie bitte.« Er legt das Ohr an die Tür und lauscht. Nichts. Ohne Erwartung drückt er die Klinke hinunter. Zu seiner Überraschung ist nicht zugesperrt, und er tritt zögerlich ein.

Unrat und Mief empfangen ihn wie einen unliebsamen Gast. Auf den dunkelroten Teppichboden, der unter einer Kruste aus angetrocknetem Matsch nur zu erahnen ist, zu steigen, kostet den Horvath sogar in Schuhen Überwindung. Bierdosen und leere Flaschen vor einer Art Rezeptionspult lassen vermuten, dass das alte Freudenhaus nun als Lost Place für nächtliche Partyexzesse und Obdachlose herhalten muss.

Der Schatten taucht ganz plötzlich auf. Ein Besenstiel trifft den Horvath an exakt der Stelle, an der ihn der alte Stahl am Tag zuvor getroffen hat. Prompt schießt Blut aus der Wunde und strömt warm und metallisch in seinen Mund. Er spuckt, taumelt und presst seinen Unterarm auf die Verletzung. Unter der nahenden Ohnmacht ist Elvis Groissberger zunächst ein Doppelbild, das sich erst nach und nach zu einer einzigen Person zusammensetzt. Er starrt dem Horvath ins Gesicht, der Horvath starrt zurück, dann setzen sich beide Männer in Bewegung und stürmen hintereinander aus dem Haus.

Das grelle Licht bringt den Horvath erneut ins Schwanken. Mit der Handfläche schirmt er die Sonnenstrahlen ab und wischt sich das Blut aus den Augen. Er glaubt schon, Elvis Groissberger verloren zu haben, als dieser auf einem Rad die Ausfahrt hinausrast. Überschwemmt von Adrenalin und dem Bedürfnis, dem Zuhälter einen ordentlichen Tritt zu versetzen, sprintet er hinterher in Richtung Kremser Stadt-zentrum. Sein Blick haftet am Rücken von Elvis Groissberger, der schwerfällig in die Pedale des alten Damenrades tritt. Er kann gut aufschließen, schwächelt aber nach einigen Minuten. Die Konturen der Häuserzeilen und Geschäftslokale verlieren ihre Schärfe, und der Horvath krümmt sich unter Seitenstechen und Atemnot. Eine Gruppe von Jugendlichen, die ihre Skateboards auf dem Gehsteig positioniert, bremst ihn endgültig aus. Der Horvath stolpert gegen einen der Buben und katapultiert dessen Skateboard auf die Straße.

»Ey, Alter«, pöbelt ein anderer und baut sich schmalschultrig vor ihm auf. Seine blonden Haare riechen nach Haarfestiger und stehen senkrecht von seinem Kopf ab.

»Geh aus dem Weg!«, schimpft der Horvath zurück. Die Worte kommen als keuchender Schwall aus seinem Mund. Die Buben reihen sich um ihn wie ein Rudel Wölfe, die in ihm ein verwundetes Tier gewittert haben.

»Aus dem Weg! Ich verfolge einen Flüchtigen!«

»Und ich fick deine Mutter«, gibt der kleinste der Buben zurück, ohne dass sich dem Horvath der Sinn erschließt.

»Reihe 5, Mitte, Grab 152. Viel Erfolg.« Der Horvath schiebt die Halbwüchsigen zur Seite und humpelt weiter.

»Ey, Brudi. Sorry …«, hört er hinter sich, hebt den Arm und streckt den Mittelfinger in ihre Richtung.

Von Elvis Groissberger ist nichts mehr zu sehen.

Der Weg zurück zum Bordell gleicht dem Aufstieg auf den Mount Everest. Am Ende seiner Kräfte, erreicht der Horvath sein Auto und sackt auf den Sitz.

Das Brummen, das er von der Leiste bis in den Oberbauch spürt, hält er zunächst für ein Organ, das nach der Anstrengung dabei ist, seine Arbeit einzustellen. Doch es ist sein Smartphone, auf dem er halb draufsitzt und das einen Anruf von der Mimi ankündigt. Mit zitternden Händen drückt er auf das grüne Hörersymbol und legt das Handy ans Ohr.

»Mimi«, presst er noch immer außer Atem hervor.

Stille.

»Mimi?« Er wirft einen Blick auf das Display, um nachzuschauen, ob der Anruf noch aktiv ist. »Mimi?«

Der Horvath schaltet die Zündung ein. Über die Freisprecheinrichtung ist Mimis Stimme etwas besser zu hören. Er dreht die Lautstärke auf die höchste Stufe. »Mimi, ich hör dich ganz schlecht.«

»Hase ... Du musst ... Komm ...« Der Horvath versteht nur Wortfetzen vom Gesagten.

»Bist du bei der Maria? Hast du schlechten Empfang?« Die folgenden Worte brüllt die Mimi. »Bennys Vater hat mich in seinem Haus gefesselt! Er sagt, der Benny ist tot!« Dann reißt die Verbindung ab.

Von Panik erfasst, startet der Horvath den Motor, rammt beim Zurücksetzen die Gartenmauer des angrenzenden Grundstücks und rast ins Dorf.

15

Der Horvath stürmt das Haus wie ein Einsatzkommando der Cobra. Mit einem Tritt befördert er die alte Holztür aus den Angeln, steht im zugemüllten Vorzimmer und lauscht. Mit rasendem Herzen kontrolliert er die Räume im Untergeschoss und steigt danach die knarzende Treppe hoch.

Alle Türen stehen offen, und der Horvath erkennt den schlafenden Stahl in einem geblümten Lesesessel. Geräuschlos nähert er sich dem Alten, dann sieht er sie.

Die Mimi hockt auf einer Matratze, an eine deckenhohe Zimmerpalme gelehnt. Ihre Arme sind hinter den Rücken gebunden, und ihr Oberkörper ist am Stamm der Pflanze fixiert.

Nie zuvor war der Horvath glücklicher, die Mimi zu sehen. Auf den ersten Blick scheint sie unversehrt.

»Ist er bewaffnet?«, fragt der Horvath, kniet sich neben die Mimi und lässt dabei den alten Stahl nicht aus den Augen.

»Hat er dir was getan?«

»Er hat keine Waffe. Und er hat mir nix getan.«

Der Horvath hält den Pfefferspray, den er für alle Fälle immer in der Jackentasche hat, fest umklammert. Mit der anderen Hand löst er den Strick um Mimis Körper.

»Warum hast du den Stamm der Palme nicht abgeknickt? Dann hättest du dich selber befreien können«, flüstert er, überrascht darüber, wie wenig Mühe sich der Alte beim Versuch, die Mimi in seinem Haus als Geisel zu halten, gegeben hat.

»Ich wollt dem Pflanzerl nix abbrechen«, erklärt die Mimi.

»Wie hast du mich dann anrufen können?«

Die Mimi tippt mit nackten Zehen auf ihr Handy, das zu ihren Füßen liegt. »Ich kann mein Handy mit meiner Zehe entsperren.«

Der Horvath starrt auf Mimis Füße. »Du hast mich mit deiner Zechn angerufen?«

Die Mimi nickt. »Aber dann war der Akku leer.«

»Was ist mit dem Benny? Wieso hat der Stahl dich festgehalten?« Der Knoten ist gelöst, und die Mimi streckt ihre Arme nach vorne und schüttelt sie. Der Horvath hievt sie auf die Beine und zieht sie aus dem Zimmer.

»Wir können nicht gehen«, protestiert die Mimi. »Wir müssen ihm helfen.«

»Dabei helfen, dass er uns hamdraht?«

»Er glaubt, ich bin der Engel, der den Benny mitgenommen hat.«

Der Horvath steht vor der Mimi und versteht nichts mehr. »Wieso bist du ohne mich hergekommen?«

»Ich bin nach Ordischluss Richtung Donau spaziert. Da ist dieser Weinkeller mit der alten Holztür, auf der immer Plakate picken. Ich bin stehen geblieben, weil ich eine Präsenz gespürt hab. Dann ist Bennys Vater herausgekommen und hat geschrien, dass ich den Benny in Ruhe lassen soll. Er ist weggerannt, und ich bin hinter ihm her. Im Haus hat er mich dann gepackt und an die Pflanze gebunden. Ich hätt mich wehren können, aber ich wollt ihn nicht emotional verletzen, wo er doch so offensichtlich jemanden zum Reden gesucht hat.«

»Komm«, sagt der Horvath ruhiger als zuvor. »Jetzt gehen wir erst einmal raus aus dem Haus.«

Draußen hat die Dämmerung eingesetzt. Das Zirpen der Grillen wächst zum Crescendo heran und wird begleitet vom stetigen Blättersäuseln der Marillenbäume im Garten des alten Stahl, um deren Stämme zermatschte Früchte liegen, die augenscheinlich niemand haben will.

Der Horvath holt tief Luft, betrachtet die Mimi noch einmal eindringlich und schlingt seine Arme um sie. »Gott sei Dank ist dir nichts passiert«, wiederholt er mehrmals hintereinander und spürt Mimis Finger fest an seinem Rücken.

»Du bist mein Held, Hase.« Mimis Stimme zittert ein wenig, und der Horvath wird durchströmt von widersprüchlichen Gefühlen und Fragen.

»Liebst du mich eigentlich? Ich meine mich, das Ich, das ich jetzt bin. Nicht das Universum, mein inneres Kind, meine Aura oder was weiß ich.«

»Bedingungslos«, haucht die Mimi und küsst ihn.

Wäre dieser Moment eine Szene in einem seiner Bücher, wäre das Kapitel an dieser Stelle zu Ende. Doch dieses Kapitel ist alles andere als zu Ende. Der Horvath gerät in Aufruhr.

»Warte!«, ruft er und hält die Mimi eine Armlänge von sich entfernt. »Hat der Weinkeller, von dem du geredet hast, nicht früher den Stahls gehört?«

Die Mimi zuckt langsam mit den Schultern, aber der Horvath kennt die Antwort bereits.

»Wir müssen dorthin. Sofort.«

Die Mimi und der Horvath hetzen nebeneinander über das Kopfsteinpflaster. Ihre Schritte hallen in der Gasse wider und werden begleitet von Horvaths Keuchen. Schmerzen fahren wie Blitze durch seinen Kopf, und seine Beine können ihn nach der Verfolgung von Elvis Groissberger kaum noch tragen.

Die beiden erreichen den Weinkeller, und der Horvath gibt der Mimi zu verstehen, dass sie zurückbleiben soll. Die sperrige Tür ist angelehnt und gewährt einen Blick hinein.

Der Temperaturunterschied ist wie eine Vorahnung und jagt dem Horvath eine Gänsehaut über den Körper. Er zieht das Handy aus der Hosentasche und schaltet die Taschenlampe ein. Mit kleinen Schritten tritt er ins Innere. Die gewölbten Wände erinnern den Horvath an den Schlund eines Tieres. Mit jedem weiteren Schritt wächst seine Beklemmung, dann sieht er ihn.

Der Benny hockt halb sitzend, halb liegend an ein Eichenfass gelehnt. Einzig die weit aufgerissenen Augen lassen vermuten, er sei am Leben. Der Rest von ihm lässt keinen Zweifel daran, dass er tot ist.

Der Horvath macht kehrt und stürzt nach draußen. Drückende Schwüle schlägt ihm auf der Gasse entgegen, wo die Mimi aufgeregt auf und ab läuft.

»Was ist passiert?« Sie kommt auf ihn zu.

Der Anblick des toten Benny hat dem Horvath die Kehle zugeschnürt. Wie soll er der Mimi erklären, was dem Buben zugestoßen ist? Er hält sein Handy mit beiden Händen, hat Mühe, die Nummer einzutippen. »Kannst du sie rufen?«, presst er hervor.

»Die Götter?«

»Na, Mimi. Die Kiwara«, ist das Letzte, was er herausbringt, bevor seine Beine nachgeben und er auf den Boden sackt.

16

»Schleich dich mit deiner Infusion, ich brauch ein Stamperl.«
Der Horvath wehrt den Sanitäter mit einer Hand ab und klettert aus dem Rettungswagen.

Hinter Blaulichtgewitter und einer Horde aus zivilen und uniformierten Polizisten entdeckt er die Mimi neben dem Shaman und der Maria. Ihre Finger umschließen eine Wasserflasche, aus der sie im Sekundentakt trinkt. Ihre Blicke kreuzen sich, bis sich der Simoner vor dem Horvath aufbaut. Das Hemd seiner Polizeiuniform weist auf Brusthöhe einen frischen Kaffeefleck auf.

»Das ist jetzt die zweite Leiche, die du gefunden hast«, stellt er fest.

Der Horvath hebt und senkt teilnahmslos seine Schultern.

»Ich hab deiner Freundin schon gesagt, dass ihr morgen früh für eine Aussage aufs Revier kommts.«

Der Horvath verspürt keinen Bedarf, mit dem Simoner zu reden. Er ist körperlich am Ende und kämpft gegen die Bilder von Bennys totem Körper an, die ihn mehr mitnehmen als der Fund der halb verwesten Eva Bergmann. Er erklärt es sich damit, dass die Mimi mit dem Benny einen Menschen verloren hat, der ihr viel bedeutet hat, wie man an ihren verquollenen Augen ablesen kann.

Der Horvath starrt auf die Tür des alten Weinkellers, der in regelmäßigen Abständen Polizisten und Forensiker verschluckt und wieder ausspuckt. Auch diesen Anblick erträgt er nicht. Er wendet dem Geschehen den Rücken zu, was die Sache nicht verbessert, denn hinter einem Absperrband lauert die Pressemeute, in der der Horvath einige ehemalige Kollegen ausmacht. Es wird Tage, vielleicht Wochen dauern, bis ihre Gier nach jedem noch so belanglosen Detail rund um das Dorf abgeebbt ist.

»Habts ihr eigentlich einmal in Richtung Elvis ermittelt?«

Seine Sprache wiederzufinden, kostet den Horvath Kraft und Überwindung.

Der Simoner zieht Oberlippe und Augenbrauen zu einer seltsamen Grimasse hoch. »Elvis lebt?«, fragt er halb belustigt, halb arrogant.

»Ich red vom Groissberger, du Synapsenfriedhof.« Der Simoner dreht sich zur Seite, steht mit dem Gesicht zum Rettungswagen und reibt sich das Kinn. »Ich führ manchmal Selbstgespräche, wie du weißt. Falls ich ungewollt interne Details ausplaudere, ist das nicht für deine Ohrwaschln bestimmt. Also: Der Benny hat Fotos von der Bergmann und der Hulatsch im Hosenbund stecken. Außerdem haben wir einen Stein mit Blutspuren gesichert. Ich wett, dass wir darauf mindestens die DNA von einer der beiden Ermordeten finden. Aus derzeitiger Sicht besteht kein Zweifel, dass der Benny die Frauen umgebracht hat. Ob er sich im Keller versteckt hat, aus Versehen eingesperrt worden und verhungert ist oder ob der alte Stahl seine Finger im Spiel hat, ist noch unklar. Was wir aber wissen, ist, dass das Dorf wieder sicher ist, also mach die Leut nicht rebellisch und heb dir die Phantasie'schichteln für deinen nächsten Roman auf.«

»Der Benny hätt doch geschrien, wenn er eingesperrt gewesen wär.« Dem Horvath gehen noch viele andere Dinge durch den Kopf, aber dieser Gedanke ist am drängendsten. »Er war ein Trottel. Was weiß ich, warum der sich hingehockt und auf seinen Tod gewartet hat. Ich tu mir schwer, wie ein Trottel zu denken.«

»Keine falsche Bescheidenheit«, erwidert der Horvath und klopft dem Simoner auf die Schulter. »Darin seids offenbar alle Weltmeister, schließlich ist keiner von euch auf die Idee gekommen, den Weinkeller zu durchsuchen.«

»Jetzt pass einmal auf, Horvath. Du gehst mir schon lang genug auf die Nerven …« Der Polizist hält den Horvath am Ärmel seiner Jacke fest.

Der Horvath reißt sich mit einem Ruck los.

»Fick dich.«

»Das ist Beamtenbeleidigung.«

»Fick dich ist keine Beleidigung, das ist eine Empfehlung. Schönen Abend.« Der Horvath salutiert zur Verabschiedung und wendet sich zum Gehen.

Der Horvath, die Mimi, die Maria und der Shaman bahnen sich mit gesenkten Köpfen einen Weg durch die Menge von Schaulustigen, die sich hinter dem Absperrband schart, um Blicke auf den Tatort zu erhaschen. Der Horvath vernimmt einige Male seinen Namen, zeigt aber keine Reaktion. Mit dem Einbiegen in die Gasse, die zurück zum Haus vom alten Stahl führt, wo sein Auto parkt, ebbt das Gemurmel der Leute ab und klingt allmählich aus.

»Ich hab doch g'sagt, dass der Benny der Mörder ist«, durchbricht Marias Stimme die Stille. Der Horvath spürt, wie Mimis Hand in seiner zuckt. Keiner erwidert etwas. Er, die Mimi und der Shaman teilen offenbar die Unlust, eine Diskussion vom Zaun zu brechen. Trotzdem muss er seine Schwägerin um einen Gefallen bitten. Er zieht einen knittrigen Einkaufszettel aus der Gesäßtasche seiner Hose und einen Kugelschreiber aus seiner Jackentasche. Dann kritzelt er Elvis Groissbergers Namen darauf und reicht ihn der Maria.

»Ich brauch seine Adresse, je schneller, desto besser.«

»Wenn ich das nächste Mal Dienst auf der Gemeinde hab, schau ich −«

»Sofort«, herrscht der Horvath sie an. Die Maria nickt, ohne Fragen zu stellen.

An Horvaths Auto angekommen, verabschieden sie sich wortlos mit einem Kopfnicken voneinander. Eben noch in Gedanken beim aktuellen Fall und beim Benny, wird der Horvath nun wieder malträtiert vom Gefühl, er könnte die Mimi an den Shaman verlieren. Er lässt sich auf den Fahrersitz fallen und schaut Marias falschen roten Haaren hinterher, die sich allmählich in der Schwärze der Nacht verlieren.

»Wie soll die Seele vom Benny von Liebe erfüllt in ein neues Leben übergehen, wenn er in dieser Welt für einen Mörder gehalten wird?«

»Die gleiche Frage hab ich mir auch gerade gestellt.« Der Horvath startet den Motor, bringt das Auto auf der Parkfläche des gegenüberliegenden Hauses in Fahrtrichtung und rollt durch die Gasse.

Der Mimi entgeht Horvaths Sarkasmus nicht. »Kannst mich ausnahmsweise einmal nicht verarschen?«

Der Horvath greift nach ihrer Hand. »Es tut mir leid, Mimi. Ich bin heut ziemlich am End.«

Beleidigt zieht die Mimi ihre Hand zurück und dreht den Kopf auf die andere Seite.

»Lass es mich wiedergutmachen, Mimi.« Er bremst das Auto und fährt rechts ran.

»Warum bleibst stehen?«

Der Horvath löst den Sicherheitsgurt, lehnt sich zur Mimi rüber und legt seine Stirn an ihre. »Ich werd es wiedergutmachen. Ich werd den Mörder fassen. Dann kann der Benny glücklich dorthin gehen, wo Tote hingehen, auch wenn ich nicht an so was glaub. Versprochen.«

Mimis Augen sind glasig. Sie küsst seine Stirn und nickt.

»Abgesehen davon, dass ich manchmal ein richtiger Oarsch bin, bin ich dir nicht auch zu alt? Vor allem zu alt, um mit mir ein Kind zu kriegen? Oder glaubst du nicht nur an ein Leben nach dem Tod, sondern auch an eine Vaterschaft nach dem Tod?«

»Du Trottel.« Die Mimi lacht. »Was machst du da?«, fragt sie dann.

Der Horvath nimmt zwei Taschenlampen aus dem Handschuhfach und steigt aus dem Auto. »Wir schauen uns ein bisserl bei der Hulatsch um.«

Der Einbruch ist eigentlich gar kein Einbruch, redet sich der Horvath ein. Die Außentür zu Christel Hulatschs Keller stand praktisch offen, nachdem er mit dem Dietrich am Zylinder herumgespielt hatte. Diese Erklärung würde bei der Polizei nicht durchgehen, aber was kümmert es ihn. Er hat bei der Mimi vieles gutzumachen, und er will damit beginnen, den Mörder von Christel Hulatsch, Eva Bergmann und Benny zu finden und Bennys Namen reinzuwaschen. Dass der Bub sich im Keller versteckt hat und dort bis zum Verdursten eingesperrt worden ist, liefert für Horvaths Geschmack eine einfache, aber keinesfalls plausible Erklärung. Dass die Polizei es sich so leicht macht, stört den Horvath, und es stört ihn noch mehr, wenn er sich an den Benny erinnert und die Erzählung von dessen Vater mit einbezieht. *Ein Engel war da und hat ihn geholt. Ein schöner Engel, aber die Augen waren böse.* Ja, der Alte ist verwirrt, und bestimmt war es kein Engel, der seinen Sohn geholt hat, aber das Ganze riecht nach einer Entführung. Und der Entführer kann kein anderer sein als Christel Hulatschs und Eva Bergmanns Mörder, der auf diese Weise den Verdacht auf den Benny lenken wollte und ihn anschließend loswerden musste.

Auf der Liste von Horvaths Verdächtigen hat sich Elvis Groissberger vor Dr. Freilich an die Spitze gedrängt. Beide Frauen hatten einen Anhänger von ihm. Aber auch die Mimi besitzt einen dieser Anhänger, durchfährt es den Horvath, und sein Herz setzt einen Takt aus. Neben dem Anhänger gibt es eine weitere Gemeinsamkeit zwischen der Hulatsch und der Bergmann. Beide hatten vor, ihre Zelte in der Wachau abzubrechen. Noch sieht der Horvath in diesem Fakt nicht mehr als einen Zufall, aber sein Riecher sagt ihm, dass es so viele Zufälle gar nicht geben kann.

Christel Hulatschs Keller ist sauber und aufgeräumt. So als hätte sie ihr Hab und Gut bereits verscherbelt, um für den Verkauf des Hauses gerüstet zu sein. Nach einem flüchtigen Blick in die drei fensterlosen Räume, in denen er Katzenspielzeug, eine Waschmaschine und eine auffallend blank geputzte Werkzeugbank registriert, steigen er und die Mimi die Treppe hoch ins Erdgeschoss.

In dieser Etage befinden sich eine Küche mit angrenzendem Ess- und Wohnzimmer, ein Badezimmer mit Dusche und ein Raum, der mit deckenhohen Kletterbäumen und Katzenspielzeug bestückt ist. Die Mimi nimmt sich die Küchenschränke vor, während der Horvath das spärlich ausgestattete Wohnzimmer durchsucht. Wie schon der Keller erahnen ließ, sind die Schränke überschaubar gefüllt, beinhalten fast ausschließlich Bücher, Magazine und eine beachtliche Sammlung von LPs. Der dazugehörige Plattenspieler steht auf einem niedrigen Board, über dem – den Löchern in der Wand nach zu urteilen – irgendwann ein Fernseher montiert war. Einen Computer oder einen Laptop entdeckt der Horvath nicht. Möglicherweise wurden die Geräte von der Polizei beschlagnahmt.

»Sie hat den gleichen Chai wie ich getrunken, und sie besaß schöne ayurvedische Öle. Ich glaub, die Christel und ich hätten Freundinnen sein können.«

»Die Hulatsch hätt einen Exorzisten gebraucht, keine Freundin. Und wahrscheinlich brauch ich nach zwei Wochen Dienst in der Ordination selber einen.« Der Horvath erinnert sich an die dauergrantige Hulatsch mit den nach unten geneigten Mundwinkeln, der keifenden Stimme und der Zornesfalte zwischen den wild wuchernden Augenbrauen. »Unten sind wir fertig. Gehen wir rauf.«

Die Holztreppe knarrt unter ihrem Gewicht. Der Horvath geht voran und spürt Mimis Hand im Rücken.

»Seltsame Energien«, flüstert sie.

Von den oberen drei Zimmern ist nur noch eines mit Möbeln bestückt. Es ist Christel Hulatschs Schlafzimmer, das so farblos ist wie ein Krankenhauszimmer. Der Horvath fährt mit der Hand über das ordentlich gemachte Bett, kniet sich hin und schaut darunter. Nichts. Keine versteckten Kartons, keine einzelnen Socken, keine Staubflusen.

»Der Kleiderkasten ist fast leer«, murmelt die Mimi.

Der Horvath nimmt die sportlichen Hosen und Shirts in Augenschein, die allesamt in Grautönen gehalten sind. Ein stechender Schmerz durchzuckt sein Knie. Mühselig hievt er sich an der Bettkante hoch. »Fahren wir heim.«

Die Mimi nickt. Sie sieht müde und resigniert aus. Ihr rotes Haar liegt strähnig auf den Schultern, die Augen sind wässrig vor Müdigkeit und der Trauer um Benny. Er legt einen Arm um sie, während sie die Treppe nach unten in Richtung Kellertür nehmen. Mimis Schultern sind schmal, ihr Körper wirkt brüchig und fragil, als hätten ihr die letzten Stunden jegliche Substanz geraubt.

»Ich glaub, heut brauch ich ein Soham.«

»Ich hätt auch Hunger. Gibt's das beim Chinesen auf der Ringstraße?«, fragt der Horvath und zieht die Kellertür hinter sich zu.

»Das ist nix zum Essen. Das ist das stärkste Mantra überhaupt«, erklärt die Mimi. »Aber von mir aus können wir auch zum Chinesen gehen.«

»Wir machen alles, was dich glücklich …« Er unterbricht sich selbst mitten im Satz, zieht sein Handy aus der Tasche, schaltet die Lampe ein und richtet sie auf den Boden. Mit der Schuhspitze hebt er die Fußmatte vor der Kellertür an.

»Irgendwas über Medizin«, stellt die Mimi fest, als sie sich nach dem Magazin bückt und es aufhebt. »Falsch eingeworfen«, liest sie die auf ein Post-it gekritzelten Wörter, zieht es vom Umschlag ab und wedelt damit vor Horvaths Gesicht. »Das muss ihr ein Nachbar unter die Matte gelegt haben. Die Maria beschwert sich auch dauernd, dass ihre Post alle paar Tage bei der Margarete landet.«

Sein Blick fällt auf die Thujenhecke, die die Grundstücke von Christel Hulatsch und ihrer Nachbarin trennen soll, jedoch bräunlich verfärbt ist und Lücken aufweist. Der Horror jeder Wohnsiedlung, wo die Menschen darauf bedacht sind, ihren Grund und Boden bestmöglich vor Blicken und Besuchen der Nachbarn zu schützen. »Wahrscheinlich war es die Frau Edelböck.«

Der Horvath stutzt. »Da steckt noch was drin.« Mit der

einen Hand richtet er den Lichtstrahl auf das Magazin, mit der anderen zieht er einen Briefumschlag heraus. »Von der Bank«, flüstert er. »Das schauen wir uns daheim an.«

Bis daheim kann der Horvath dann doch nicht warten. Kaum sitzen die beiden im Auto, schlitzt er mit dem Haustürschlüssel das Kuvert auf und fischt ein Bündel Kontoauszüge heraus. Die kleinen schwarzen Buchstaben verschwimmen im dämmrigen Licht der Autobeleuchtung. Mit dem Daumen blättert er durch die Seiten, verharrt und starrt auf die dokumentierten Kontobewegungen.

»Bingo«, flüstert er.

Die Mimi gähnt und fächert sich mit Christel Hulatschs Magazin Luft zu. »Hast was Interessantes gefunden?«

»›Interessant‹ ist untertrieben.«

Mimis unverständliches Gemurmel wird von einem erneuten Gähnen begleitet.

»Die Hulatsch hat Elvis Groissberger im Mai zehntausend Euro überwiesen.«

»Groissberger?«, wiederholt die Mimi und richtet sich im Sitz auf. Ihrer Mimik nach zu urteilen, regt sich in ihr eine Erinnerung.

»Deinem Freund, der die Vagina-Anhänger verteilt. Der ist übrigens Zuhälter, falls du das nicht gewusst hast. Auch Eva Bergmann hat so einen Anhänger von ihm gekriegt.«

Das sind zu viele Informationen auf einmal für die Mimi. Sie kratzt sich am Kopf. »Zuhälter?«, wiederholt sie. »Und sie hat ihm Geld überwiesen?« Die Mimi greift in die Tasche ihrer Weste und zieht ihren Schlüsselbund heraus. Selbst bei spärlicher Beleuchtung entgeht dem Horvath die Bleiche ihres Gesichts nicht. Als hätte sie sich daran verbrannt, schleudert sie die Schlüssel auf die Rückbank. »Glaubst du, er war es, der der Christel und der Eva was getan hat? Und dem Benny?«, fügt sie nach einer Pause hinzu. »Markiert er uns mit den Anhängern? Bin ich sein nächstes Opfer?«

»Dir passiert nichts, versprochen. Ich hab den Wappler gestern in seinem ehemaligen Puff abgefangen.«
»Ein Puff? Ich versteh das nicht. Das passt gar nicht zu ihm.«

Horvaths Handy vibriert. Er hat eine Nachricht von Maria erhalten. *Keine Adresse von Elvis Groissberger gefunden. Sorry.* Der Horvath greift in die Mittelkonsole des Autos, kramt eine Packung Kaugummi heraus und drückt sich einen aus dem Blister. Auf dem Weg zum Mund überlegt er es sich jedoch anders und wirft ihn zurück ins Fach. Diese verdammten Anti-Raucher-Kaugummis haben ihm in den letzten Monaten Magenschmerzen beschert. Was er jetzt viel lieber hätte, wäre eine Marlboro. Nach einer Zigarette hat ihm noch nie etwas wehgetan.

»Er war derjenige, der dich geschlagen hat«, dämmert es der Mimi.

Der Horvath zuckt mit den Schultern. Er will die Mimi nicht unnötig aufregen, die Sache mit dem Benny nimmt sie schon genug mit. »Nicht der Rede wert. Blöder als der Kratzer ist, dass er weggerannt ist und es keinen Eintrag im Zentralen Melderegister gibt, wie die Maria gerade geschrieben hat. Ich hab keinen Plan, wo der Typ wohnt beziehungsweise ob der überhaupt irgendwo wohnt.«

Der Horvath spürt, dass in Mimi ein Gedanke aufkeimt, bevor sie ihn ausspricht. Ihr Oberkörper strafft sich, ihre Augen leuchten wie die einer Katze im Dämmerlicht. Sie legt ihre Hand auf seine Schulter und spricht langsam und verschwörerisch. »Ich weiß zwar nicht, wo der Elvis wohnt, aber ich weiß, wen er jeden Tag besucht.«

17

Zügig entfernen sich der Horvath und die Mimi vom Gelände des Polizeireviers. Die Mimi hat Mühe, mit dem Horvath Schritt zu halten. Ihr Kimono bläht sich im Wind zum Ballon auf, während sie ein Stück Nusskipferl in ihren Mund schiebt und etwas sagt, das der Horvath nicht versteht. Er kann nicht stehen bleiben, fühlt sich erdrückt von der Enge der Polizeiinspektion und den Fragen, auf die er keine Antworten hatte und die stattdessen Dutzende neue Fragen in ihm aufgeworfen haben.

Am Auto angekommen, atmet er tief durch. »Du bist dir sicher, dass unser Puffbruder wirklich jeden Tag seine tote Mutter besucht?«

Die Mimi erwidert schmatzend etwas und nickt, was der Horvath als ein Ja deutet. Immerhin. Er ist schlecht vorbereitet auf diese Aktion, ist sich angesichts der wenigen Informationen, die er von der Mimi erhalten hat, unsicher, ob es sinnvoll ist, den Zentralfriedhof zu besuchen. Zeit damit zu verlieren, eine Nadel im Heuhaufen zu suchen, erscheint ihm strategisch falsch, aber genau diese Nadel ist der einzige Anhaltspunkt, den er momentan hat.

Dass die Polizei den Benny nach wie vor als Mörder der beiden Frauen handelt, seinen Tod als Unfall einstuft und den Fall als abgeschlossen betrachtet, löst im Horvath Anspannung aus. Draußen ist ein Mörder unterwegs, der womöglich bereits sein nächstes Opfer im Visier hat. Vielleicht sogar die Mimi, gesteht er sich ein. Das ist der einzige Grund, weshalb er sie mit zur Observation am Friedhof nimmt. Er muss sie bei sich haben, sie im Auge behalten, auf sie aufpassen.

Dass der Horvath mit fast hundertachtzig über die Schnellstraße brettert, merkt er erst, als das Radar blitzt und sein Blick auf die flatternde Tachonadel fällt. Er bremst scharf ab.

»Scheiße!«, flucht er. Mit seinem alten Chevy wäre ihm das nicht passiert. Da wären ihm bei dieser Geschwindigkeit längst die Bauteile um die Ohren geflogen.

»Hase«, raunzt die Mimi. »Du weißt, dass mir schlecht wird, wenn du so ruckartig bremst.«

»Wenn du deine Dschungeldrogen trinkst und dir danach die Seele aus dem Leib speibst, stört dich das auch nicht.«

»Das nennt man Purging. Das ist materialisierte dunkle Energie, die mein Körper nach draußen befördert. Das kannst überhaupt nicht vergleichen. Der Elvis war übrigens mal bei einer Zeremonie dabei.«

Auf der S5 herrscht dichter Verkehr. Der Horvath spürt Ungeduld in sich aufsteigen. Er drückt die Hand auf die Hupe, als ein Kleintransporter ausschert und ihn zum erneuten Abbremsen zwingt. Diesmal war die Mimi vorbereitet, stemmt sich mit den Füßen gegen das Armaturenbrett und hinterlässt dabei graue Abdrücke.

»Wie sollen wir denn das richtige Groissberger-Grab finden? Wir wissen ja nicht einmal ihren ganzen Namen.« Dem Horvath erscheint die Aktion mit einem Mal noch naiver als zuvor. Immerhin befinden sich auf dem Zentralfriedhof mehr als dreihunderttausend Gräber, und der Friedhof erstreckt sich über eine Fläche, die er nie freiwillig zu Fuß zurücklegen würde.

»Wir müssen vor den Eingängen patrouillieren und warten, bis er auftaucht.« Der Horvath scrollt über den Bildschirm seines Board-Displays. »Wo ist denn bitte die depperte Telefonliste? Diese Scheiß-unnötige Technik«, flucht er und erinnert sich daran, dass seine Mutter früher den gleichen Satz gesagt hat, während sie versuchte, seinen CD-Player zu bedienen.

»Wen willst denn anrufen?«, erkundigt sich die Mimi, schiebt seine Hand weg und scrollt eine Sekunde später durch Horvaths Telefonkontakte. Die Mühelosigkeit, mit der sie wiederkehrend sein Handy zum Laufen bringt oder Spyware von seinem Computer entfernt, ist praktisch, aber sie verdeutlicht auch den Altersunterschied zwischen ihnen beiden.

»Die Maria müsst heute Dienst auf der Gemeinde haben und kann im System nachschauen, wie die gute Frau hieß. Zwischen den ganzen Toten wird sie nicht die einzige Groissberger sein«, murmelt er missmutig und wirft sich selbst einen Blick im Rückspiegel zu. War diese Furche, die seine Stirn wie ein Notenblatt aussehen lässt, gestern auch schon da? Und warum hat er dieses Doppelkinn, obwohl er, seitdem er Mimis vegetarischer Folter ausgesetzt ist, mehr als zehn Kilo verloren hat?

»Nicht nötig. Sie heißt Rosina Groissberger. Elvis hat sich ihren Namen auf den Unterarm tätowieren lassen.« Die Mimi zieht ihr Smartphone aus der Tasche und tippt darauf herum. »Ich hab auch die Grabnummer mit den genauen Koordinaten.«

»Hat er die auch tätowiert?« Der Horvath wirft der Mimi einen kurzen Blick zu.

Sie streicht ihre Haare zurück und zwinkert ihn an. »Ein Onlineservice.«

Die Verkehrssituation spitzt sich auf der Simmeringer Hauptstraße erneut zu und wird begleitet von Gehupe und dem Mantra, das die Mimi vor sich hin singt, während sie ihre Arme wie in Trance bewegt.

Google Maps navigiert ihn bis zum Friedhof, wo er das Auto zwischen zwei alte, aber schnittige Sportwagen quetscht, sodass ihnen kaum Platz zum Aussteigen bleibt. Wehmütig berührt er die Motorhaube des Mustangs, zieht den Bauch ein und schiebt sich zwischen den Fahrzeugen in Richtung Haupteingang.

»Wir bleiben die ganze Zeit z'ammen. Keine Heldentaten und keine Alleingänge. Bei unserer letzten Friedhofsobservation wärst du fast von einem Kreuz erschlagen worden«, warnt der Horvath und sieht die Mimi eindringlich an.

Sie greift nach seiner Hand und drückt sie. »Ja, Papa.«

Der Horvath weiß, dass sie ihn neckt, trotzdem ziehen sich seine Eingeweide schmerzlich zusammen. »Apropos. Wann lerne ich eigentlich deine Eltern kennen?«, fragt er, während sie der Stimme aus Mimis Handy folgen und sich zügig durch die Reihen unzähliger Gräber bewegen.

»Es wird sich schon einmal ergeben.«

»Wie hat es sich denn mit dem Shaman ergeben?« Dem Horvath ist bewusst, dass er sich wie ein trotziges Kleinkind anhört.

»Das ist was anderes, Hase.«

Nur mit Mühe kann er sich einen bissigen Kommentar verkneifen. »Erzähl wenigstens was über sie«, bittet er stattdessen.

Was die Mimi nicht weiß, ist, dass der Horvath bereits ihre Adressdaten hat und nur knapp davon entfernt ist, nachts an ihrem Haus vorbeizufahren und sie auszuspionieren, wenn sie ihn noch länger hinhält und seine Frage weiterhin ignoriert.

Für private Geschichten ist jetzt nicht der richtige Zeitpunkt, meldet sich Kommissar Krüger zu Wort, überholt die beiden und schüttelt dabei den Kopf. *Deine Professionalität lässt zu wünschen übrig, Kollege.*

»Dahinten müsste es sein.« Die Mimi bleibt stehen, zwickt die Augen zusammen und schaut abwechselnd auf ihr Display und in die Ferne. »Siehst du die Fichte? Daneben müsste Rosinas Grab liegen.«

Der Horvath, der eine Fichte nicht einmal aus nächster Nähe von anderen Bäumen unterscheiden kann, weil ihm Pflanzen noch suspekter sind als Katzen, nickt.

Die Mimi eilt voraus, während sein Blick an einem Grab mit einer wuchtigen polierten Marmorplatte hängen bleibt. Die Unmenge an frischen Blumen und Kränzen deutet darauf hin, dass die Grabstätte erst vor Kurzem bezogen worden ist.

»Hase, komm!«, hört er Mimis Stimme, wird aus seinen Gedanken gerissen und rennt los.

Atemlos erreicht er die Mimi, beugt sich vornüber und stemmt die Hände in die Oberschenkel. »Alles in Ordnung?«, keucht er.

»Ich hab's g'funden«, trällert sie, als hätte sie einen Schatz entdeckt, und legt ihre Hand triumphierend auf Rosina Groissbergers Grabstein. »Jetzt müssen wir nur noch warten, bis der Elvis auftaucht. Schau, da liegen drei Rosen. Das heißt, er kommt noch.«

Der Horvath betrachtet die drei einzelnen Blumen auf der beigen Kiesfläche, um deren Stiel jeweils eine schmale Schleife gebunden ist. Zwei davon sind welk, die dritte sieht etwas frischer aus. »Jeden Tag eine neue Rose«, stellt er die die gleiche Schlussfolgerung wie die Mimi auf. »Die heutige Blume fehlt noch.« Der Horvath geht in die Hocke und fährt mit der Hand durch den Kies. Mit einem Stechen im Rücken steht er wieder auf, streicht den Staub an seinen Hosenbeinen ab und schaut sich um.

»Dort positionieren wir uns.« Er zeigt mit dem Finger auf eine Bank hinter einer Hecke, die zwei imposante Grabstätten voneinander trennt. »Da haben wir das Grab im Blick, und ich kann ihn von hinten überrumpeln.«

Der Horvath erinnert sich daran, wie er von Elvis Groissberger attackiert worden ist. Noch einmal wird ihm das nicht passieren, denn körperlich kann er es auf jeden Fall mit dem hageren Zuhälter aufnehmen. Er tastet den Inhalt seiner Jackentaschen ab. Die Kabelbinder fühlen sich warm an und warten darauf, zum Einsatz zu kommen.

»Du hast meine Frage nicht beantwortet.« Dem Horvath entgeht Krügers mahnender Blick nicht. Mit einer Handbewegung wischt er ihn weg und wendet sich der Mimi zu. Die beiden setzen sich auf die Bank, und die Mimi legt ihre Hand auf seinen Arm. Den Blick auf das Groissberger-Grab gerichtet, seufzt sie. »Das mit meinen Eltern ist schwierig …«, beginnt sie und seufzt erneut.

Der Horvath hat schon oft versucht sich vorzustellen, was an ihnen so schwierig sein soll. Google-Treffer zu ihren Namen gibt es nicht und auch keine Social-Media-Kanäle, was ihn nicht weiter verwundert. Auch die Mimi lehnt die private Nutzung von Instagram oder Facebook ab, hat sich von der Gründerberatung nur mühsam dazu überreden lassen, ihr Unternehmen online zu präsentieren. Mimis Eltern sind eine ältere Generation, vermutlich solide, aber schrullige Althippies mit einem Faible fürs Gärtnern und Kochen, die ihre Bücher in Papierform lesen und vielleicht sogar eine Polaroidkamera besitzen. Zumindest stellt sie sich der Horvath so vor. Hat die Mimi etwa Angst, er könnte sie blamieren? Schämt sie sich für ihn? Prompt setzt Regen ein und klatscht dem Horvath auf den Scheitel. Die Mimi zieht ein Säckchen aus ihrer Tasche, öffnet es und faltet einen Regenschutz auseinander, den sie über den Horvath und sich selbst wirft.

»Die Wolke ist gleich drübergezogen. Pachamama wird uns heute nicht viel Regen schenken.«

Die Mimi lehnt ihren Kopf an Horvaths Schulter. Er genießt ihre Nähe und verwirft das Vorhaben, sie ein weiteres Mal nach ihren Eltern zu fragen. Ihr Haar duftet nach Lavendel und kitzelt seine Nasenspitze. Beinahe könnte er vergessen, wo sie sich befinden und aus welchem Grund sie hier sind.

Fünf Minuten später lässt der Regen allmählich nach. Der Horvath steht auf und zupft an seinen nassen Hosenbeinen, die unter Mimis Umhang keinen Platz hatten und dem Wolkenbruch ausgesetzt waren. Ein Geräusch lässt ihn aufhorchen. Er schaut um sich, kann aber weder die Richtung noch die Art des Geräusches ausmachen. Alarmiert macht er einen Schritt auf Rosina Groissbergers Grab zu. Von Elvis ist nichts zu sehen, trotzdem stimmt etwas nicht. Jemand kommt aus den Büschen auf ihn zu.

»Scheiße!«, schreit er, bevor ihn ein dumpfer Schlag zu Boden katapultiert.

18

Der Horvath windet sich vom matschigen Boden auf die Knie. Das Reh, das in ihn gerannt ist, hatte mit dem Aufeinanderprallen ebenso wenig gerechnet wie er, springt durch die Grabreihen und verschwindet aus seinem Sichtfeld. Er tastet seine Schulter ab. Alles scheint in Ordnung zu sein, abgesehen vom Dreck an seiner Kleidung.

Das stimmt nur halb, denn etwas ist alles andere als in Ordnung. Mimi, durchfährt es ihn. Sie ist weg. Er vernimmt ihr »Namaste«, ehe er sie hinter der Hecke vor Rosina Groissbergers Grab ausmacht. Knapp vor ihr steht ein Mann, den er auf Anhieb auch von hinten identifizieren kann, seit er ihn am Tag zuvor durch Krems verfolgt hat.

»Warum gibst die Blumerl nicht in eine Vase?«, fragt die Mimi und stellt sich wie selbstverständlich neben den Elvis, der gerade eine Rose auf dem Grab seiner Mutter ablegt. Was hat die Mimi vor? Er hat sie doch davor gewarnt, eigenmächtig etwas zu unternehmen, was sie in Gefahr bringen könnte.

Elvis schreckt überrascht hoch. In seinem Seitenprofil kann der Horvath ein Lächeln erkennen, während er sich den beiden langsam von hinten nähert.

»Vasen werden gestohlen, sobald man sich umdreht hat. Außerdem mag ich die Vergänglichkeit. Sie lässt uns das Leben wertschätzen«, erwidert Elvis Groissberger. Horvaths Hände umfassen die Kabelbinder. Nur wenige Schritte trennen ihn von diesem zwielichtigen Kerl, der in dieser Umgebung und in seiner lila Regenjacke harmloser erscheint, als er ist.

»'tschuldigung, jetzt erkenn ich dich erst. Mimi, gell? Was treibt dich denn hierher?« Der Elvis streckt der Mimi zur Begrüßung die Hand entgegen.

Was dann geschieht, spielt sich binnen Sekunden ab. Die Mimi zieht ein Seil aus ihrem Jutebeutel, das sie wie ein Lasso um Elvis' Körper schlingt. Mit schnellen Schritten bewegt sie sich um ihn und umwickelt ihn von den Armen bis zu den Knien wie eine Spinne ihre Beute.

Er stößt einen Schrei aus und starrt zuerst sie, dann den Horvath an, der das Szenario ebenso verdattert beobachtet wie er selbst.

Die Erkenntnis setzt rasch ein.»Lasst mich!«, brüllt der Elvis und windet sich vergebens in seiner Verschnürung.»Ich zahl euch alles zurück, versprochen.«

»Was redest denn da?«, fragt die Mimi scharf. Mit ihren feuchten roten Haaren und dem grünen Kimono, der an ihrem Körper klebt, schaut sie aus wie eine wütende Meerjungfrau.»Du Serienmörder«, spuckt sie ihm förmlich entgegen.

»Mimi«, versucht der Horvath sie zu beruhigen, aus Sorge, sie könnte dem Elvis an die Gurgel gehen. Ein toter Elvis ohne ein zuvor abgelegtes Geständnis wäre wenig hilfreich.

Elvis Groissberger starrt auf die Kabelbinder in Horvaths Händen. Sein Gesicht verzerrt sich angsterfüllt. Sofort zappelt er wieder, und erneut zieht die Mimi den Knoten fester zusammen. Der Elvis stürzt auf das Grab und reißt die Mimi mit sich.

Zu Horvaths Verwunderung zieht der Elvis den Kopf an die Brust und presst die Augen zu.»Bitte tuts mir nix«, wimmert er.

Der Horvath hilft der Mimi auf die Beine, wobei er Elvis Groissberger keine Sekunde aus den Augen lässt.

Dessen von Schluchzern geschüttelter Körper beruhigt sich langsam. Er öffnet die Augen einen Spalt und schaut erst zum Horvath, dann zur Mimi.»Dass du zu denen gehörst, hätt ich nicht glaubt«, sagt er in ihre Richtung. In seiner Stimme liegt der Hauch eines Vorwurfs.

»Du Serienmörder«, wiederholt die Mimi die Worte von vorhin.

»Serienmörder?« Der Elvis richtet seinen Oberkörper auf und beäugt den Horvath von unten bis oben. »Du gehörst gar nicht zu denen, oder? Du kommst mir bekannt vor. Bist du von der Polizei?«

»So ähnlich.« Der Horvath nimmt der Mimi das Ende des Seils ab, an dem sie Elvis Groissberger festhält. »Wieso hast du es gestern so eilig gehabt?«

Elvis' Antwort bleibt aus. Wie zuvor windet er sich am Boden und versucht, seine Arme aus dem Seil zu bekommen.

»Von welchen Leuten redest du? Haben die etwa was mit den Morden an der Eva und der Christel zu tun?«

Als hätte die Mimi magische Worte gesprochen, wird der Elvis mit einem Mal ruhig. Er schluckt geräuschvoll, dann legt er den Kopf zurück und starrt auf den Himmel, wo bereits erste Sonnenstrahlen durch die Wolkenfront dringen. »Ach deshalb seids hinter mir her. Ihr glaubts, ich hab was mit den Verbrechen zu tun.«

»Alle zwei haben diesen Anhänger von dir bekommen, jetzt sind sie tot. Schon ein komischer Zufall, oder? Dass die Hulatsch dir kurz vor ihrer Ermordung einen Batzen Geld überwiesen hat, ist der nächste Zufall.«

»Das ist alles ganz anders, als es ausschaut. Und nein, das ist alles kein Zufall. Das Geld ist für ein gemeinsames Projekt. Deshalb wollt die Christel alle Zelte abbrechen und das Haus verkaufen. Wir wollten weg.«

»Hast du eine Affäre mit ihr gehabt?«

Elvis Groissberger beißt sich auf die Unterlippe und schüttelt den Kopf. »Die Christel hat mit Männern nix anfangen können.« Er zwinkert nervös und fügt dann leise hinzu: »Recht hatte sie. Die meisten von uns sind ganz miese Exemplare, ich eingeschlossen. Genau deshalb wollten wir alle z'ammen weg.«

»Alle?«, wiederholt die Mimi und versteht nicht mehr als der Horvath.

»'tschuldigung, aber könnts mich bitte losbinden? Langsam tut mir alles weh, und ich muss pinkeln. Dort hinten ist ein Kaffeehaus. Dort können wir reden.«

Nass und dreckig treffen sie im besagten Café ein. Der Vorsicht halber begleitet der Horvath den Elvis aufs Klo und bewacht die Tür der Herrentoilette, um ihn an einem erneuten Fluchtversuch zu hindern.

»Na, ihr schauts aus«, werden sie von der Kellnerin begrüßt, die bereits an Mimis Tisch wartet und mit ihren langen Fingernägeln auf das Boniergerät trommelt. »Kaffeetscherl für die Nerven?«

»Zwei Verlängerte«, bestellt der Horvath, um keine Zeit zu verlieren, und dirigiert den Elvis auf die rot gemusterte Bank zwischen Mimi und sich.

»Für mich bitte mit Hafermilch!«, ruft der Elvis der blassen Kellnerin mit dem Grufti-Look hinterher.

»Jetzt mal ganz von vorne«, legt der Horvath sofort los. »Du erzählst uns alles, was du über die Bergmann und die Hulatsch weißt, erklärst uns, was dieses ominöse Projekt sein soll, von wem sie Geld erpresst hat und warum zum Teufel sie ausgerechnet einen Puffbruder gesponsert hat.«

Elvis Groissberger streicht sich die schwarz gefärbten Haare zurück und faltet die Hände danach im Schoß. Sein tiefer Atemzug klingt, als würde er für einen geplanten Tauchgang Luft holen. »Ich bitte darum, mich nicht Puffbruder zu nennen. Das ist lange vorbei, und es ist nichts, worauf ich stolz bin. Außerdem würd ich gern als nonbinär gelesen werden. Männlichkeit ist auch schon lange nichts mehr, worauf ich stolz bin.«

Die Kellnerin serviert zwei Kaffees und Mimis Matcha Latte. Indessen behält der Horvath den Elvis weiterhin im Auge, analysiert jede seiner Gesten. »Woher der Sinneswandel? Ist doch gut gelaufen, dein Etablissement, nicht?«

»Du bist der Horvath, stimmt's? Der, der die Kommissar-Krüger-Reihe schreibt. Ich hab in der DonauWelt gelesen, dass du den Marillenknödelmord am Obstbauern gelöst hast.«

Elvis' Worte überrumpeln den Horvath und schmeicheln ihm gleichermaßen, was er sich natürlich nicht anmerken lässt. »Ich stell hier die Fragen. Also: Warum hast du dein Puff aufgegeben?«

Der Elvis kippt Milch in seinen Kaffee, nimmt einen hastigen Schluck und leckt sich über die Lippen. »Fünfzehn Jahre hab ich keinen Kontakt zu meiner Mama g'habt. Ich hab immer glaubt, sie schämt sich für mich. Als ich sie dann wiederg'sehen hab, war das an ihrem Sterbebett. Da hab ich erfahren, dass sie selber ihren Körper verkauft hat. Ich war damals noch ein kleiner Bub, und sie hat nicht g'wusst, wie sie mich durchfüttern soll, nachdem mein Erzeuger sich aus dem Staub g'macht hat. Dann bin ausgerechnet ich ins Rotlichtmilieu gegangen, bei allem, was sie dort durchgemacht hat.«

Der Horvath meint, eine Träne in Elvis' Augen zu erkennen, und wendet rasch den Blick ab. Vom Tod eines Elternteils zu hören, ist Salz in einer Wunde, die nie ganz verheilt ist.

»Und dann hast ihr zuliebe aufgehört?«, wirft die Mimi ein und legt ihre Hand auf seine Schulter. »Wie lieb von dir.«

Der Elvis nickt. »Von einem Tag auf den anderen, so wie ich es ihr versprochen hab. Ich hab die Frauen ausbezahlt, ihnen eine Arbeit gesucht und das Puff obdachlosen Menschen zum Schlafen zur Verfügung gestellt.«

Skeptisch runzelt der Horvath die Stirn. So ganz glauben kann er nicht, was sie von Elvis zu hören bekommen. Ganz im Gegensatz zur Mimi, die schon wieder diesen Blick hat, den sie auch hatte, kurz bevor sie Christel Hulatschs Katzen mit nach Hause genommen hat.

»Haben die Christel und die Eva für dich gearbeitet?«

Elvis' Empörung über Horvaths Frage steht ihm deutlich ins Gesicht geschrieben. »Ich hab die zwei vor einem Dreivierteljahr kennengelernt. Die Eva im Gasthof, wo sie gearbeitet hat. Die Christel beim feministischen Stammtisch. Wir haben uns angefreundet und gemeinsam das Projekt geplant, das mir schon länger durch den Kopf gegangen ist.«

»Ah ja, das mysteriöse Projekt.«

Unbeirrt von Horvaths Bissigkeit erzählt der Elvis weiter. »In der Nacht, in der die Mama g'storben ist, hab ich diesen Traum g'habt. All die Frauen, die ich im Puff ausgebeutet hab, auf dem wunderschönsten Fleckchen Erde, das es gibt, wo sie wie Göttinnen behandelt werden. Aus diesem Traum ist bald ein konkreter Plan geworden. Ich wollt genau diesen Ort für Frauen erschaffen, die ihr Leben lang von Männern ausgenutzt und betrogen wurden. Das Yoni-Resort. Ein Ort mitten im Paradies, wo sie leben und heilen können.«

»Und wo soll dieser Ort sein?«

»Ich hab eine Anlage auf Koh Phangan gekauft. Ganz idyllisch mit vielen kleinen Häusern direkt am Strand, in denen bis zu vierzig Frauen ein neues Zuhause finden. Dauerhaft oder vorübergehend, ganz wie sie wollen.«

Der Horvath erinnert sich an den Reiseführer, den er in Eva Bergmanns Zimmer gefunden hat. »Was ist der Eva passiert, dass sie eine von deinen Auserwählten war?«

»Eva«, wiederholt der Elvis und zwirbelt den Saum der Tischdecke zwischen seinen Fingern. »Die Frage ist, was ihr nicht passiert ist. Vom Vater verlassen, vom Stiefvater missbraucht, vom Ex-Mann betrogen und vom Bugl-Wirt als billige Arbeitskraft ausgenutzt.«

»Eine leichte Beute für dein angeblich so gut gemeintes Projekt. Zahlen sie alle so viel wie die Hulatsch?«

Energisch schüttelt der Elvis den Kopf. »Es geht nicht ums Geld. Eva hatte keine Ersparnisse und hätt gar nichts zahlen können.«

»Nur von Heilung und Freiheit wird sich das Inseldorf wohl nicht finanzieren.«

»Das Prinzip ist, dass jede Frau das zahlt, was sie zahlen kann. So gleicht sich alles aus. Es sind auch Frauen beteiligt, die aus dem goldenen Käfig ihrer Ehe ausbrechen wollen und eine große Summe zum Lebensunterhalt auf der Insel beitragen können.«

»Die Hulatsch war offenbar keine von diesen betuchten Frauen. Von wem hat sie das Geld erpresst, das sie dir zugesteckt hat?«

»Die Christel hat dem Yoni-Resort ihre Ersparnisse gespendet und wollte auch den Erlös des Hausverkaufes investieren. Von einer Erpressung weiß ich nix. Ich hätt auch nie zugelassen, dass sie etwas Kriminelles macht. Ich wollt für uns alle genau das Gegenteil. Reine Herzen, Zusammenhalt und Nächstenliebe.«

Der Horvath betrachtet den Elvis ganz genau, sucht nach Lügen und Unsicherheiten in seinen Zügen, aber da ist nichts. Entweder dieser Kerl hat seine Rolle perfekt einstudiert, oder er sagt die Wahrheit. »Wolltest du die Mimi auch rekrutieren?«, platzt es aus dem Horvath heraus. Die Mimi und der Elvis zucken zeitgleich zusammen. »Du hast ihr einen von deinen Anhängern geschenkt.«

Nun regt sich tatsächlich Unsicherheit in Elvis' Miene. Ein unangenehmes Kribbeln breitet sich in Horvaths Magen aus. Er ist nicht sicher, ob er die Wahrheit tatsächlich hören will.

Elvis' Antwort setzt ein wie das Schrillen einer Sirene, das ihm durch die Glieder fährt. »Ich rekrutiere niemanden. Aber ich hab ein Gespür dafür, wenn es einer Frau nicht gut geht.« Der Elvis wirft der Mimi einen kurzen Seitenblick zu. »Ich war in Mimis Atemyoga-Gruppe, weil ich mehr über meine weibliche Energie herausfinden wollt. Ich hab gehört, wie die Mimi mit ihrem Kollegen über ihren Freund geredet hat …«

Nun ist es der Horvath, der der Mimi einen Blick zuwirft. Zweifel beschleichen ihn. Ist er ein so furchtbarer Mann, dass die Mimi vor ihm gerettet werden muss? Er hat ihr zuliebe das Rauchen und das Trinken eingestellt, ernährt sich fast ausschließlich vegetarisch, hat sich ein Elektroauto gekauft und sich mit dem Shaman arrangiert. Er hat ernsthaft versucht, sich zu bessern, singt sogar Mantras und meditiert mit ihr. Ja, er reißt noch immer anstößige Witze über Frauen oder macht sich über ihr schamanisches Business lustig, aber sie sollte ihn doch gut genug kennen, um zu wissen, dass er das alles nicht böse meint.

»Für wann war euer Umzug geplant?«

Froh über Mimis Themenwechsel, nippt der Horvath an seinem Verlängerten, der inzwischen ausgekühlt ist.

»Ich wollt noch im Juli nach Koh Phangan. Ich hab dort einen Trupp aus Einheimischen organisiert, die mir bei Handwerksarbeiten helfen. Die Eva wollt spätestens im Herbst nachkommen. Und die Christel, sobald der Hausverkauf abgeschlossen gewesen wär. Dann sind s' von den Russen umbracht worden. Ich schuld denen Geld, und sie wollten sich rächen. Aber sie hätten mich hamdrahn sollen. Ich hätt es verdient, aber sicher nicht die zwei.«

Aus den Augenwinkeln nimmt der Horvath wahr, wie Elvis' Körper von lautlosen Schluchzern geschüttelt wird.

»Die Christel war meine Seelenverwandte. Wir haben die gleiche Vision g'habt. Sie war wie meine Schwester. Ich vermiss die Christel so. Und die Mama fehlt mir auch.«

Rotz und Speichel spritzen in Horvaths Richtung, als der Elvis unter Tränen unverständliche Worte von sich gibt. Der Horvath kann nicht glauben, was er da tut, als er sich zu ihm hinüberbeugt und ihn in den Arm nimmt. Es ist wieder das leidige Thema mit der Trauer anderer Menschen, die ihn weichspült und in die Zeit zurückschleudert, als er seinen Vater verloren hat. Es kann sein, dass es Momente gegeben hat, in denen er auch um seine Mutter getrauert hat. Genau genommen liegt das neuerliche Aufwallen dieser Trauer noch gar nicht lange zurück, aber sie war nie so intensiv wie beim Verlust seines Vaters.

Unter Horvaths fester Umarmung beruhigt sich der Elvis.

»Ihr habts nicht zufällig einen Platz für mich zum Schlafen?«

Über Elvis' Schulter hinweg zwinkert der Horvath der Mimi zunächst zu. Als er den Kätzchenblick in ihrem Gesicht wahrnimmt, schüttelt er als letzten verzweifelten Versuch energisch den Kopf. Dann löst er sich aus der Umarmung und verdreht die Augen. »Ich hol eine Schachtel vom Auto.«

19

»Vor ein paar Stunden hast ihn Serienmörder g'schimpft, jetzt machst ihm einen Smoothie?«
»Er mag Smoothies, und sie sind genau das Richtige für ihn, so übersäuert, wie er ist.« Die Mimi stopft Spinatblätter in den Mixer. »Mehr auf deine Intuition zu hören, würd dir auch nicht schaden, Hase.«

Der Horvath späht durch die Küche ins Wohnzimmer hinüber, wo der Elvis, eine Katze am Schoß, mit hoher Stimme auf eine Weise brabbelt, wie die Mimi das neuerdings auch immer macht.

»Es geht nicht um den Smoothie. Ich hab keine Lust drauf, dass er uns heut Nacht an die Gurgel geht. Es wär mir lieber, wenn er bei der Maria und dem Shaman untergebracht wird.«

Der Horvath spürt ein Magenknurren, greift reflexartig zu einem Stück Sellerie, das neben dem Standmixer liegt, und kaut darauf herum.

»Ich kann einen Schutzkreis um unser Bett ziehen, wennst dich dann sicherer fühlst.«

»Mit einem Schutzkreis aus Munition würd ich mich eventuell ein bisserl sicherer fühlen, wennst mir erlaubst, heut Nacht mit einer Glock zu kuscheln anstatt mit dir.«

»Trust the process, Hase.« Die Mimi legt eine Hand auf Horvaths Kopf, während sie mit der anderen um ihn herumwedelt, als verjage sie eine Gelse. Dann nimmt sie ein Spinatblatt und schiebt es dem Horvath in den Mund. »Außerdem hast du auf der Heimfahrt gesagt, dass du dem Elvis sowieso noch ein paar Fragen stellen willst.«

»Das ist kein Grund für eine Übernachtungsparty mit einem Puffbruder, der auf Frauenflüsterer macht, von einer imaginären Russenmafia phantasiert und vielleicht sogar ein Mörder ist.« Angewidert verzieht der Horvath das Gesicht und kämpft gegen die Blattstücke, die an seinem Gaumen kleben. »Als hätt ich mit einem Baum geschmust.«

Der Horvath legt sein Ohr an die Badezimmertür und lauscht. Der Elvis ist seit zwanzig Minuten drin, aber das Wasser läuft noch immer, und eine Flucht durch das Fenster ist im dritten Stock auszuschließen. »Was machst du denn da?« Die Mimi steht mit einem Tablett mit Räucherwerk und kleinen Fläschchen in der Wohnzimmertür.

»Die Frage ist, was du gerade machst.« Der Horvath folgt der Mimi ins Wohnzimmer und schaut sich um. Eigentlich hatte er sein Schreibzimmer als Verhörraum für den Elvis angedacht. Diese Idee wurde von der Mimi vereitelt, die der Überzeugung ist, dass Menschen aufrichtiger sind, wenn sie sich in ihrer Umgebung wohlfühlen. Diese These kann der Horvath unterschreiben, aber nun sind der Couchtisch, die Fensterbretter und die Regale übersät mit Teelichtern, kleinen Figuren und bunten Federn.

Die Mimi schiebt die Couch nach hinten an die Wand und rückt mit dem Fuß vier runde bunte Bodenkissen an den Wohnzimmertisch.

»Die Rede war von einem Verhör, nicht von einer rituellen Opferung.«

Die Mimi kichert. »Geh ins Vertrauen, Hase.« Sie kommt auf ihn zu und zieht ein weißes Papiersäckchen aus der Tasche ihres Kimonos.

»Nein, Mimi. Das kannst du nicht machen«, protestiert der Horvath und hebt abwehrend die Hände.

»Trust the process. Trust the medicine«, wiederholt die Mimi mehrmals, reißt das Säckchen auf, nimmt eines der kleinen Plättchen heraus und wirft es in Elvis' Wasserglas.

»Serienmörder hin oder her. Du kannst ihn nicht unter Drogen setzen. Wir wandern ins Häfn.«

»Das ist eine heilige Substanz, die sein Bewusstsein erweitert. Außerdem bin ich seit zwei Monaten ausgebildete Tripsitterin.« Die Mimi deutet auf das Zertifikat, das zwischen zwei Wandteppichen über dem Elektrokamin hängt. »Das hat die CIA vor Jahren bei Verhören eingesetzt. Super, oder?« Die Mimi rührt mit dem Finger in Elvis' Wasser. Kleine Bläschen bilden sich um das Plättchen, das sich langsam auflöst und in der Flüssigkeit herumwirbelt.

Die Türglocke lässt den Horvath zusammenfahren.

»Da ist er schon«, singt die Mimi, und dem Horvath schwant Böses.

Shamans Stimme rumort dem Horvath im Magen wie der Smoothie, den er vor einer Stunde unter Protest getrunken hat. Das geht eindeutig zu weit. »Das schamanische Sondereinsatzkommando kann sich schleichen«, brüllt er und weicht vor Shamans Begrüßungsumarmung zurück.

»Bruder, wir wollen dich unterstützen«, versucht der Shaman den Horvath zu beruhigen, bewirkt aber das Gegenteil.

»Nix Bruder. Der Rudi reicht mir schon als Bruder, und der ist nicht einmal im Land. Da brauch ich nicht auch noch einen glatzerten Guru, der meine Schwägerin schnackselt und mir in die Ermittlungsarbeit pfuscht.«

»Shaman!«, hallt Elvis' Stimme durch den Gang und unterbricht damit Horvaths Wuttirade. In Mimis Bademantel und ihren Flip-Flops schlurft er ins Wohnzimmer und hinterlässt dabei nasse Abdrücke auf dem Laminat.

Während der Shaman und der Elvis sich ausgiebig begrüßen und die Mimi dem Elvis beiläufig das Drogenwasser einflößt, mahnt sich der Horvath zur Ruhe und setzt sich auf das größte Bodenkissen. Warum nicht?, denkt er und verjagt den kopfschüttelnden Kommissar Krüger aus dem Wohnzimmer. Ist es nicht genau das, was er wollte, das, was er der Mimi versprochen hat? Den grimmigen Horvath mit den alten, verstaubten Denkmustern ablegen, aufgeschlossener und toleranter werden?

»Setzt euch«, bittet der Horvath so sanft, wie er kann. Die

Mimi, der Elvis und der Shaman nehmen nacheinander auf den Bodenkissen Platz. Mit der Ruhe um ihn herum kehrt auch im Horvath Ruhe ein. Er hält inne, sortiert in Gedanken das, was der Elvis über die Christel, die Eva und Koh Phangan erzählt hat.

Elvis' Theorie über die Russenmafia, der er Geld schuldet, klingt für den Horvath an den Haaren herbeigezogen. Die Art, wie die beiden Frauen ermordet wurden, ist untypisch für dieses Milieu, in dem normalerweise kurzer Prozess gemacht wird. Vor allem der Benny, dem man die Morde offensichtlich in die Schuhe schieben wollte, passt nicht ins Bild. Trotzdem hört er sich alles an, was der Elvis bereitwillig über seine dubiosen Machenschaften mit ihnen zu erzählen hat.

Elvis' Redefluss ist nicht zu stoppen. Detailgetreu wiederholt er seine Aussage vom Nachmittag, schildert das Kennenlernen mit Eva Bergmann und Christel Hulatsch und holt Fotos aus seinem Rucksack, die das thailändische Inselparadies zeigen, in das er gemeinsam mit den Ermordeten auswandern wollte.

»Hier hätt die Christel gewohnt«, schnieft der Elvis und deutet auf die Abbildung eines kleinen Bungalows mit Veranda und Welldach, vor dem zwei Palmen thronen, zwischen denen eine Hängematte gespannt ist. »Und dort hinten die Eva.«

»Wie war das Verhältnis zwischen den zwei Frauen?«

Der Elvis schnäuzt in ein Stück Klopapier. Seit seinem Eintreffen bei der Mimi und dem Horvath hat er eine ganze Box Taschentücher aufgebraucht. »Dass sie im selben Dorf wohnen, haben sie erst vor ein paar Wochen herausgefunden, als die Christel und ich die Kopien der Reisepässe von den Auswanderinnen durchgegangen sind.«

Diese Aussage wundert den Horvath nicht, denn beide Frauen waren Einzelgängerinnen, die sich außerhalb ihres Arbeitsumfeldes nicht im Dorf haben blicken lassen. Er erinnert sich an keine Sonnwendfeier und an kein Feuerwehrfest, bei dem er eine der beiden gesehen hätte.

»Hat die Christel mal Dr. Freilich oder den Benny erwähnt?«

Der Elvis lächelt. »Von einem Benny hat sie nie geredet, aber sie hat oft davon gesprochen, dass sie den Doktor nächstes Jahr in unser Projekt einweihen und auf die Insel einladen will.«

»Ach, der Freilich hat nichts von Koh Phangan gewusst?«

»Wir halten das Projekt zum Schutz aller Frauen geheim, aber dem Doktor hat sie vertraut. Trotzdem wollt sie warten, bis sie auf Koh Phangan Fuß gefasst hat. Bei so einem Projekt besteht immer die Gefahr, dass sich zu viele Leut einmischen oder es einem ausreden möchten.«

»Ich brauch eine Liste mit den Frauen, die mit dir auswandern wollen.« Der Horvath löst ein leeres Blatt von seinem Notizblock und reicht es dem Elvis zusammen mit einem Kugelschreiber.

Der Elvis fängt an zu schreiben, zögert jedoch. »Als ich von der Ermordung von der Eva und der Christel g'hört hab, hab ich alle Unterlagen versteckt und die anderen Frauen gewarnt. Die Namen dürfen auf keinen Fall in die Hände der Russen gelangen.«

Der Horvath nickt, auch wenn es ihm widerstrebt, den Elvis in seiner Mafia-Theorie zu bestärken.

In den kommenden zwei Stunden schwärmt der Elvis in einer Endlosschleife von Koh Phangan und seinem Yoni-Resort. Der Horvath sitzt indessen mit dem aufgeklappten Laptop auf der Couch und stellt Recherchen zu den Frauen an. Frauen aus allen Bundesländern und aus allen gesellschaftlichen Sparten. Ein Schwesternpaar aus Tirol, das laut Instagram-Profil die Karriere im Unternehmen des Vaters gegen ein achtsames Leben getauscht hat. Eine Ärztin aus Kärnten, die unter einem Fake-Profil männerfeindliche Sprüche in ihren sozialen Netzwerken teilt. Eine Seniorin, die ehrenamtlich eine Selbsthilfegruppe für Frauen, die Opfer von religiösen Beschneidungen geworden sind, leitet. Die Autorin einer Fantasy-Romance-Reihe, die in ihren Büchern eine Welt ohne Männer erschaffen hat.

Der Horvath geht die restlichen fünfzehn Frauen durch. Sein Gespür sagt ihm, dass sie als Täterinnen auszuschließen sind, aber kann er sie auch als die nächsten Opfer ausschließen?

»Du musst Kontakt zu jeder einzelnen aufnehmen und sie vorsichtshalber warnen.«

Elvis' Pupillen weiten sich besorgt. »Glaubst, dass den Russen zwei Opfer noch nicht genug waren?«

Der Horvath reibt sich den Bart. Genervt von Elvis' Mafia-Phantasien zuckt er mit den Schultern. »Sicher ist sicher.«

Auch die letzten Zweifel an Elvis' Unschuld verebben mit jeder weiteren Minute. Doch wenn weder die Frauen noch Elvis etwas mit den Morden an der Hulatsch und der Bergmann zu tun haben, ist der Horvath keinen Schritt weiter.

Dass er Elvis' Wasserglas mit seinem verwechselt hat, wird dem Horvath bewusst, als die Bilder und Buchstaben auf seinem Bildschirm zu verschwimmen beginnen, er sich zurücklehnt und im Takt zu Mimis Chant mit dem Kopf kreist.

20

Wie in den Tagen zuvor treffen die Mimi und der Horvath zeitgleich mit Dr. Senta Braun in der Ordination ein. Irritiert darüber, dass die beiden Elvis im Schlepptau haben, flattern ihre Augen von einem zum nächsten, ohne sie direkt anzusehen.

»Du gehst über den Marktplatz in Richtung Bundesstraße, dort wartet der Shaman auf dich und bringt dich in Marias Haus«, weist der Horvath den Elvis an.

Der Elvis nickt, klopft dem Horvath auf die Schulter und wendet sich zum Gehen. Gezeichnet von Trauer und schlechtem Schlaf auf der Couch, wankt er durch die Gasse. Horvaths Hose, die er sich ausborgen musste, weil seine eigenen Sachen nach dem Waschen noch nass waren, schlackert an seiner Taille und kann trotz Gürtel kaum dort gehalten werden, wo sie sein soll. Der Elvis Groissberger mit dem aufgepumpten Bizeps und dem fragwürdigen Ruf, um den man in Krems lieber einen Bogen gemacht hat, ist einem Mann gewichen, der sein altes Ich gemeinsam mit seiner Mutter beerdigt hat.

Von Dr. Freilich ist nichts zu sehen, aber das wundert den Horvath nicht. Der Arzt ist nicht berühmt für seine Pünktlichkeit. Als es fast halb neun ist, bereits zehn Patienten aus dem hiesigen Seniorenwohnheim auf ihre Infusionen und Blutabnahmen warten und Freilich noch immer nicht eingetroffen ist, wird er nervös. Sein Anruf beim Arzt wird direkt zur Mailbox umgeleitet, und auch die WhatsApp-Nachrichten werden nicht zugestellt. Kurz fragt er sich, ob er zum Haus des Arztes fahren und nach dem Rechten schauen soll, beschließt dann jedoch, seine Abwesenheit zur erneuten Durchsuchung seiner Unterlagen zu nutzen.

Bei geöffnetem Fenster, damit er das Auto des Doktors

hören kann, zieht er Aktenordner aus den Regalen in Freilichs Büro, denen er bisher keine Aufmerksamkeit geschenkt hat. Das Handy im Anschlag, um Fotos von den Dokumenten zu machen, lauscht er nicht nur auf den Parkplatz, sondern auch ins Wartezimmer, wo die Mimi angeregt mit den Patienten plaudert. Allesamt Stammpatienten, wie der Freilich sie nennt. Frauen und Männer aus einem Jahrgang, in dem der Horvath noch nicht einmal in den Windeln gelegen hat. Ein Schrei lässt ihn aufhorchen. Eilig stellt er die Dokumentenmappe an ihren Platz zurück. Ein erneuter Schrei, der sich beim Näherkommen vielmehr als Jauchzer erweist, weckt ein Schreckensszenario im Horvath. Er platzt ins Wartezimmer, kann die Mimi hinter den tanzenden Senioren jedoch zunächst nicht ausmachen.

»Mimi!«, brüllt er. »Was hast du mit ihnen g'macht?« Er zwängt sich durch die Horde wild gewordener Patienten, die einer halben Stunde nacheinander auf ihren zittrigen Beinen in die Ordination gekommen sind und sich nun mit wedelnden Armen und kreisenden Köpfen durch den Raum bewegen.

Die Mimi hockt zusammen mit einem Mann, der vor Jahrzehnten einmal der örtliche Schulleiter war, auf dem Boden. In ihrer Hand eine Holzpfeife, die man in Mimis Welt Kuripe nennt, wie er gelernt hat.

»Du hast doch nicht etwa …?« Er senkt die Stimme. »Hast du sie etwa unter Dschungeldrogen gesetzt?«

Die Mimi schüttelt eifrig den Kopf und schiebt die Pfeife in die Tasche ihrer Arbeitshose. »Nein, natürlich nicht!«

»Mimi …« Der Horvath nimmt die Mimi zur Seite. »Dafür kommen wir ins Häfn, diesmal wirklich.«

»Aber ich –«

»Was sollen wir denn jetzt machen?«, fällt der Horvath ihr ins Wort. Schweiß strömt über seine Stirn. »Frau Zehetner, setzen S' sich lieber nieder«, wendet er sich an die Dame, deren Rollator unter dem Anmeldepult parkt und die sich unentwegt im Kreis dreht. »Herr Gruber, nehmen S' besser Ihren Gehstock. Denken S' an Ihre Arthrose.«

»Hase, ich hab ihnen nix –«

»Die Musik – woher kommt die Musik?« Der Horvath fühlt sich wie im Fiebertraum, schiebt sich auf der Suche nach dem Lautsprecher durch die Meute und entdeckt schließlich Mimis Smartphone auf einem Sessel. Mit fahrigen Fingern dreht er die Lautstärke bis zum Anschlag nach unten, doch das tut dem Getanze der Patienten keinen Abbruch.

»Horvath, ich mach nur ein bisserl Ecstatic Dance mit ihnen, wirklich!«

Der Horvath findet keine Worte, um seinem Entsetzen Ausdruck zu verleihen. Er deutet auf Mimis Hosentasche, in der sich die Kuripe abzeichnet.

»Ich hab sie zufällig dabei.«

»Und ganz zufällig ist die Pfeife in der Nase vom alten Direktor gelandet?«

»Ich hab sie ihm nur gezeigt …«

Runzelige Arme schlingen sich von hinten um Horvaths Taille und ziehen ihn von der Mimi weg.

»Schau, wie gut es allen geht!«, trällert die Mimi. Ihre Worte erhalten jauchzend Zustimmung.

Der Horvath befreit sich aus dem Griff der Frau, stürmt durch die Ordination und schließt nacheinander alle Fenster. Wenn er Pech hat, hat einer der Passanten bereits die Polizei gerufen. Zum Glück ist Dr. Freilichs Parkplatz nach wie vor leer, doch das wird nicht mehr lange so bleiben, wie die eingegangene Nachricht auf Horvaths Handydisplay verrät, die ihm die nächste Schockwelle durch den Körper jagt.

Habe verschlafen. Bin gegen 9:15 in der Ordi.

»Verdammt«, murmelt der Horvath und wirft einen Blick auf die Wanduhr. Es ist kurz vor neun.

Bei aller Toleranz für Mimis eigenwillige Methoden, sich um die Patienten zu kümmern, wird Dr. Freilich keine Drogenexperimente in seiner Praxis tolerieren. Der Horvath muss

131

es irgendwie schaffen, alle wegzubefördern, bevor der Arzt auftaucht. Das Ganze muss schnell passieren, und er wird dafür jede Hilfe brauchen, die er kriegen kann.

Sofort entsperrt er sein Handy und sucht nach Shamans Nummer.

»Pack die Maria und den Elvis ein und komm in den nächsten fünf Minuten mit dem Traktor samt Anhänger und einer Plane zur Ordi!«

Vom Fenster aus schaut der Horvath dabei zu, wie der Traktor mit den Patienten in der Ferne verschwindet. In der Spiegelung der Scheibe sieht er, wie Schweiß sein rosa Shirt unter den Achseln und am Bauch pink gefärbt hat. Er sieht auch die Mimi, die ohne jegliches Schuldbewusstsein auf dem Schreibtisch sitzt und mit den Füßen wackelt. Er wendet sich ihr zu, holt Luft und setzt an, etwas zu sagen, als er ein Vibrieren aus dem Schrank vernimmt. Das vergessene Handy.

Mit einem Hechtsprung ist er am Kasten, reißt die Tür auf und zieht das Telefon heraus. »Conny Albrecht ruft an«, liest er auf dem Display und nimmt den Anruf zögerlich an.

»Ja bitte?«

»Stefano? Das gibt's doch nicht, dass du endlich einmal abhebst.«

»Ja?«, wiederholt der Horvath, weil er nicht weiß, was er sagen soll. Er ist irritiert.

»Oh, Stefano.« Conny seufzt. »Wo warst denn die letzten Tage?«

Das Handy vibriert an Horvaths Ohr und gibt dabei einen dumpfen Ton von sich.

»Hallo?«, fragt der Horvath und sieht, wie Conny Albrechts Name vom Display verschwindet, das Akkusymbol ein letztes Mal aufblinkt und sich das Handy abschaltet.

Wie zuvor greift er nach seinem eigenen Handy und wählt den Shaman an.

»Ich muss mit dem Elvis reden.«

»Moment«, murmelt der Shaman.

Der Horvath nimmt im Hintergrund Bewegung und Gelächter wahr. Immerhin scheinen alle Senioren Mimis Trip und die Fahrt zur Ausnüchterung bisher überlebt zu haben. Die Tür zur Ordi geht auf, und Dr. Freilich stapft schwerfällig ins Behandlungszimmer. Der Horvath zieht sich in die hinterste Ecke des Büros zurück und legt die Hand über seinen Mund, um das Telefonat vor Dr. Freilichs Gehör abzuschirmen.

»Ja bitte?«, meldet sich der Elvis.

»Du hast in deiner kriminellen Vergangenheit nicht zufällig damit Erfahrung gemacht, Handys zu knacken?«

»Zufällig ja. Kann ich was für dich tun?«, erwidert der Elvis, und der Horvath meint, eine Spur von Stolz herauszuhören.

»Ich hab da ein Gerät, das ich mir dringend einmal anschauen sollt.«

»Bin in fünf Minuten bei dir.«

Am Ende des Dienstes sitzt der Horvath umgehend im Auto. Nach der Aufregung mit den Senioren hat die Mimi angeboten, die Aufräumarbeiten allein zu übernehmen, was sich der Horvath nicht zweimal hat sagen lassen. Die Sonne strömt durch die Windschutzscheibe. Er schließt die Augen, genießt die Wärme und die aufkommende Müdigkeit. Als er sie wieder öffnet, steht Senta Braun vor seinem Seitenfenster. Ihr blondes Haar liegt wie ein Tüllschleier auf ihren braun gebrannten Schultern. Er lässt die Scheibe herunter.

»Geht es dir gut, Horvath?«, fragt sie, schiebt ihre Sonnenbrille auf die Nasenspitze und schaut ihn über den Rand der Gläser hinweg an. Die Art, wie sie seinen Namen ausspricht, löst ein eigenartiges Gefühl im Horvath aus. Er kann nicht sagen, ob es Anziehung oder Todesangst ist, aber es ist ganz sicher nichts dazwischen. Frauen wie Senta Braun geben sich mit nichts weniger als mit Extremen zufrieden. Der Horvath weiß nichts über Senta Brauns Privatleben, aber er würde

Wetten darauf abschließen, dass sie mit dem höchsten Tier der Ärztekammer Golf spielt, jeden Morgen Kaviar löffelt und in Clubs, in die man ihn nicht einmal hineinlassen würde, jedes Wochenende einen neuen Kerl abschleppt, den sie am nächsten Morgen zum Teufel jagt. Also was zur Hölle sollte sie von ihm wollen?

»Horvath …«, wiederholt sie. Diesmal hört sich sein Name wie eine Frage an.

»Jaja, passt schon.«

»Was war denn heut früh los? Ein paar meiner Patientinnen haben sich über Lärm bei euch beschwert.«

Der Horvath spürt, wie ihm die Röte ins Gesicht steigt, was ebenfalls seltsam ist, denn das passiert ihm sonst nie. Er setzt sich aufrecht hin und räuspert sich. Wie viel hat Senta Braun mitbekommen? Könnte sie Mimi und ihm Schwierigkeiten machen? Er kann es sich nicht leisten, von seinen Vorschüssen, Lesungshonoraren und Tantiemen eine Geldstrafe abzubüßen, wo die Sozialversicherung ohnehin schon alles auffrisst.

»Ein Patient hat einen dreckigen Witz erzählt. Ein paar haben gelacht, ein paar haben sich drüber aufgeregt. Nichts Besonderes«, lügt er und hält sich dabei bewusst vage. Er sucht ihren Blick, versucht herauszufinden, ob sie beobachtet hat, wie die kichernden Senioren vom Shaman und vom Elvis durch das Fenster zum Parkplatz gehoben und anschließend von der Maria und ihm in den Anhänger verladen worden sind.

Dr. Senta Braun blickt nickend ins Leere, genauer gesagt kommt es dem Horvath so vor, als starrte sie auf seinen Scheitel.

»Das Angebot mit dem Besuch in meiner Ordi steht übrigens noch«, haucht sie, dreht sich wie eine Tänzerin um und wirft ihm dabei ein kokettes Lächeln über die nackte Schulter zu.

»Weiber«, grummelt der Horvath, klappt den Rückspiegel herunter und betrachtet sich darin. Kein Wunder, dass die Ärztin ihm auf den Kopf gestarrt hat, bei der kreisrunden schütteren Stelle, die von Tag zu Tag kahler zu werden scheint.

Der Horvath ist so geschafft, dass sein Denken erst wieder einsetzt, als er in Marias Küche sitzt und der Elvis hereinkommt und ihm das seltsame Handy aus Christel Hulatschs Körbchen über den Tisch zuschiebt.

»Ich hab alle Codes entfernt. Du kannst das Handy jetzt jederzeit selber entsperren«, erklärt er im Flüsterton. »Übrigens steckt eine unregistrierte Prepaidkarte drin, falls du mit der Information was anfangen kannst.«

Damit kann der Horvath auf jeden Fall etwas anfangen, auch wenn er noch nicht weiß, was.

»Dann stör ich dich nicht weiter beim Arbeiten.« Entschuldigend hebt der Elvis die Hände, macht kehrt und verlässt die Küche auf Zehenspitzen.

Dass es sich bei dem Handy nicht um ein gewöhnliches Fundstück handelt, war dem Horvath spätestens ab dem Augenblick bewusst, als Conny Albrechts Anruf eingegangen ist. Seither hat er ausgiebig über die Brünette nachgedacht, die ziemlich genau in Christel Hulatschs Alter sein müsste. Im Gegensatz zur Hulatsch war die Conny ein Mädchen, das einem unweigerlich aufgefallen ist. In ihrer Jugend wurde sie zur Winzerprinzessin gekürt, und mit ihren katzenhaften grünen Augen hat sie jedem Buben den Kopf verdreht. Danach hatte die Conny weniger Glück. Nach der zweiten schmutzigen Trennung ist sie vor drei Monaten vom ehelichen Luxusanwesen zurück ins Elternhaus gezogen, wo sie seither vor allem damit Aufsehen erregt, hochnäsig durchs Dorf zu stöckeln und jedem ihre Lebensgeschichte zu erzählen, ob man sie hören will oder nicht. Conny Albrechts Beziehungskrise ist nicht einmal dem Horvath entgangen. Erzählungen über öffentliche Streitigkeiten mit ihrem baldigen Ex-Mann und gesperrte Kreditkarten nach Shopping-Eskapaden auf Kosten der Schwiegereltern haben es bis zum örtlichen Männerstammtisch geschafft.

Der Horvath zieht das Handy mit einem Finger zu sich heran, als wäre es etwas Hochexplosives. Sprichwörtlich betrachtet, ist es das wahrscheinlich auch. Er wischt über das Display und erweckt es zum Leben. Er ruft die Anrufliste auf und vergleicht die Nummer der Anruferin mit der Nummer, unter der er Conny Albrecht selbst eingespeichert hat. Sie stimmen überein. Nichts anderes hat er erwartet. Als Nächstes ruft der Horvath WhatsApp auf. Connys Chat findet sich an erster Stelle. Er öffnet ihn und überfliegt die ausgetauschten Nachrichten zwischen ihr und dem Besitzer des Telefons. Überwiegend Herzchen und Liebesbekundungen, die er sich später genauer anschauen wird. Er scrollt weiter durch die Liste, entdeckt einen Chat, der mit einer Person geführt wurde, die unter »Mama« eingespeichert ist, und tippt drauf.

Hallo, Ihr Sohn hat sein Handy an der Bushaltestelle vergessen. Er kann es in der Ordination von Dr. Freilich abholen. Gruß – Christel Hulatsch

Die Nachricht ist mit einem Häkchen gekennzeichnet, jedoch seit einem halben Jahr ungelesen. Abgesehen von diesem Fakt versteht der Horvath gar nichts mehr. Er geht die Liste mit den alten Chats durch und gewinnt beim Lesen der seltsamen Texte den Eindruck, sie wären von einem Kind geschrieben worden. Schließlich scrollt er wieder hinauf und widmet sich erneut dem Chat mit Conny Albrecht. Die Gespräche mit ihr erstrecken sich über die letzten Monate und sind seit Tagen einseitig.

Conny: Stefano, wenn du dich gegen eine Beziehung mit mir entschieden hast, dann hab den Mut, es mir persönlich zu sagen.
Conny: Alles Roger in Kambodscha, Stefano?
Conny: Liebst du mich nicht mehr?
Conny: Du bist ein Arschloch!!!!!
Conny: Hallo?
Conny: Halloooo!?

Conny: Wenn du nicht antwortest, blockier ich dich.
Conny: Bitte meld dich, Stefano! Egal, was passiert ist –
wir können über alles reden. Zusammen schaffen wir das.

Der Horvath zuckt zusammen, als eine neue Nachricht von
Conny aufploppt.

Conny: Es war so schön, deine Stimme zu hören! Sie hört
sich anders an als in deinen Sprachnachrichten. Viel tiefer
und so sexy, und dein Deutsch ist viel besser geworden!

Der Horvath wischt nach oben, stoppt bei einer langen Nachricht von Stefano an Conny.

Stefano: Conny, mein Engel. Bald bin ich zurück in Ös-
terreich, dann werde ich dich in meine Arme nehmen
und dir die Welt zu Füßen legen. Meine geliebte Mutter
nimmt ihre letzten Atemzüge, deshalb verzeih mir bitte,
wenn ich mich nur so selten melde. Es ist verrückt. Ich
habe dich noch nie getroffen, trotzdem kann ich mir
keine andere Frau an meiner Seite vorstellen. In auf-
richtiger Treue – dein dich liebender Stefano

Unter der Nachricht befindet sich das Selfie eines Mannes,
das – dem Profilbild nach zu urteilen – Stefano darstellt.
Der Horvath schließt den Chat und öffnet die Fotogalerie.
Connys und Stefanos Gesichter schauen ihm dutzendfach
entgegen. Und nicht nur ihre Gesichter, denn unter den Bil-
dern sind auch Fotos von Conny in anzüglichen Posen und
Reizwäsche. Sie ist alles andere als Horvaths Typ. Alles ist zu
gestellt und wirkt inszeniert. Mit der Mimi, aus der eine ganz
natürliche erotische Anziehung strömt, selbst wenn sie in ein
Buch versunken auf der Couch sitzt und Kräutertee schlürft,
kann Conny Albrecht trotz Spitze und Lackbordüren nicht
mithalten.

Als Nächstes nimmt sich der Horvath den Google-Verlauf vor. Die Suchanfragen verwundern ihn kaum.

Fotos von dunkelhaarigen Männern, sexy, jung
Er klickt auf den Suchbefehl und stößt Sekunden später auf die Fotoreihe eines Pinterest-Models namens Victor, doch in den stahlgrauen Augen und dem Zahnpastalächeln erkennt er eindeutig Stefano.

Die erste Suchanfrage im Verlauf lässt keine Zweifel, wer sich wirklich hinter dem charmanten Stefano verbirgt.

Mutterkatze nimmt Junges nicht an, was tun
»Hulatsch, du hinterlistiges Luder«, lacht der Horvath, legt das Handy vor sich ab und fährt sich mit der Hand über den Nacken. »Du warst eine Love-Scammerin.«

»Mimi!«, ruft der Horvath und klopft ans Fenster. Ihm den Rücken zugewandt, steht sie auf der Terrasse. Wieder klopft er. »Mimi, du wirst nicht glauben, was ich grad herausgefunden hab!« Der Horvath schmeckt Galle, als der Shaman von der Seite antänzelt, seine Arme um die Mimi legt und sie küsst. Er ist kurz davor, durch die Scheibe zu springen, ehe er genauer hinsieht und hinter dem Wall an roten Haaren die Maria erkennt.

Es brodelt noch immer im Horvath, als Elvis, Shaman und Maria in die Küche kommen.

»Alle Senioren sind wohlauf und nüchtern daheim angekommen.« Der Horvath starrt grantig vor sich hin, und Elvis' Lachen verebbt. »'tschuldigung«, schiebt er hinterher und presst sich die Hände auf den Mund.

Wie kann es sein, dass ein Kerl, der bis vor einem Jahr knallhart ein Bordell geführt hat, in kürzester Zeit zu einem Mann geworden ist, der sich alle paar Minuten für eine Lappalie entschuldigt?, denkt der Horvath. Aber wenn er sich die Mimi, den Shaman und die Maria so anschaut, muss er sich eingestehen, dass er die Menschen schon lange nicht mehr entschlüsseln kann.

»Geh, Marilou«, hört er Shamans Stimme hinter sich. »Du

weißt doch, dass tierische Nahrungsmittel die Krebserkrankung von morgen sind.«

Mit aufgeplusterten Wangen setzt sich die Maria neben den Horvath. Zwischen Daumen und Zeigefinger hält sie ein Stück Salami. Genüsslich kaut sie und wischt sich mit dem Handrücken den Fettfilm von den Lippen. »Mir schmeckt Krebs.«

»Apropos Essen«, bringt sich der Elvis ein, als gehörte er seit ewigen Zeiten zu ihnen. »Wenns wollts, mach ich Pizza für uns. Clean und vegan, vielleicht mit frischen Kräutern drauf, damit alle ordentlich zugreifen können.«

Der Horvath, der seit zwei Tagen den Hunger übergeht, bekommt allein beim Gedanken an Pizza Speichelfluss. Clean und vegan ließe sich mit Marias Salami abwenden. Was ihm dabei weniger schmeckt, ist der Gedanke, zusammen mit dem Shaman am Tisch sitzen zu müssen.

Der Horvath steckt Christel Hulatschs Handy in die Hosentasche. Er will nichts wie heim, die neuesten Erkenntnisse in diesem Fall sortieren, danach auf die Couch und sich von der Bedeutungslosigkeit des Hauptabendprogramms berieseln lassen.

»Hast was Neues herausgefunden, Bruder?«, erkundigt sich der Shaman.

»Nix G'scheites«, lügt der Horvath und entdeckt die Mimi, die im Gang an die Wand gelehnt dasteht und sich nicht rührt. »Wir müssen heim zu den Katzen«, behauptet er, verabschiedet sich mit einem Winken von allen und hastet zu ihr. »Ist dir schlecht?«

Die Mimi schüttelt den Kopf. Sie sieht zerknirscht aus.

»Ist jetzt doch einer von den Senioren an den Drogen gestorben?«

Zwischen Mimis Augenbrauen haben sich zwei tiefe Sorgenfalten eingegraben. Ihre Stirn ist gerunzelt, und ihre Lippen sind zu einem schmalen, angespannten Strich zusammengepresst. Hat sie jemals so ausgesehen, seit der Horvath sie kennt?

Die Mimi zupft Nagelhaut von ihrem Daumen. Ihre Wangen zittern leicht. »Ich muss zurück in die Matrix.«

Der Horvath versteht wie so oft nicht, was sie ihm damit sagen will. »Kommt man da mit dem Auto hin, oder brauchst ein Raumschiff?« Er schmunzelt aus Verlegenheit. Sarkasmus ist der Schutzmantel, der ihn schon oft vor Gefühlen bewahrt hat, die Unruhe in ihm stiften. Doch diesmal kommt er sich wie der schlechteste Partner aller Zeiten vor.

»Ich pass nicht in dieses System. Hast eh gesehen, was ich heut für Zores gemacht hab.« Jetzt weint die Mimi.

Der Horvath nimmt sie an der Hand und führt sie zum Auto.

»Ich finde, du passt perfekt ins System. Der Freilich hat nämlich recht. Du bist wie die Sonne ...« Der Horvath schluckt. »Ich tu mir ein bisserl schwer damit, aber ich würd dir gern sagen, dass du alles bunter und schöner machst, vor allem mein Leben.«

Die Mimi lehnt sich ans Heck von Horvaths VW Buzz. Seine Hand an der Taille, steht sie da und wackelt mit ihren Zehen, die in mit Perlen geschmückten rosa Sandalen stecken.

»Ich hab g'sehen, wie du mich ang'schaut hast, als ihr die alten Leute in den Traktor g'hoben habts. Da hab ich verstanden, dass ich mich diesem System anpassen muss, wenn ich mit dir leben will.«

Der Horvath nimmt ihr Gesicht zwischen seine Hände. »Alle, die mit dir zu tun haben, können sich glücklich schätzen. Du brauchst dich nicht anzupassen. Du sollst genau die Mimi bleiben, die du bist. Die Patienten –«

Die Mimi winkt ab, will gar nicht hören, was er ihr sagen möchte. »Ich geh nie wieder in die Ordi, deshalb hab ich heut nach Dienstschluss gekündigt.«

21

Der Horvath löffelt die rote Pampe vom Mixer in Mimis Lieblingsglas. Sie sieht noch immer angeschlagen aus, wie sie so am Küchentisch hockt und an ihrem neuen Trainingsprogramm zum Aktivieren des dritten Auges schreibt. Er stellt das Glas gemeinsam mit einem Obstteller neben ihr ab und setzt sich zu ihr.

»Wie lieb, dass du daran gedacht hast, dass ich am Samstag immer roten Smoothie trink.«

»Kann ich dich noch mit was anderem aufheitern? Vielleicht mit einem klingonischen Mantra aus meiner Kindergartenzeit?« Er hustet in seine Faust, räuspert sich und strafft den Oberkörper. »Aram sam sam, aram sam sam, Guru Guru Guru Guru Guru, ram sam sam …« Er zwinkert die Mimi an, um ihr zu zeigen, dass er es nicht böse meint. Früher wäre das nicht notwendig gewesen, da haben sie sich ohne Waagschale, Gesten oder beschwichtigende Emojis in ihren Nachrichten verstanden. Im Herbst hat der Horvath am Klo in einem von Mimis Frauenmagazinen geblättert. Darin hat er gelesen, dass Beziehungen häufig nach dem zweiten Jahr scheitern. Der Artikel war gespickt mit Tipps und Ratschlägen, was man in dieser Phase nicht und was man auf jeden Fall tun sollte. Weil er nicht damit gerechnet hat, dass ihre Beziehung irgendwann anders sein könnte als verrückt und leicht, hat er weitergeblättert und sich die Dessouswerbung angeschaut. Hätte er damals nur geahnt, wie kompliziert alles werden würde.

»Die Hulatsch hat sich monatelang als Stefano ausgeben.« Der Horvath hält es für das Beste, das Thema auf den Fall zu lenken. »Dass die Conny auf so ein schwulstiges Klischee reinfällt, hätt ich ihr nicht zugetraut. Jedes Wort von ihm schreit nach Scam.«

Die Mimi klappt ihren Laptop zu und steckt sich ein Stück Melone in den Mund. »Ist sie unsere Mörderin?«

Unsere Mörderin, wiederholt der Horvath in Gedanken. *Wir sitzen wieder im selben Boot.*

»Ein Motiv hätte sie. Dass sie den vermeintlichen Stefano noch immer mit Nachrichten zutextet, könnt ein Ablenkungsmanöver sein.«

Die Mimi legt den Kopf schief und überlegt. »Dass sie einfach so das Handy von einem Kind behält und es danach verwendet, um eine Frau zu betrügen, ist gar nicht super.«

Der Horvath nimmt einen Schluck Espresso. Er genießt das heiße, bittere Gefühl im Mund, das ihm nach einer nahezu schlaflosen Nacht Energie einflößt. »Gar nicht super«, wiederholt er und ist froh darüber, dass die Mimi wieder mit ihm spricht. Am Abend zuvor hat sie nur einsilbig auf die neuen Ermittlungserkenntnisse reagiert.

»Hat sich die Conny gar nix dabei gedacht, dass sie nie Stefanos Stimme g'hört hat?«

Der Horvath zieht die Augenbrauen hoch und leckt sich über die Lippen. »Die Christel hat ihr über den Messenger Sprachnachrichten geschickt, die sie vermutlich mit einer KI erstellt hat.« Der Horvath versucht, sich diese ganze bizarre Geschichte bildlich vorzustellen. »Was hat die Christel dazu angetrieben, so etwas mit ihrer alten Schulkollegin aufzuführen? Es war nicht zu übersehen, dass sie eine Bissgurn war, aber dass sie eine so böse Seite an sich hatte, hätt ich nicht geglaubt.«

Die Mimi führt ein Stück Apfel an den Mund, verharrt in dieser Position und schaut ihm pfeilgerade ins Gesicht. »Geld«, erwidert sie. »Love-Scammer haben es immer auf Geld abgesehen.«

Der Horvath kann sich nicht an eine Geldforderung erinnern, aber er hat bei Weitem nicht alle Nachrichten gelesen und angehört.

»Zuerst gewinnen die Scammer das Vertrauen ihrer Opfer,

dann kommen sie mit ausgedachten Dramen und bitten um Geldsummen, die immer höher werden«, setzt die Mimi fort. »Mit dem Wissen, dass die Conny auf heiße Casanovas abfährt, hätt sie doppelt abkassieren können. Einmal als bedürftiger Stefano, einmal als Mitwissende, die damit droht, das außereheliche Pantscherl ihrem Mann zu stecken.«

»Kenn ich ihren Mann?«

»Ein Unternehmer aus Langenlois. Er betreibt eine Werft und vertickt Luxusboote.«

Die Mimi beißt in den Apfel und nickt kauend. »Wenn die Christel das Geld, das sie zu Elvis' Projekt beigesteuert hat, wirklich erpresst hat, darf er nicht erfahren, woher es stammt.«

»Wieso?« Der Horvath hat nicht vor, mit Elvis über Conny Albrecht zu reden, ehe er nicht mehr über die Angelegenheit weiß. Mimis Gedankengang kann er trotzdem nicht nachvollziehen.

»Das würd ihn in einen Gewissenskonflikt stürzen.«

»Erstens ist der Elvis kein Heiliger. Zweitens wundert es mich, dass das ausgerechnet von dir kommt. Du holst dir permanent Antworten vom Universum, predigst, die Masken abzulegen, und bist auf Dauerreise zu dir selber. Ist das nicht spirituelles Cherry-Picking?«

Die Mimi zuckt mit den Schultern. »Eine kleine Lüge ist okay, wenn sie einen anderen vor Leid bewahrt.«

»Ach, so ist das.« Überrascht von Mimis Worten, steht der Horvath auf und macht sich einen weiteren Espresso. Dass ausgerechnet die Mimi einer Lüge huldigt, rückt sie in ein ganz neues Licht und wirft die Frage auf, wie viele Wahrheiten sie vor ihm zurückhält.

»Hase, darf ich mich zum Arbeiten in dein Schreibzimmer setzen? Da brennt die Sonne nicht so rein.«

Der Horvath nickt und hebt seine Kaffeetasse an. »Ich trink noch aus, dann fahr ich ins Dorf und statte der Conny einen Überraschungsbesuch ab.«

Der Horvath stellt das Auto auf dem Parkplatz vor Dr. Freilichs Ordination ab und macht sich zu Fuß auf den Weg zu Conny Albrechts Elternhaus.

Die großen Blumenkübel am Dorfplatz, die den Polizeiautos weichen mussten, stehen wieder an Ort und Stelle, und der lang geplante Spatenstich zur Gondel über die Donau wird auf großen neongelben Plakaten angekündigt. Drei Ermordete – und das Leben im Dorf geht weiter, als wäre nie etwas passiert. Der Rest des gestreiften Absperrbandes an Christel Hulatschs Haustür prangt dort wie ein Mahnmal für Verbrechen, die Stunden später von den Einheimischen mit Gelächter und Frühschoppen übertüncht werden. Es ist ein kollektives Verneinen dessen, was sich zugetragen hat, während der Mörder noch immer frei herumläuft.

Der Horvath greift über die Gartentür, um die Entriegelung zu lösen, und betritt das Grundstück der Albrechts. Hinter einem von Minizwergen und Löwenzahn übersäten Vorgarten steht ein bescheidenes Haus, das nicht im Geringsten mit dem Langenloiser Anwesen zu vergleichen ist, in dem Conny in den letzten fünfzehn Jahren mit ihrem Mann residierte.

Nach einmal Klingeln ist Conny an der Tür. Der Horvath fragt sich, ob sie hinter jedem unangekündigten Besucher Stefano erwartet. Das würde auch erklären, warum sie perfekt geschminkt in einem knappen Seidennachthemd vor ihm steht.

»Hast dich verklingelt?« Connys Lachen entblößt vom Lippenstift rot gefärbte Schneidezähne. »Alles Roger?«, fragt sie, als der Horvath nicht antwortet, weil er zu sehr damit beschäftigt ist, den Blick von Connys falschen Brüsten abzuwenden.

»Come Inzest!«, trällert sie und erinnert den Horvath daran, warum er von jeher darum bemüht war, dieser Frau aus dem Weg zu gehen. Conny hat das rhetorische Talent, alles in dümmliche Sprüche zu verpacken, was im Horvath ein ähnliches Gefühl auslöst wie das Reiben seiner Hornhaut über Mimis Satinbettwäsche.

Sie winkt ihn ins Haus. In der Garderobe greift sie nach einer Strickweste, die sie sich überzieht.

»Bist beruflich da? Ich hab geglaubt, der Fall ist abg'schlossen.«

Der Horvath kratzt sich an der Nase. »Können wir irgendwo ungestört reden?«, fragt er und wirft einen Blick zur Glastür, die den Eingangsbereich von der Küche trennt. Dahinter erkennt er schemenhaft Conny Albrechts Mutter. »Cornelia? Hast Rasen g'mäht?«

Conny verdreht die Augen wie ein trotziger Teenager. »Ich hab schon zehn Mal g'sagt, dass ich das gleich mach!«

»Und in die Apotheke musst auch noch, oder soll der Vater selber fahren?«

»Ich hab g'sagt, ich mach das gleich!«, schreit Conny sichtlich darum bemüht, nicht komplett aus der Haut zu fahren.

»Gehen wir in den Wintergarten«, wendet sie sich mit hochrotem Kopf, aber sanftem Ton an den Horvath.

»Ich hab den zweiten Kommissar-Krüger-Band verschlungen. Ich hätt ja fest damit gerechnet, dass der Taxifahrer hinter den Morden steckt, aber dass es das Paar im Nachbarhaus war, war eine Überraschung.« Conny sinkt in einen Korbsessel und bedeutet dem Horvath, ebenfalls Platz zu nehmen.

»Aber du bist sicher nicht da, um dir meine Schwärmerei anzuhören.«

»Leider nicht«, erwidert der Horvath und ringt nicht nur mit der Luftfeuchtigkeit im Wintergarten, sondern auch mit dem stacheligen Blatt einer Pflanze, das seinen Schädel streift.

»Jetzt machst mich aber neugierig. Ist was passiert, und ich bin deine Hauptverdächtige?« Conny lacht schallend.

»Kennst du einen Stefano?«, kommt der Horvath ohne Ausschweifungen zum Punkt. Sein Blick gleitet zu einem Stickbild mit dem Schriftzug »Herzlichen Glühstrumpf zum Burzeltag!«, auf der Kommode darunter liegt sein Kommissar-Krüger-Krimi auf einem Stapel alter Ausgaben der DonauWelt.

Connys Pupillen weiten sich. »Ist ihm was passiert?« Nervös zwinkernd starrt sie ihm ins Gesicht.

»Nein«, beginnt der Horvath und erkennt, wie sich Connys angespannte Muskeln lockern. »Ihm kann gar nichts passieren.« »Wie meinst du das?« Connys Tonfall ist scharf und herausfordernd. Wenn sie die Unwissende nur spielt, macht sie ihre Sache sehr gut.

»Der Mann, den du als Stefano kennst, existiert gar nicht.« Connys Miene gefriert. »Also, Horvath. Jetzt ist Ende im Gelände. Bist du ang'soffen?«

»Ich trink seit einem Jahr nix«, erklärt er unnötigerweise und klatscht als Übersprunghandlung in seine Hände. Dass er in einem Verhör zum Beziehungscoach mutieren muss, ist das Letzte, was er wollte. Er hätte die Mimi bitten sollen, mitzukommen. Die hätte sicher irgendwas parat gehabt. Ein Mantra, einen Glaubenssatz-Radierer, notfalls ein paar von ihren Pilzen. »Bei den Ermittlungen rund um die drei Morde ist ein Handy aufgetaucht, mit dem sich jemand als Stefano ausgegeben hat.«

Conny streift in einer Endlosschleife nicht vorhandene Brösel vom Schoß. »Tsss. Also, das ist doch … Wie kommst du nur auf solche G'schichten?«

Der Horvath holt sein eigenes Handy heraus, mit dem er zuvor die Chats zwischen Conny und Stefano abfotografiert hat. Er scrollt durch die Bilder und beginnt, einzelne Nachrichten vorzulesen. Als er von seinem Display aufblickt, sitzt Conny vornübergebeugt da und schüttelt den Kopf.

Was er zunächst für einen Weinkrampf hält, erweist sich als hysterisches Lachen. »Mein Mann hat mich rausgeworfen, als er die Chats auf meinem Computer g'funden hat. Ich hab das schöne Haus verloren und wohn wieder in meinem Kinderzimmer. Ich muss zwanzig Stunden beim g'schissenen SPAR Wurstsemmeln verkaufen. Wegen dem depperten Ehevertrag ist mir nicht einmal der BMW geblieben. Das alles wegen einer Verarsche?«

»Und du hast deinen Mann verloren«, ergänzt der Horvath, aber dieser Aspekt scheint für Conny die geringste Bedeutung zu haben.

»Wer war das? Wer hat mir das angetan?« Jetzt brüllt sie, bäumt sich vor ihm auf wie eine Welle, die kurz davor ist, über ihn hereinzubrechen.

»Das Handy ist nicht registriert, und abgesehen von deiner Nummer ist sonst keine eingespeichert«, lügt er. In Connys Gesicht ist nach wie vor nichts als Wut zu erkennen. »Du bist auf einen Love-Scammer reingefallen. Wie hast du ihn kennengelernt?«

»Ich hab eine SMS von ihm bekommen, die er angeblich falsch verschickt hat. Wir haben ein paar Nachrichten hin- und hergeschrieben, dann sind wir zum Messenger gewechselt. In seinen Statusmeldungen hab ich ihn auf Madeira gesehen, wo er gerade ein Haus bauen lässt, weshalb er sogar seine kranke Mutter auf die Insel geholt hat. Er ist Segler und hat sich für eine unserer High-End-Yachten interessiert.«

Der Horvath denkt an die Fotos, die er online von dem falschen Stefano gefunden hat. Darunter auch welche, auf denen er in Badehose auf dem Deck eines luxuriösen Segelbootes posierte. Er denkt auch an all die Nachrichten, in denen Christel Hulatsch ihm die Identität eines fürsorglichen Sohnes geschenkt hat, der seine sterbenskranke Mutter pflegt. Doch diese Inszenierung hat bei Conny nicht einmal ansatzweise so sehr ins Schwarze getroffen wie Stefanos vorgetäuschter Reichtum. Ob die Hulatsch damit gerechnet hatte?

»Die Fotos!«, ruft Conny, als hätte sie Horvaths Gedanken gelesen. Wer ist denn dann der Mann auf den Fotos?«

»Pinterest.«

Conny fasst sich an die Stirn. »Ich hab Sprachnachrichten bekommen. Die Stimme muss man doch zuordnen können. Es muss jemand sein, den wir kennen, sonst hättest du ja nicht das Handy gefunden.«

»Die sind genauso falsch wie der Rest.«

»Warte …« Conny schürzt die Lippen. »Als ich ihn gestern angerufen hab, hab ich mit dir telefoniert, stimmt's? Warum hast du dich nicht zu erkennen gegeben? Steckst du etwa dahinter? Bei den kranken Sachen, die du in deinen primitiven Krimis schreibst, würd mich das net wundern.«

Der Horvath geht gerade noch rechtzeitig in Deckung, um nicht von seinem Buch getroffen zu werden. »Conny!«, ruft er erschrocken aus. »Spinnst du?«

Ein weiterer Gegenstand fliegt in seine Richtung. Das Häkelbild, wie er bei der Abwehrhaltung spürt. Die Kante des Holzrahmens hat nur um Millimeter die Wunde an seiner Schläfe verfehlt. Er tastet über die nässende Kruste. Kein Blut, zum Glück.

Connys Wut entlädt sich in Schüben. Zuerst tritt sie einen Gartenzwerg kaputt, danach zerschmettert sie eine Vase an der Wand. Nachdem sie sich beruhigt hat, sackt sie auf dem Boden zusammen. Strömender Schweiß zieht Spurrinnen auf ihren gepuderten Wangen und verklumpt die getuschten Wimpern zu Spinnenbeinen.

»Gut gemacht«, imitiert der Horvath das, was die Mimi in so einer Situation zu sagen pflegt. »Du bist ganz in die Wut reingegangen, jetzt darfst du sie verabschieden.«

Er gibt ihr eine Minute, zu ihrer normalen Atmung zurückzufinden. »Hat es dich nicht misstrauisch gemacht, dass Stefano nie mit dir telefonieren wollte?«, fragt er dann.

»Er hat g'sagt, dass er sich für sein schlechtes Deutsch schämt, deshalb hat er lieber Nachrichten und Fotos g'schickt, die sowieso viel mehr aussagen als blöder Small Talk.«

Der Horvath sieht Stefanos perfekten gebräunten Körper im Armani-Hemd mit der kleinen Brusttasche vor sich, auf der sich die Kontur einer Kreditkarte abzeichnet. Diese Kombination macht Small Talk natürlich überflüssig.

»Ich hab ein richtig gutes Leben g'habt in Langenlois. Ich hab so viel in Kauf genommen für den Stefano.« Der Name klingt aus Connys Mund wie ein Schimpfwort. »Ich hab alles aufgegeben, kann mir nicht einmal eine eigene Wohnung leisten. Ich bin wegen ihm zu den zwei alten Trotteln gezogen, wo ich jeden Tag wie eine billige Putzkleschn Brunzflecken vom Klodeckel wischen kann.«

Der Horvath lauscht in die Küche, wo Geschirr scheppert und – dem Geruch nach zu urteilen – gerade das Mittagessen zubereitet wird. »Ein hartes Leben«, murmelt er.

Ungeachtet des Sarkasmus in Horvaths Tonfall nickt Conny. »Nur die Harten kommen in den Garten«, ätzt sie und zieht sich den Pferdeschwanz straff. »Schau mich an, Horvath. Frauen wie ich landen immer auf den Füßen.« In Connys Worten schwingt ein Hauch von Verzweiflung mit. »Ich hab immer bekommen, was ich wollte. Immer.«

Der Horvath fragt sich, ob sie mit diesem Ego-Mantra ihn oder sich selbst überzeugen will. Er stöhnt. Je länger er Zeuge ihrer Selbstgefälligkeit wird, umso mehr beklatscht er insgeheim Christel Hulatschs Tat. Vielleicht gibt es Menschen, die genau das, was der Conny passiert ist, verdient haben. Auch wenn der Dämpfer von einer Frau kam, die selbst keinen Deut besser war.

Ohne Conny anzusehen, öffnet der Horvath die Tür des Wintergartens und tritt hinaus auf die Terrasse. »San Frantschüssko«, verabschiedet er sich. Dann fällt ihm noch etwas ein. »Wie viel Geld hast du dem Stefano eigentlich gegeben?«

Conny steht umgehend in der Tür. Ihr süßliches Parfum, gepaart mit warmem Schweiß, wird vom Wind zu ihm herübergetragen. »Geld?«, fragt sie. »Ich hätt ihm niemals Geld gegeben. Wieso auch? Er hat sich als reicher Unternehmer präsentiert. Vom Erbe seiner Mutter wollt er nach meiner Scheidung eine Villa in Baden für mich kaufen.« Conny lacht spöttisch. »Oder hast du geglaubt, ich hätt meine Ehe für einen Notstandshilfeempfänger aufs Spiel g'setzt?«

22

Conny Albrechts Worte muss der Horvath bei einem Spaziergang entlang der Donau verdauen. Sie ist eine hysterische und egoistische Frau. Eine Sirene mit der Intention, Männer anzulocken und sie finanziell bis auf das letzte Hemd auszuziehen, vielleicht sogar eine skrupellose Mörderin. Der Horvath bleibt an der Stelle stehen, an der er sechs Tage zuvor Eva Bergmanns Leiche am Ufer entdeckt hat. Kerzen und Blumen zieren die Fundstelle, lenken davon ab, auf welch grausame Weise ihr Leben ein Ende gefunden hat.

Vielleicht hat sein Gespür ihn getäuscht, ihn in eine Sackgasse navigiert, als er sich darauf eingeschossen hat, zuerst in Christel Hulatschs Umfeld nach dem Mörder zu suchen, anstatt sich eingehender mit Eva Bergmann auseinanderzusetzen.

»'tschuldigung.«

Der Horvath stößt einen Schrei aus, dreht sich ruckartig um und geht in Abwehrhaltung. »Mah, Elvis ...«, keucht er. »Du hast Glück g'habt. Fast hätt ich dir eine prackt.«

»'tschuldigung«, wiederholt der Elvis, faltet die Hände und senkt den Kopf.

»Ist das ansteckend, was der Shaman und die Maria haben, oder wieso rennst du jetzt auch mit Perücke durch die Gegend?«

Der Elvis fährt sich über die rot-schwarzen Dreadlocks, die der Horvath sonst nur vom Shaman kennt. »Der Shaman und die Marilou haben g'meint, dass ich mich beim Rausgehen lieber tarnen soll, solang mich die Russen suchen.«

»Na, da ist die Voodoo-Priesterinnen-Verkleidung ja genau das Richtige, um nicht aufzufallen.« Der Horvath bückt sich, hebt einen Stein auf und schleudert ihn ins Wasser. Eine Gewohnheit, die einem angeboren ist, wenn man an der Donau aufwächst.»Wieso entschuldigst du dich eigentlich dauernd für irgendwas?«, fragt er und greift nach dem nächsten Stein.

»Wer so viel im Leben falsch g'macht hat wie ich, kann sich ruhig ein paarmal öfter entschuldigen. Ich hab mich jahrelang an der Not von Frauen bereichert. Manche haben unten ihren Körper verkauft und danach oben ihre Kinder g'stillt. Manche waren selber noch fast Kinder. Ganz ausblenden hab ich das nie können, aber wennst am Abend in deine Mercedes S-Klasse einsteigst und in deine Dachterrassenwohnung fährst, kannst so was auf die Seite schieben. Aber weißt, Horvath, Menschen können sich jeden Tag entscheiden, wie sie sein wollen. Kein Charakter ist in Stein g'meißelt.« Der Elvis zieht die Perücke vom Kopf und klemmt sie sich unter die Achsel.»Dass mich das Schicksal ausgerechnet zu so lieben Leuten wie euch g'führt hat, zeigt mir, dass ich kein komplettes Oarschloch bin.«

»Wennst dich da mal nicht irrst.« Der Horvath grinst schief und wird dann wieder ernst.»Dass die Mimi und ich Freundschaften am Friedhof schließen, passiert uns gelegentlich.« Er klopft dem Elvis auf die Schulter und bringt ihn damit ins Wanken.

»'tschuldige, war nicht deine Schuld. Seit ich nicht mehr trainieren geh, hab ich so stark abgebaut, dass mich jedes Lüfterl umhaut. Wenn die Russen –«

»Jetzt vergiss endlich die Russen«, platzt es aus dem Horvath heraus.»Die haben nix mit den Morden im Dorf zu tun.«

»Die Marilou sagt, die Christel und die Eva sind von diesem Benny umbracht worden. Die Zeitungen schreiben das auch …«

»Glaub net alles, was die Zeitungen schreiben oder die Maria erzählt.«

Der Horvath überlegt, wie viel er von dem, was seine Ermittlungen ergeben haben, preisgeben kann. Dann fällt ihm ein, dass ihn bisher jeder vermeintliche Fortschritt wieder zurückgeworfen hat. Jede Spur hat sich als kalt erwiesen, und die einzigen Verbindungen zwischen der Hulatsch und der Bergmann sind der Freilich und das Yoni-Resort.

»Die Christel hat nicht nur Geld von einer unbekannten Person erpresst. Mit einem falschen WhatsApp-Profil hat sie sich als Kerl ausgegeben und sich an eine Dorfbewohnerin herangemacht.«

»Es wär schön, wenn sie endlich eine neue Liebe g'funden hätt, ohne dafür ihre Identität verheimlichen zu müssen. Sie hat ja schon genug mit dieser Ex mitg'macht, die ihr das Herz brochen hat und der sie trotzdem ihr Leben lang nachgetrauert hat.«

»Das mit Conny Albrecht hat nix mit Liebe zu tun gehabt. Außerdem kann ich mir nicht vorstellen, dass sie ihr Typ gewesen sein soll«, spricht der Horvath seine Gedanken laut aus und schnaubt abfällig. »Egal, wie ungut die Christel war, eine wie die Conny hätt ich nicht einmal ihr gewünscht.«

Oberlehrerhaft hebt der Elvis seinen Zeigefinger. »Die Christel war ein wundervoller Mensch. Man hat sie nur besser kennen müssen. Sie war ...« Der Elvis schlägt die Hand vor den Mund. »Conny Albrecht?«

Hellhörig geht der Horvath ein Stück näher an den Elvis heran. »Woher kennst du sie?«

Elvis' Gesicht verzieht sich zu einer angewiderten Grimasse. »Ich kenn sie nicht persönlich. Zum Glück. Was die Christel mir über sie und die anderen Giftschlangen erzählt hat, hat mir schon gereicht.«

»Giftschlangen? Wen meinst du damit?«

Der Elvis wirft einen Blick um sich, als wäre er kurz davor, streng geheime Inhalte mit dem Horvath zu teilen. »Die Conny hat zu dieser Mädchen-Gang gehört, die die Christel während der Schulzeit fast bis in den Selbstmord gemobbt hätte. Wegen denen hat die Christel die Schule kurz vor der Matura abbrochen. Sie war komplett am End.«

Diese Information setzt ein Gedankenkarussell in Horvaths Kopf in Gang. »Kennst du die Namen von den anderen?«

Elvis' Halsschlagader tritt pochend hervor und zeigt dem Horvath eine Rückblende der Version von ihm, die noch nicht von Schuldgefühlen weichgespült war. »Und ob ich die Namen kenn. Conny Albrecht, Franzi Schütz und Babsi Stöger.«

Dem Horvath wird schwindelig. Gesichter tanzen um ihn herum. Zuerst von den Teenie-Mädchen, die sie vor knapp fünfundzwanzig Jahren waren, danach von den Frauen, zu denen sie geworden sind. Conny Albrecht, deren aufdringliches Parfum ihm noch immer in der Nase brennt. Franzi Schütz, eine Hofladenbesitzerin und Vorzeigemutter, die als Influencerin nicht nur durchs Netz, sondern auch durch alle Klatschzeitungen dümpelt. Babsi Stöger, Weltmeisterin im Bogenschießen, Mutter eines erwachsenen Sohnes aus erster Ehe, der in der Fußballbundesliga spielt, und nun Frau des amtierenden Bürgermeisters.

»Drehen wir um«, sagt der Horvath und verjagt eine Gelse, die um seinen Kopf fliegt. Die beiden bewegen sich donauabwärts. Er muss in sein Büro, um die neuen Erkenntnisse in Ruhe einzuordnen. Außerdem jucken und brennen die Muskeln in seinen Beinen, die sich mit seinem aktuellen Bewegungseifer noch nicht arrangiert haben.

»Was passiert dahinten?«

Horvaths Blick folgt Elvis' ausgestrecktem Arm. »Spatenstich«, erwidert er knapp. Er hat die Ankündigung zuvor auf den Plakaten gelesen, kann aber trotzdem nicht glauben, dass Heinrich Stöger seine Veranstaltung wirklich durchzieht.

Dort, wo vor einer Woche Christel Hulatschs Körper in Flammen aufgegangen ist, strömen Menschen zusammen. Über einem Getränkestand blinkt eine bunte Lichterkette. Etwas abseits heben vier Männer ein Dixi-Klo von einem Traktoranhänger.

Gefolgt vom Elvis, setzt sich der Horvath in Richtung Heinrich Stöger in Bewegung, der in gewohnter Manier breitbeinig dasteht und den Gemeindearbeitern fuchtelnd Anweisungen erteilt. Beim Näherkommen entdeckt der Horvath nicht nur die Autos Dutzender Fernseh- und Pressestationen, sondern auch Babsi Stöger. Der weiße Ballonrock und die ebenfalls weiße, halb transparente Bluse mit den Schweißrändern an Brust und Bauch lassen sie wie einen Schneemann aussehen, der sich in die falsche Jahreszeit verirrt hat. Mit ihrem breiten Grinsen, das nicht bis zu den Augen reicht, steht sie inmitten einer permanent wachsenden Menschentraube. Jede ihrer Bewegungen eine Pose, die für die Presse gedacht ist, wie der Horvath vermutet.

»Horvath!«, brüllt der Stöger über die Glatze des Pfarrers hinweg.

Der Horvath schaut bemüht an ihm vorbei. Zu spät. Der Bürgermeister schiebt sich durch die Menschenmasse zu ihm herüber und packt ihn an den Schultern.

»Gut gemacht, Oida.«

Fragend hebt der Horvath seine Augenbrauen, während er versucht, Heinrich Stögers Alkoholfahne auszuweichen.

»Du musst so was wie den fünften Sinn haben – oder wie man da sagt –, dass du den Benny g'funden hast. Da hat wahrscheinlich deine rothaarige Hex auf dich abg'färbt.« Er wendet sich dem Elvis zu. »Habts ein neues Mitglied in eurer Sekte?«

Der Horvath verkneift sich einen bösen Kommentar, was ihm erstaunlicherweise gar nicht allzu schwer fällt. Ein halbes Jahr lang mit Mimi meditiert zu haben, scheint langsam Wirkung zu zeigen. Anders sieht es beim Elvis aus, der seine Arme vor der Brust verschränkt, während er die Hände zu Fäusten ballt.

»Wart einmal, von irgendwoher kenn ich dich ...« Heinrich Stöger zwickt die glasigen Augen zusammen und starrt den Elvis an. Der senkt rasch den Kopf, sodass sich das wallende Haar seiner Perücke wie ein Vorhang über sein Gesicht senkt.

»Mit der Aktion so kurz nach den Morden reihst du dich irgendwo zwischen Egoist und Oarschloch ein«, platzt es nun doch aus dem Horvath heraus, der in erster Linie Stögers Aufmerksamkeit von Elvis abziehen will.

Heinrich Stöger begrüßt kopfnickend ein Journalistenduo der DonauWelt. »Schau dich um, Horvath. Überall Fernseh- und Zeitungsleut.« Stögers Grinsen hat gleichermaßen etwas Diabolisches wie Dümmliches. »Jetzt gibt's den förmlichen Teil, später Halligalli. Hinten wird schon alles aufbaut.« Er zeigt auf das Bierfass, das von zwei Gemeindearbeitern auf einer Sackkarre herbeigerollt wird.

»'tschuldigung, aber das ist Wahnsinn«, mischt der Elvis sich ein und bringt Horvaths eigene Empfindungen damit auf den Punkt.

Der Horvath atmet tief ein, zählt bis drei und atmet wieder aus, so wie er es von der Mimi zur Regulation seiner Impulse gelernt hat. »Drei Leut vom Dorf sind tot, und du ziehst deine Bürgermeistershow durch, als wär nix passiert.«

Heinrich Stöger zupft sich den Kragen seines braunen Gilets zurecht. »Mach jetzt net auf Dorfprediger, Horvath. Ich flieg nächste Woche mit der Babsi auf die Malediven, da will ich die G'schicht mit dem Spatenstich nicht im Gepäck haben.« Der Bürgermeister tritt einen Schritt an den Horvath heran und senkt die Stimme. »Außerdem wär ich ein Trottel, wenn ich den Wirbel nicht politisch nutzen würd. So hat die Lulatsch doch noch was Gutes für unser Dorf g'macht.«

Stögers erneutes Lachen lässt Elvis' Faust nach vorne schnellen, doch der Bürgermeister wird von seiner Frau aus der Schusslinie gezogen. »Heinzi, gleich geht's los. Wisch dir das G'sicht ab. Du glänzt wie ein Speckstangerl.« Babsi Stöger drückt ihrem Mann ein Taschentuch in die Hand. »Die DonauWelt will nach der Präsentation Fotos von uns für das Titelblatt machen.«

Der Horvath nimmt den Elvis am Oberarm und zieht ihn mit sich. Elvis' Widerwille, den Bürgermeister für seine Aussage davonkommen zu lassen, ist an seiner angespannten Muskulatur zu spüren.

»Der Stöger ist keine Anzeige wert«, redet der Horvath auf ihn ein und nickt, als müsste er sich selbst von diesen Worten überzeugen. Die beiden stehen neben dem Dixi-Klo, wo das Gemurmel der Leute von regelmäßigen Windstößen weggetragen wird.

»Wie können s' das der Christel und der Eva antun?«

»Das Karma wird das schon regeln«, flüstert der Horvath.

»Und wenn das Karma ein bisserl Spaß versteht, beschert's dem Stöger und seiner Frau einen g'scheiten All-inclusive-Urlaubs-Dünnpfiff.« Der Horvath dreht sich um. »Komm, ich bring dich zurück zur Maria.«

»Schau dir das an«, erwidert der Elvis und schlägt sich mit der Hand auf den Kopf. »'tschuldigung, aber das ist eine Selbstbeweihräucherung, bei der mir das Speiben kommt.«

Horvaths Blick wird vom riesigen Display, das von Heinrich Stögers Gesicht als Standbild ganz ausgefüllt wird, angezogen. Dramatische Musik setzt zeitgleich mit dem Klatschen der Dorfbewohner ein. Videoaufnahmen zeigen die Wachau von ihren schönsten Seiten und werden von einer Stimme, die der Horvath aus dem Fernsehen kennt, dokumentiert. Es folgt ein ernster Stöger, der den Radweg entlangschlendert, stehen bleibt und auf das andere Donauufer hinüberschaut. Die Kamera zoomt zunächst sein Gesicht heran, dann seinen Arm. Eine Hand mit langen roten Nägeln gleitet in seine, und die Kamera wandert in Richtung Babsi Stögers Gesicht.

»In Beziehungen wie in der Politik geht es um gute Verbindungen«, knattert Heinrich Stögers Stimme durch die Lautsprecher.

»Am Anfang steht immer die Vision«, ergänzt Babsi Stöger. Eine Simulation der Gondel erwächst gemeinsam mit episch anschwellenden Klängen und verblasst mit dem erneuten Einsetzen von Stögers Worten. »Meine Vision war –« Aus den Lautsprechern rauscht es, und die Gesichter der Stögers gefrieren auf dem Display. Nach einem Flackern schwärzt sich das Bild zunächst, erhellt sich danach wieder und zeigt eine neue Szene.

»Oida«, murmelt der Horvath und kann nicht glauben, was er sieht.

23

Der Imagefilm zeigt Babsi Stöger in einem Fitnessraum. Bekleidet mit einem gelben Body und passenden Socken, mimt sie die Discounter-Version einer Aerobiclehrerin aus den Neunzigern. Gelächter zieht sich wie eine Welle durch die Menge. Eine verschwitzte Babsi Stöger schleudert ihr Handtuch auf die Hantelbank und zieht sich den Pferdeschwanz straff. Eine weitere Person schiebt sich ins Bild, das – der Position und Qualität nach zu urteilen – von einer Überwachungskamera eingefangen worden ist. Der Horvath kann nicht zu hundert Prozent ausmachen, um wen es sich bei der zweiten Frau handelt, meint aber, hinter dem brünetten Haarschopf Conny Albrecht zu erkennen.

»Gut schau'n wir aus, nicht?« Babsi Stöger beäugt sich in einer Spiegelwand. »Die bladen Dorfweiber sollten besser ihre Männer vor uns wegsperren.« Sie lacht.

Die zweite Frau stimmt in das Lachen ein.

Das Bild flackert, und eine neue Szene setzt ein. Heinrich Stöger in seiner Küche, in der Hand ein Glas Wein, das er zügig leert. »Muss das sein?«, ist Babsi Stögers Stimme zu hören. »Geht das jetzt schon in der Früh los? Glaubst nicht, dass die Schuldirektorin merkt, wie ang'soffen du bist?«

Heinrich Stöger legt den Kopf zurück und verdreht die Augen. »Ohne einen g'scheiten Pegel halt ich die grauslichen Erstkommunion-Gschroppn nicht aus.«

Der Horvath nähert sich den Menschen, die das Geschehen gebannt beobachten. Erst jetzt scheinen auch die Stögers zu begreifen, was passiert. Während Babsi Stöger zum Monitor stürmt und an den Kabeln zerrt, presst Heinrich Stöger die Hände auf seine Augen.

Nächster Szenenwechsel. Heinrich Stöger beim Telefonieren in seiner Küche. »Mir ist des wurscht, wo die depperte Bergmann ist. Hab sie sowieso nie schnackseln dürfen.«

Wieder ein Szenenwechsel, diesmal mit Babsi Stöger als Hauptakteurin in ihrem großzügigen Wohnzimmer auf der Couch. In ihrer Hand ein Martiniglas, neben ihr Conny Albrecht. »Jetzt ist er immerhin Bürgermeister, wenn er schon nix G'scheites gelernt hat.« Babsis hohes Lachen pfeift aus den Boxen.

»Ausschalten!«, brüllt sie, als sie bemerkt, dass der Bildschirm zu hoch hängt, um an den Stecker heranzukommen. Conny Albrecht lacht ebenfalls. »Das mit den Wahlkarten hat so einfach funktioniert, ohne dass es einer g'merkt hat?«, fragt sie und übertönt damit Babsi Stögers erneutes Rufen, jemand solle das Video abdrehen.

»Wer hätt das denn merken sollen? Außerdem hab ich ja nur ein bisserl beim Ankreuzen g'holfen. So hat es auch sein Gutes, dass sie uns mit dem Seniorenwohnheim so viele Demenzler ins Dorf eing'schleppt haben.« Babsi Stöger nimmt einen kräftigen Schluck aus ihrem Glas und wischt sich den Mund mit dem Handrücken ab. »Ich sag's dir. Alles muss man als Frau selber machen. Sogar zum Bescheißen ist der Heinzi zu deppert. Aber hoffentlich schaut mit dem Bürgermeisterposten wenigstens eine Sauna für mich raus.«

Das Video endet im selben Moment, als Babsi Stöger auf die Schultern eines Gemeindearbeiters klettert und noch immer vergebens am Kabel zerrt.

Am Donauufer herrscht sekundenlang Stille. Die Presseleute sind die Ersten, die der Schockstarre entkommen. Sie drängen sich um Heinrich Stöger wie eine Schar von Tauben um frisch gestreuten Mais.

Obstbäuerin Margarete tritt in ihrer Kittelschürze nach vorne, baut sich vor dem Bildschirm auf und hebt die Arme. »Zurücktreten! Zurücktreten!«, protestiert sie, und die Dorfbewohner stimmen zügig mit ein.

Der Horvath und der Elvis schauen einander an. »Das

war die Christel«, verkündet der Elvis mit einem Hauch von Stolz und spricht damit aus, was der Horvath denkt, auch wenn er sich noch nicht erklären kann, wie sie das angestellt hat. Er dreht sich im Kreis, hält Ausschau nach der Person, die für diese Videopräsentation zuständig war. Den Verantwortlichen kann er schnell hinter einem Mischpult ausmachen. Es ist Rupert Mayr, der kreidebleich über einem Laptop lehnt und in die Tastatur hämmert. »Was ist passiert?«, fragt der Horvath unnötigerweise, während er auf den Mann zurennt.

»Das Video ist einfach gelaufen, ohne dass ich was dagegen tun hab können.« Rupert Mayr wirkt verstört und ratlos. »Das blöde Kastl hat sich nicht einmal abdreh'n lassen.«

Der Horvath schirmt das Sonnenlicht mit den Händen ab und begutachtet den Computerbildschirm. Einen verräterischen Hinweis kann er darauf nicht entdecken.

»Da war ein Hacker am Werk«, stellt der Elvis mit einer Selbstverständlichkeit fest, die den Horvath zum Grübeln bringt.

Der Horvath zieht den Elvis zur Seite. »Hast du nicht grad noch gesagt, dass du die Hulatsch dahinter vermutest?«

Der Elvis nickt. »Gerissen, wie sie war, hat sie jemanden beauftragt, der sich um die Technik gekümmert hat.«

Rache, durchströmt es den Horvath. Es ging Christel Hulatsch nicht um Geld. Es ging um Rache. Ihr erstes Opfer war Conny Albrecht, ihr zweites Babsi Stöger. Wenn seine Theorie stimmt, müsste Franzi Schütz die Nächste sein.

Wie ferngesteuert rennt der Horvath zurück zum Trubel. Die Stögers sind inzwischen von der Bildfläche verschwunden. Wer hingegen sehr sichtbar inmitten des Geschehens steht, ist Franzi Schütz, die er erst auf den zweiten Blick erkennt. Mit weit von sich gestrecktem Arm richtet sie das Handy auf sich und lächelt in die Kamera. Ihr bis vor Kurzem kantiges Gesicht ist mondförmig, und die einst großen grünen Augen versinken hinter üppig hervortretenden Wangen.

Neben Franzi Schütz nimmt Horvath noch etwas anderes wahr. Es ist eine Bewegung hinter einem Baum, der den Radweg vom Donauufer trennt. Die Kapuzengestalt gleitet ganz plötzlich in Horvaths Sichtfeld. Aufgescheucht von Horvaths Blick, zieht sich die Person den Kragen des Hoodies bis über die Nase und sprintet los. Der Horvath keucht, bleibt dem Unbekannten jedoch dicht auf den Fersen. Mit zwei großen Schritten hechtet die drahtige Gestalt die Böschung zu einem Weingarten hoch und windet sich wie eine Schlange durch die Reben. In einer Sekunde der Unaufmerksamkeit verliert der Horvath die Gestalt aus den Augen, entdeckt sie jedoch auf der entgegengesetzten Seite in Richtung Dorfplatz laufend wieder.

Der Horvath stützt sich kurz auf den Oberschenkeln ab und holt tief Luft, ehe er die Verfolgung erneut aufnimmt. Spürbar geschwächt, hetzt er der Person hinterher, schlittert über das feuchte Gras und ist froh, als er auf der Straße endlich wieder festen Boden unter den Füßen hat.

In der schmalen Gasse gibt es kein Entkommen für die flüchtende Person, trotzdem wagt der Horvath es nicht, seinen Blick auch nur eine Sekunde vom dunklen Pullover und den ausgebeulten Jeans abzuwenden.

Der Schlag kommt unerwartet von der Seite und katapultiert den Horvath auf den Asphalt. Die Wucht, mit der sein Hinterkopf auf die Straße knallt, lässt seine Schneidezähne aufeinanderschlagen. Heinrich Stögers Gesicht schwebt wie eine unheilvolle Erscheinung über ihm.

»Bist du deppert?« Der Horvath versucht vergebens, sich aufzurichten. Schmerzerfüllt presst er die Hand auf die Stelle an der Schulter, wo Heinrich Stöger ihn mit dem Holzscheit, das er noch immer in seinen Händen hält, getroffen hat.

»Is des da vorn euer Komplize?« Stöger lallt.

»Was für ein Komplize? Du Trottel hast grad eine Verfolgung vereitelt.«

Heinrich Stöger holt mit dem Holz aus, und der Horvath

wirft schützend die Hände über den Kopf. Das Stück landet mit einem dumpfen Aufprall an der Hausfassade gegenüber.

»Die Babsi, diese blöde Kuh, hat z'ammen mit eurem Komplizen meine Karriere zerstört. Ich hätt sie nie heiraten dürfen.«

»Stöger, ich bin's. Der Horvath.« Der Horvath rappelt sich auf, tastet erneut seine Schulter ab und bewegt den Kopf hin und her, um festzustellen, ob alles heil ist.

Heinrich Stöger wirkt orientierungslos und benommen. »Hast du erkennen können, wer die Person mit der Kapuze war?«

»Des war der Benny. Der is gar net tot.«

Der Horvath kann nicht abschätzen, ob der Stöger selbst glaubt, was er da redet. »Der blöde Spanner hat heimlich Kameras bei uns aufg'stellt und uns ausspioniert. Als Dankeschön hat er über meine Oide drüberdürfen.«

»Der Benny ist tot. Und er hat auch keinen ausspioniert«, erklärt der Horvath bitter. »Hat euch jemand erpresst?«

Als ginge ein Geistesblitz durch Stögers Körper, nimmt er eine aufrechte Haltung ein und bemüht sich, seine Mimik unter Kontrolle zu bekommen. Er scheint nachzudenken. »Keiner hat uns erpresst. Nur meine Oide presst mich aus wie eine letscherte Orange. Alles nimmt sie mir. Mein Geld, meine Karriere und am liebsten meine Freud.«

Heinrich Stöger zieht einen Flachmann aus der Tasche seines Gilets und trinkt einen Schluck. Der warme Dampf von billigem Fusel steigt dem Horvath in Nase und Kopf, als dem Stöger ein Schluchzer entfährt. »Ich schwör bei meinem Leben, dass ich nichts vom Wahlbetrug g'wusst hab.«

Wieder saugt er am Flachmann und gurgelt ungustiös mit dem letzten Rest Schnaps in der Flasche. »Ich wollt ja nicht einmal Bürgermeister werden. Ich scheiß auf die Leut, und auf die depperte Seilbahn scheiß ich auch. Wer will schon zu den Trotteln ans andere Ufer gondeln? Es reicht schon, dass ma dauernd zu ihnen rüberschau'n müssen.«

Heinrich Stöger krallt sich taumelnd am Mauervorsprung der Fassade fest und zieht den Rotz hoch. Dem Horvath ist dieser Zustand nicht unbekannt. In seinen schlimmsten Zeiten, kurz nach seiner Scheidung von der Helga, hat er ähnliche Tiefpunkte erlebt. Vollräusche zu Tageszeiten, in denen Familien auf dem Weg zum Spielplatz waren und Leute zur Arbeit gefahren sind. Ständig an der Grenze zum finalen Absturz, wie ein Drahtseilkünstler, der mit seiner Karriere abgeschlossen hat. Nur dass der Horvath das Glück hatte, von der Mimi in Balance gebracht zu werden, während Heinrich Stöger von seiner Frau mit dieser Aktion direkt ins Verderben gestoßen worden ist.

»Hast du gewusst, dass die Babsi, die Conny und die Franzi die Hulatsch als Jugendliche schikaniert haben?« Der Horvath nutzt die Tatsache, dass Betrunkene und Kinder immer die Wahrheit sagen, wie sein Vater festzustellen pflegte.

Heinrich Stöger fasst sich von hinten ins Gesicht, zieht mit Zeige- und Mittelfinger die Nasenlöcher hoch und grunzt. »Sie haben die Lulatsch so richtig zur Sau g'macht. Nicht nur in ihrer Jugend.«

Horvath versucht sich vorzustellen, wie es für Christel Hulatsch gewesen sein muss, ihre Mobberinnen regelmäßig in der Ordination zu treffen. Rührte ihre harte Schale daher?

»Jetzt weiß ich, wer das im Kapuzenpullover war.« Stögers Worte werden von einem Würgen begleitet. »Es war der Rudi, dein Bruder.«

24

Dass die Mimi freiwillig vor einer Nachrichtensendung sitzt, führt dem Horvath beim Nachhausekommen die Tragweite des Bürgermeisterskandals, wie die Medien das Spektakel betiteln, vor Augen.

Er betritt das Wohnzimmer vor dem Elvis, wo die Mimi, umzingelt von Katzen, wie gebannt die Szenen verfolgt, die der Horvath zwei Stunden zuvor live erleben musste. »Sogar eine amerikanische TV-Station hat etwas über Heinrich Stöger gebracht«, erklärt sie mit aufgerissenen Augen.

»'tschuldigung, ich hoff, ich stör nicht. Der Horvath hat g'sagt, dass er noch ein bisserl mit mir über den Fall reden will.«

»Namaste, Elvis.« Die Mimi springt auf und umarmt den Elvis für Horvaths Geschmack ein paar Sekunden zu lange. All die Beziehungsdramen, die sich um ihn herum abspielen, belasten ihn mittlerweile mehr als die Morde und Intrigen.

»Ich geh duschen«, grantelt er, überquert den Flur und öffnet die Badezimmertür.

Der Holzboden kommt leicht ins Schwingen, als die Mimi hinter ihm herläuft. »Soll ich dich einbalsamieren?«

»Ich bin keine Leiche, auch wenn ich mich wie eine fühl«, lehnt der Horvath ab, obwohl Mimis Angebot verlockend ist. »Apropos ...«, er schnuppert ins Bad. »Warum riecht es da drin so nach Chlor? Hast jemanden umgebracht?«

»Ich hab geputzt«, verkündet die Mimi mit einem Stolz, als hätte sie ein Heilmittel gegen Krebs entdeckt. »Ich hab mir gedacht, dass es nicht schaden kann, wenn's bei uns ein bisserl ordentlicher ist. Ich will, dass du dich wohlfühlst, Hase.«

Bei bestellten Pizzas, von denen sogar die Mimi eine halbe isst, bringt der Horvath den Elvis in puncto Conny Albrecht auf den aktuellen Stand und schildert der Mimi alles rund um Babsi Stöger, Franzi Schütz und seine Theorie.

»Wir wissen, dass die Hulatsch für Connys Love-Scam verantwortlich ist, und es ist naheliegend, dass sie auch den Bürgermeisterskandal eingefädelt hat. Dann bleibt noch die Erpressung übrig, und die könnte Franzi Schütz getroffen haben«, fasst der Horvath seine These mit vollem Mund zusammen. »Geld genug hat sie.«

»Aber wenn sich die Christel an den drei Frauen rächen wollt, warum hat sie mit dem Video Babsi Stögers Mann in die Sache hineingezogen?«, fragt die Mimi und schaut erwartungsvoll vom Elvis zum Horvath.

Horvaths Phantasie ist ausgeprägt genug, um die Hintergründe längst erkannt zu haben. »Die Hulatsch hat es auf die empfindlichsten Stellen vom Trio Infernal abgesehen gehabt. Bei der Conny war es das Spiel mit der Hoffnung auf einen noch größeren Goldesel als ihren Ex-Mann. Die Babsi schmückt sich gern mit dem Erfolg und der Leistung von anderen. Beides hat die Hulatsch mit einem Schlag zerstört.« Der Horvath schnippt mit dem Finger, um seinen Worten Nachdruck zu verleihen.

»Wenn du recht hast und die Russen nichts mit den Morden an der Christel und der Eva zu tun haben –«

»Und dem Mord am Benny«, ergänzt der Horvath, denn die Theorie der Polizei ist in seinen Augen alles andere als glaubwürdig.

»Meinst du, dass es die drei Frauen waren?«

Die gleiche Frage hat sich auch der Horvath gestellt, als er beim geplanten Spatenstich realisiert hat, wie groß Christel Hulatschs Aktion angelegt war.

»Die Conny und die Babsi hätten einen Grund gehabt, die Hulatsch tot sehen zu wollen. Das setzt aber voraus, dass sie von ihren Plänen gewusst haben, was wiederum unwahrscheinlich ist, so wie die zwei aufgelaufen sind.«

»Und was ist mit der Franzi Schütz?«, stellt der Elvis eine

naheliegende Frage, auf die der Horvath bisher keine Antwort hat. Als er sie am Nachmittag beobachtet hat, war ihr abgesehen von der optischen Veränderung, die die Zeit mit sich bringt, nichts Auffälliges anzumerken.

»Ich werd sie mir morgen früh vorknöpfen.«

»Schau mal«, murmelt die Mimi und schiebt ihr Smartphone in die Mitte des Küchentisches. »Die Frau ist sehr aktiv auf Instagram.«

Der Horvath starrt auf einen Teppich aus quadratischen Fotos, die eine Franzi abbilden, die nur wenig mit der Franzi gemeinsam hat, der er heute begegnet ist. Das Haar viel glänzender, die Haut glatt und der athletische Körper, den sie auf ihren Fotos am liebsten in blumigen Minikleidern präsentiert, wie von einer anderen Person.

Die Mimi wischt auf dem Bildschirm herum. Ein Video startet und präsentiert Franzi Schütz am Donauradweg.

»Hey, Leute! Sorry, dass ich mich erst so spät melde, aber bei uns ist die Hölle los. Sicher habt ihr alle mitbekommen, wie unser Bürgermeister exposed wurde. Und das nur eine Woche nach den Morden an den armen Frauen, die übrigens gute Freundinnen von mir waren, wir ihr wisst.« Die Franzi macht eine dramatische Sprechpause, in der sie unsichtbare Tränen aus den Augenwinkeln tupft. »So viele haben mich in den DMs gefragt, wie es mir geht. Bitte macht euch keine Sorgen, auch wenn es heute etwas ruhiger ist auf meinem Channel. Anyway. Morgen gibt's dann wieder meine Daily-Morning-Routine und mein OOTD. Stay tuned, Leute. Dickes Bussi, eure Francis.«

»Francis?«, wiederholt der Horvath. »Und was ist bitte ein OOTD?«

»Outfit of the day«, erklärt die Mimi und stapelt die leeren Pizzaschachteln übereinander.

»Wen interessiert, was ein anderer in der Früh anzieht?«

Die Mimi zuckt mit den Schultern. »Menschen, die die Leere in ihren Herzen damit füllen, über die Masken anderer zu urteilen.«

»'tschuldigung, aber am meisten interessiert es die Kinder, die in Fabriken eingepfercht dazu gezwungen werden, diese Kleider zu nähen«, fügt der Elvis hinzu, obwohl der Horvath es gar nicht so genau wissen wollte. So selten, wie er Kleidung kauft, ist sein Gewissen zumindest in diesem Punkt rein.

»Mal angenommen, die Franzi ist unsere Mörderin, warum hätt sie die Eva Bergmann umbringen sollen?«, bringt die Mimi das Gespräch zurück zum Ausgangspunkt. »War die Eva Christels Komplizin?«

»Das war nicht Evas Art. Sie und die Christel waren außerdem nicht so gut miteinander, dass sie sich auf so was eingelassen hätten. Die haben keine zwei Worte miteinander g'redet, wenn sie bei unseren Treffen z'ammen am Tisch g'sessen sind. Die Eva hat überhaupt keine Kontakte im Dorf g'habt.« Der Elvis reibt sich über den Bart, der im Gegensatz zu den schwarzen Haaren an Pigmenten verloren hat und silbrig im künstlichen Licht der Deckenlampe schimmert. »Was, wenn es zwei Täter gibt und die Morde gar nichts miteinander zu tun haben?«

Lange hat Kommissar Krüger sich nicht mehr beim Horvath blicken lassen, doch in diesem Moment kommt er zur Tür herein und lehnt sich an den Kühlschrank. Die Hände in den Hosentaschen vergraben, steht er da und schaut in die Runde. *Kollege, was du brauchst, ist eine heiße Spur zum Motiv für den Mord an Eva Bergmann und keine Suche nach einem zweiten Mörder.*

»Es gibt keine zwei Mörder«, kontert er in Krügers Richtung und wendet ihm den Rücken zu. Neuerdings fühlt sich die Anwesenheit seines Protagonisten wie eine Heimsuchung an. »Sobald wir Christel Hulatschs Mörder haben, haben wir auch den Mörder von Eva Bergmann. Und Franzi Schütz ist momentan unsere heißeste Spur.«

Die einzige Spur, fügt er in Gedanken hinzu und erinnert sich im selben Moment an Stögers Behauptung, er hätte den Rudi gesehen. Wer auch immer vor ihm geflüchtet ist, muss erstens etwas mit dem heimlich eingespielten Video zu tun haben und zweitens eine Ähnlichkeit zu seinem Bruder aufweisen, wenn man den betrunkenen Noch-Bürgermeister ernst nehmen kann.

»Und wenn's eine einfache Verwechslung war?«

Darüber hat der Horvath bereits selbst nachgedacht, diesen Gedanken jedoch wieder verworfen. »Vom Simoner weiß ich, dass beide Frauen von vorne erschlagen wurden. Anhand von forensischen Ergebnissen und Zeugen, die die Eva auf den Radweg haben abbiegen seh'n, wird der Todeszeitpunkt auf ungefähr zwanzig Uhr dreißig geschätzt. Da war es noch hell, und jeder Blinde hätt erkannt, dass er die Bergmann vor sich hat und nicht die Hulatsch.«

»Ich geh dann mal die Nachrichtensendung ausräuchern.«

Die Mimi steht auf, und der Horvath schaut ihr hinterher, bis sie im Wohnzimmer verschwunden ist. Er rückt seinen Sessel in Elvis' Richtung, von wo aus er die Küchentür im Blick hat, und beugt sich zu ihm hinüber.

»Du hast offensichtlich ein bisserl Gespür für die Menschen«, holt er zu einem Kompliment aus, bevor er zur Sache kommt. »Ist dir einmal aufg'fallen, dass der Shaman über die Mimi redet?«

Der Elvis wirkt irritiert. »Er hat sie heut beim Frühstück erwähnt, aber nur ganz lieb und wertschätzend«, antwortet er, offensichtlich ahnungslos, worauf der Horvath hinauswill.

»Kein böses Wort.«

»Gibt's Bresl zwischen der Maria und dem Guru?«

»'tschuldigung, Horvath, aber jetzt bringst mich in einen Loyalitätskonflikt. Ich hab vor vier Monaten mit dem Lästern und Tratschen aufg'hört.« Der Elvis runzelt die Stirn und denkt ein paar Sekunden nach. »Glaubst, dass der Shaman der Täter ist?«

Der Horvath greift nach einer Serviette und knüllt sie zu einer Kugel zusammen. »Ich befürchte, nein. Aber die Hoffnung stirbt zuletzt.«

25

Es ist einer dieser Samstagabende, die den Horvath an seine Zeit als Single erinnern. Kurz zuvor hat er den Elvis am Busbahnhof abgesetzt und macht sich nun zu Fuß auf den Weg durch die Kremser Fußgängerzone.

Das Murmeln der Menschen vermischt sich mit dem Klappern von Absätzen und dem Klirren von Gläsern. Den Hemdkragen hochgeklappt, um nicht von Lesern erkannt zu werden, denn das passiert ihm neuerdings öfter, als ihm lieb ist, schleppt er sich die beleuchteten Schaufenster entlang. Seine Muskeln brennen von den Verfolgungsjagden der letzten Tage. Es ist nicht auszuschließen, dass er eine Reha braucht, wenn der Fall abgeschlossen ist.

Dass er es trotz aller körperlichen Befindlichkeiten bis Stein geschafft hat, bemerkt er erst, als ihm eine unaufhörliche dampfige Brise um die Ohren pfeift und ihn die Donau einatmen lässt.

Im Gastgarten seines alten Stammlokals ist die Hölle los. Er bezweifelt, einen Platz zu bekommen, wo er nicht binnen wenigen Sekunden in Small Talk verstrickt wird. Anders sieht es im Inneren des Pubs aus, wo an der Bar gähnende Leere herrscht. Der Horvath setzt sich trotz der stickigen Luft an den Tresen und bestellt ein Bier. Als ob das Chaos in seinem Kopf nicht schon genug Schaden an seinem Scharfsinn anrichten würde, schwappen von allen Seiten Gesprächsfetzen herbei, die der Horvath gar nicht gebrauchen kann. Er vernimmt die Namen vom Benny, von den Stögers und der Hulatsch und klammert sich instinktiv an sein Krügerl.

»Was ist denn dir passiert?« Der Kellner wirft eine Zitronenscheibe in ein gefülltes Weinglas. »Hast einen Wickel g'habt?«

Der Horvath, der sich inzwischen an seine Kopfwunde

gewöhnt hat, fasst sich unbewusst an die Kruste. Die Stelle ist heiß und pulsiert unter seiner Berührung.

»Berufsrisiko«, entgegnet er knapp und nimmt einen Schluck von seinem Bier, das von einem leicht metallischen Nachgeschmack begleitet wird und ein trockenes Gefühl auf seiner Zunge hinterlässt.

»Immerhin hast du die Titelseite aufg'rissen.« Der Kellner schiebt die aktuelle Tageszeitung über den Tresen zu ihm herüber. »Gratulation.«

Krimireifes Ende im Wachauer Frauenmordfall – Bestsellerautor Horvath alias Kommissar Krüger schreibt erneut das Ende.

Unter der Headline prangt ein verwaschenes Foto, das den Horvath vor dem Weinkeller, in dem er den Benny entdeckt hat, zeigt. Anstatt die Zeitung aufzublättern und den Artikel zu lesen, greift er in seine Hosentasche und wühlt ein paar Münzen heraus.

»Das geht aufs Haus.« Der Kellner macht eine ablehnende Geste mit der Hand. Dann stellt er die vorbereiteten Getränke auf ein Tablett und verschwindet damit in den Garten.

Der Horvath steckt das Geld zurück in seine Hosentasche. Vor einem Jahr wäre er froh über so eine Einladung gewesen, aber erst jetzt, wo die Schriftstellerei Geld abwirft, wird er überall eingeladen. Nicht einmal die gelegentlich bestellten Pizzas muss er bezahlen, und bei der letzten Polizeikontrolle ist er trotz Überschreitung der Geschwindigkeit im Kremser Ortsgebiet mit einem Schulterklopfen davongekommen.

Der Horvath will gerade sein Handy entsperren, als er von draußen seinen Namen vernimmt. Das ist nicht ungewöhnlich, seit er auf Lesetour und in Dauerschleife im Fernsehen und in diversen Zeitungen zu sehen war. Erst als er Mimis Namen ebenfalls hört, wird seine Aufmerksamkeit geweckt. In einem Zug trinkt er sein Bier aus, steht auf und geht näher an das geöffnete Fenster heran.

»Ein fescher Kerl ist er geworden, der Horvath«, schwärmt

eine Frau, von der der Horvath nur einen Schatten erkennen kann. Das ist eine weitere Sache, die der Erfolg mit sich gebracht hat. Frauen, die zuvor keine Notiz von ihm genommen haben, finden plötzlich etwas Attraktives in seinen struppigen Haaren und dem wild wuchernden Bart.

»Sehr fesch«, stimmt eine andere Frau zu. »Zu haben ist er trotzdem nicht.«

»Geh, des ist doch eh schon vorbei mit der Rothaarigen. Wie hast sie vorher genannt?«

»Mimi«, klärt eine neue Stimme auf. »Aber die sieht man in letzter Zeit überall ganz innig mit einem Glatzerten.«

Was der Alkohol nicht geschafft hat, schaffen die Worte der Frau. Ihm wird schwummrig und flau. Hastig stürmt er aus dem Pub und schwankt mit großen Schritten über den Gehweg zurück in Richtung Kremser Stadtzentrum. Dass wildfremde Leute über die Mimi und den Shaman spekulieren, macht die stillen Zweifel zur offiziellen Bedrohung seiner Beziehung.

Auf Höhe des Stadtparks weiß er, was zu tun ist. Er wird heimfahren und die Mimi zur Rede stellen. Ruckartig zerrt er am Autoschlüssel, der sich an einer Naht seiner Hosentasche verhängt hat. Fluchend zieht er fester, spürt ein Reißen des Stoffes und sieht zu, wie der Schlüssel durch die Luft in eine Hecke geschleudert wird. Reflexartig springt er hinterher, schaut nach links und rechts, ob er auf dem üppigen Blattwerk liegen geblieben ist. Doch vom Schlüssel ist nichts zu sehen.

»So eine Scheiße«, schimpft er, schaltet die Taschenlampe seines Handys ein, drückt die Pflanze auseinander und leuchtet den Boden aus. Er entdeckt ein benutztes Kondom und eine Coladose, aber der Schlüssel bleibt verschwunden. Resigniert richtet er sich auf, putzt die Blätter von den Hemdsärmeln und lässt seinen Blick über den Park schweifen. Am Brunnenrand sitzen Leute, die sich mit Bechern zuprosten. Auf der Wiese bilden Handydisplays einen flimmernden

Teppich in der Dunkelheit. Erst beim genaueren Hinsehen erkennt der Horvath die Menschen, deren Finger sich darum klammern, als handelte es sich um lebenserhaltende Maschinen.

Er überquert die Straße und streift wie ein streunender Kater zur anderen Seite des Parks. Vielleicht hat ihm das Schicksal ein Zeichen gesendet. Vielleicht soll er heute Nacht gar nicht zurück nach Hause gehen. Kurz hält er vor dem Pavillon inne. Niemand ist zu sehen. Er steigt die Stufen hoch und setzt sich auf den Boden. Das Zirpen der Grillen verheißt eine laue Sommernacht. Der Horvath schließt die Augen und lehnt den Kopf ans Geländer. Das zweimalige Vibrieren seines Handys deutet an, dass der Akku fast leer ist und sich das Gerät in wenigen Sekunden abschalten wird. Egal, die Mimi wird ihn ohnehin nicht vermissen.

Die Mimi erscheint wie eine Traumgestalt über ihm. Er fährt hoch, ist orientierungslos und benommen. Der Geschmack in seinem Mund ist ebenso übel wie die Schmerzen in seinem Rücken. Er reibt sich die Augen und starrt die Mimi an. Der Frühverkehr und die scharfen Konturen der Bäume vor einem orange gefärbten Himmel deuten darauf hin, dass es bereits dämmert.

»Hase, wieso hast im Stadtpark g'schlafen?«

Der Horvath zuckt mit den Schultern. Ein paar Stunden Schlaf haben gereicht, um sein Heldentum in Scham umzuwandeln.

»Ich hab mit dem Schlimmsten g'rechnet.« Die Mimi setzt sich im Schneidersitz vor ihm.

»Nur weil ich eine Nacht weg bin, heißt das nicht gleich, dass ich tot bin.«

»Wieso tot? Ich hab geglaubt, dass du die ganze Nacht bei McDonald's bist und deine Darmperistaltik mit frittiertem Tierleid zerstörst.«

Der Horvath knurrt, und die Mimi fährt mit der Hand über

sein Gesicht. »Scherz«, flüstert sie. »Na, sicher mach ich mir Sorgen um dich, du Trottel.«

»Wie hast du mich gefunden? Hat dein Pendel über dem Stadtplan ausgeschlagen?«

»Ein Mitglied meiner Mondtanzgruppe hat dich g'sehen und mir ein Foto g'schickt.« Die Mimi setzt an, etwas zu sagen, presst dann aber die Lippen aufeinander.

Ein paar Minuten sagt keiner was. Die Art von peinlicher Stille hat der Horvath mit der Mimi noch nie erlebt.

»Wolltest heute nicht zur Franzi Schütz fahren?« Mimis Worte klingen nach Verlegenheit.

Der Horvath zupft am Stoff seines Hemdes und drückt die Nase drauf. »Zuerst brauch ich eine Dusche und einen doppelten Espresso. Ach ja, und einen Ersatzschlüssel fürs Auto. Ich hab meinen irgendwo verhaut.«

Die Mimi steht auf, streckt ihm ihre Hand entgegen und zieht ihn hoch. Eine Sekunde später baumelt sein Schlüsselring an ihrem Zeigefinger. »Wie wär's mit dem hier? Den hab ich bei der Bushaltestelle g'funden.«

26

Mimis atemlose Monologe während der Fahrt ins Dorf sind für den Horvath wie Musik seiner Lieblingsband. Sie ist hörbar aufgeregt, seit er ihr vorgeschlagen hat, ihn bei der Befragung von Franzi Schütz zu unterstützen. Schon zum zweiten Mal an diesem Tag überqueren sie die Donaubrücke. Sein erster Besuch bei Franzi Schütz hat keinen Erfolg gebracht. Nachdem er vergebens geklingelt hatte, ist der Horvath zurück nach Krems gefahren, wo sein geschundener Körper in einen komatösen Schlaf gesunken ist.

Diesmal ist der Horvath sicher, Franzi daheim anzutreffen, denn Elvis hat den ganzen Tag vor ihrem Haus Wache gehalten und angerufen, als sie in ihrer Familienkutsche nach Hause gekommen ist.

In einem von Shamans Kapuzenponchos wartet er am vereinbarten Treffpunkt etwas abseits von Franzis Einfahrt.

»Sie hatte einen Gast dabei, der sich vor sieben Minuten verabschiedet hat. Seither hat niemand das Haus betreten oder verlassen«, rattert der Elvis wie eine gut programmierte Computerstimme herunter. »Ich habe alles auf Fotos festgehalten.«

Der Elvis zieht sein Handy aus der Tasche des Ponchos, aber der Horvath winkt ab. »Danke, wir übernehmen jetzt.«

»Ich bleib auf Position und behalt alles im Auge. Für den Notfall habe ich die mit dabei.« Der Elvis zieht eine Pistole unter dem Poncho hervor.

Der Horvath zuckt zusammen. »Spinnst du? Wir sind hier nicht in ›Pulp Fiction‹.«

»'tschuldigung, ich wollt dich nicht erschrecken.« Der Elvis kichert. »Das ist eine Konfettipistole, die ich schwarz ang'sprüht hab, damit sie g'fährlicher ausschaut. Sie hat mir immer gute Dienste g'leistet.«

Der Horvath wirft einen Blick zu Franzis Haus. Im Obergeschoss wird ein Außenrollo geschlossen.»Du kannst wieder zur Maria gehen.«

Der Elvis steigt von einem Fuß auf den anderen.»'tschuldigung, dass ich da jetzt was ausplauder, aber die Marilou und der Shaman haben einen g'scheiten Kelch g'habt. Ich weiß nicht, ob die mich heut bei sich haben wollen.«

»Dann schläfst halt bei uns«, kommt es von der Mimi wie aus Elvis' Konfettipistole geschossen.

Der Horvath, an dem die kindische Aktion von letzter Nacht noch immer nagt, stimmt widerwillig zu. Sich von seiner versöhnlichen und wohlwollenden Seite zu zeigen, kann in der momentanen Situation nicht schaden. Außerdem missfällt ihm der Gedanke, dass der Elvis nach Franzis Befragung vom Shaman ausgequetscht wird. Der Fall gehört ihm, nicht dem Guru, der sich in seinem Leben ohnehin bereits wie Unkraut ausgebreitet hat und nun sogar seine Beziehung überwuchert.

»Halt dich im Hintergrund«, weist der Horvath zuerst den Elvis an. Dann wendet er sich an die Mimi.»Ich führe die Befragung durch. Du schaust dich um und analysierst ihr Elektrizitätswerk oder wie das heißt.«

»Ihr Energiefeld«, korrigiert die Mimi.»Eine ganz niedrig schwingende Frau, hab ich schon auf Instagram g'sehen. Ganz tief im Ego.«

»Vielleicht sogar eine Mörderin«, fügt der Horvath hinzu.

Die beiden pirschen sich wie zwei Panther an Franzi Schütz' Revier heran. Der Horvath mustert die Mimi kurz. Mit ihren schwarzen Leggings und dem übergroßen schwarzen Pulli, der über ihre Schulter rutscht, sieht sie befremdlich aus. So befremdlich wie er selbst, mit der beigen Leinenhose und dem bunten Patchworkhemd, das sie für ihn genäht hat und das er heute zum ersten Mal trägt. Als hätten sie die Rollen getauscht, denkt er, während sie vor Franzis Gartentür stehen und er den Klingelknopf drückt.

Franzi Schütz' Eigenheim gleicht einem Puppenhaus. Der weiße Gartenzaun frisch getüncht, die ebenfalls weiße Fassade ohne erkennbaren Makel. Zwei Blumenreihen säumen den Weg zur Haustür, an der ein Schild mit einem Willkommensspruch baumelt.

»Ja?«, knattert eine Stimme durch die Gegensprechanlage. Sie klingt sehr jung, und der Horvath vermutet, dass sie Franzis Tochter gehört.

»Horvath hier. Wir wollen zu deiner –« Die Tür schwingt auf, bevor der Horvath ausgeredet hat.

»Die Mama dreht gerade ein TikTok.« Vor ihnen steht ein blond gelocktes Mädchen mit rotem Latzkleid. Es drückt einen Knopf, der die Gartentür entriegelt, und bedeutet ihnen, hereinzukommen. »Die Mama hat euch über die Kamera g'sehen. Sie hat g'sagt, ihr sollts unten auf sie warten.«

An Mimis Augen erkennt der Horvath, wie angetan sie von dem Kind ist. »Wie heißt du denn, und wie alt bist du?«, fragt sie und spricht dabei eine Oktave höher als sonst.

»Ich bin die Amalia und geh in die zweite Klasse Volksschule. Ich bin Klassenbeste.«

»Süß«, quietscht die Mimi leise.

Mit der Souveränität, die der Horvath von einer Erwachsenen erwartet hätte, winkt sie ihn und die Mimi in einen Raum, den der Horvath keiner Funktion zuordnen kann. Es ist eine Mischung aus Wartezimmer und Büro mit vielen Stehlampen und einem Schreibtisch, auf dem der Computer fehlt.

»Hier dreht meine Mama immer ihre Schminkvideos und zeigt ihr OOTD.« Amalia deutet auf einen riesigen Wandspiegel, den der Horvath von Franzis Social-Media-Kanälen kennt.

Die Mimi setzt sich auf das beige Sofa und wirft einen Blick aus dem Fenster, das den Teil des Grundstücks zeigt, der von der Straße aus uneinsehbar ist. »Ihr habts ja einen schönen Garten. Sogar Henderl habts. Mah, wie lieb.«

Amalia lehnt sich an das Möbelstück, das der Horvath fälschlicherweise für einen Schreibtisch gehalten hat. »Meine Mama hat vierhunderttausend Follower auf TikTok und siebzigtausend auf Instagram. Sie ist ein Star, und ich werd auch einmal berühmt. Ich hab schon siebentausend Follower auf Instagram.«

»Darf man das in deinem Alter schon?«, fragt der Horvath, der weder mit Kindern noch mit den sozialen Medien viel zu tun hat.

Franzi Schütz kommt barfüßig angelaufen und begrüßt den Horvath und die Mimi überschwänglich. »Hey, Leute. Ihr seid von der Krone, nicht?«

Pikiert darüber, dass die Franzi so tut, als würde sie ihn nicht erkennen, stellt er sich und die Mimi vor.

Sie schlägt die Hände zusammen und lacht. »So ist das, wenn man so viele Leute um sich hat. Da kommt einem alles durcheinander.«

Der Horvath nimmt neben der Mimi Platz, und Franzi schiebt einen Drehhocker an die beiden heran, auf den sie sich schwungvoll fallen lässt.

»Ich habe ein paar Fragen zu Christel Hulatsch, Eva Bergmann und Benny.« Er stoppt und nickt in Amalias Richtung. »Vielleicht ist es besser, wenn wir uns allein unterhalten.«

»Mein Herz, magst du derweil ausnahmsweise noch ein bisserl Nintendo spielen?«

Franzis Tochter verschränkt die Arme vor der Brust und stampft mit einem Fuß auf den Boden. »Ich will zuhören.«

»Herz, hörst du bitte, wenn die Mama was sagt.«

»Ich mag aber zuhören.«

»Wir reden über Sachen, die ganz fad sind«, interveniert die Mimi. »Magst du mir vielleicht eure Henderl zeigen? Draußen wird es schon finster, vielleicht sehen wir sogar schon Sterne.«

»Sterne sind fad, und die Henderl stinken. Ich weiß, dass ihr über den Benny redet, weil er die komische Frau vom Doktor umbracht hat.«

Die Mimi faltet die Hände im Schoß. »Der Benny –«

»Der Benny war ein behinderter Trottel«, unterbricht das Kind sie.

Mit einem Satz springt Franzi Schütz auf, nimmt ihre Tochter am Oberarm und schleift sie mit einem Lächeln, das nicht zur Situation passt, zur Tür hinaus. Als sie allein zurückkommt, ist ihr Ausdruck noch immer derselbe. Wahrscheinlich hat sie nur den einen, erinnert sich der Horvath an die Dutzenden von Videos, die er von ihr gesehen hat.

Franzi zupft sich die zu engen Trainingskleider zurecht und nimmt wieder auf dem Hocker Platz. Der Horvath kommt nicht umhin, zu denken, dass Franzi Schütz wenig mit der Frau gemeinsam hat, die sie als »Fashion_Farming_Francis« im Internet darstellt. Noch weniger hat sie mit der athletischen Franzi gemeinsam, die vor einem Jahr den Wachau-Marathon gewonnen hat.

»Leute, ich bin ein bisserl unter Zeitdruck. Ich muss noch meine Abendroutine fertig abdrehen«, verkündet sie, als ginge es um eine lebensrettende Operation am offenen Herzen eines Patienten.

»Wie würdest du das Verhältnis zwischen dir, Christel Hulatsch und Eva Bergmann beschreiben?«, fragt der Horvath unbeirrt.

Das Lachen schwindet kaum merklich von Franzis Gesicht. »Verhältnis? Die Lulatsch war eine, der man lieber aus dem Weg ging. Eine ganz negative Person. Die Eva hab ich gar nicht gekannt.« Wieder zupft sie an ihrem Oberteil, das sich über Arme und Bauch spannt, als hätte sie versehentlich in den Schrank ihrer Tochter gegriffen. »Warum ist das wichtig? Die zwei sind tot, und der Mörder ist ermittelt.«

Franzi Schütz' Arroganz prallt gänzlich am Horvath ab.

»Es heißt, dass du die Hulatsch zusammen mit der Conny und der Babsi gemobbt hast.«

Franzi wirft lachend den Kopf zurück, wobei das Lachen nur ihrer Kehle entfährt. In ihrer Miene ist davon nichts zu erkennen. »Ich hab geglaubt, es geht um Mord. Auf einmal geht's um Mobbing? Aber wennst es ganz genau wissen willst, die Lulatsch hat sich mit ihrer Art selber zum Opfer g'macht. Da kann man uns keinen Vorwurf machen.«

»Wo warst du zum Zeitpunkt ihrer Ermordung?«
Franzi steht auf und lehnt sich an ihren Schminktisch. »Das
geht jetzt zu weit.«

»Hast du gewusst, dass die Christel wegziehen wollt, weil
sie euch nicht mehr ausgehalten hat?«

»Also bitte.« Franzi Schütz ringt sichtlich um Fassung.
»Die wollt das Haus verkaufen, weil sie zu dumm war, mit
ihrem Geld zu wirtschaften.«

»So wie sie zu dumm war, Babsi Stögers Wahlbetrug auflau-
fen zu lassen?«, legt der Horvath nach. Seine Worte scheinen
Franzi Schütz physisch zu treffen. Sie taumelt einen Schritt
zurück, wo sie gegen den Spiegel stößt, in dem sie sonst ihre
täglichen Outfits präsentiert.

»Das war die Lulatsch …«, zählt Franzi eins und eins zusammen. Sie greift sich an den Kopf.

»Gründe hätte sie genug g'habt, nicht wahr?«, feuert der
Horvath die nächste Frage ab.

Franzi dreht dem Horvath und der Mimi den Rücken zu.

»Damit hat sie das Leben von den Stögers zerstört«, entrüstet
sie sich und starrt dabei ihrem eigenen Spiegelbild entgegen.

»Ein Grund, sie loswerden zu wollen. Da wäre Eva Bergmann schon ein Bauernopfer wert gewesen, um von den
eigentlichen Motiven abzulenken und dem Benny alles in
die Schuhe zu schieben.«

Franzi Schütz fährt herum. Der Horvath steht auf. Anstatt
die Frau anzusehen, streicht er mit den Fingerkuppen über
die Kante des Schminktischs. »Drei Frauen, drei Mordopfer.
Eine Tat für eine jede von euch. Eine Versicherung, dass keiner
singt.«

»Warum drei Opfer? In der Zeitung steht, dass der Benny
in seinem Versteck verdurstet ist.« Franzi räuspert sich.

»Und selbst wenn es Mord war, was interessieren mich die
G'schichtln von der Stöger? Mir ist es komplett wurscht,
ob die sich mit der Aktion zur Kriminellen oder nur zur
Vollidiotin g'macht hat.« Franzi Schütz beißt sich auf die

Lippen, als wollte sie die folgenden Worte zurückhalten.
»Und mit der Albrecht hab ich schon lang nix mehr zu tun.
Die ist so saudeppert, dass man nicht einmal übers Wetter
mit ihr reden kann. Wie die zur Matura kommen ist, wundert
bis heut alle.« Der Horvath setzt sein falschestes Lächeln auf und senkt
die Stimme. »Alles gut. Oder siehst du bei mir irgendwo ein
Blaulicht oder Achtereisen?« Er bedeutet Franzi, sich wieder
zu setzen. Diesmal nimmt sie neben der Mimi auf dem Sofa
Platz, und der Horvath kniet sich mit einem Bein auf Franzis
Schminkhocker.

»Erzähl, was ihr früher mit der Christel gemacht habt, dann
geht's dir besser. Dein inneres Kind schreit nach Heilung,
kannst du es hören?«, fragt die Mimi beinahe hypnotisch. Die
sichtlich mitgenommene Franzi Schütz nickt eifrig, während
sie ihren Kopf auf unnatürliche Weise in Mimis Richtung
dreht.

»Nix Arges. Was Jugendliche in dem Alter halt so machen.
Wir haben über sie gelästert, Gerüchte verbreitet, sie geärgert
und so Sachen. Sie hätt einfach einmal auf den Tisch hauen
müssen, dann hätten wir sie in Ruhe g'lassen. Aber stattdessen
hat sie freiwillig unsere Aufgaben g'macht und die Mathema-
tik- und Lateinschularbeiten für uns g'schrieben.«

»So freiwillig, dass sie ihre eigenen Aufgaben nicht mehr
erledigen hat können und das Gymnasium ein Jahr vor der
Matura abbrechen hat müssen«, geht der Horvath, der zunehmend Verständnis für Christel Hulatsch empfindet, dazwischen. Mit einem schnellen Schritt steht er vor Franzi
Schütz. »Rache. Sie wollte Rache.«

Nervös zwirbelt Franzi eine Haarsträhne zwischen Daumen und Zeigefinger. Sie öffnet den Mund, als wollte sie etwas
erwidern, lässt es aber bleiben.

»Die Babsi hat es schon erwischt, die Conny auch.«
Franzi Schütz reißt die Augen auf. »Die Conny auch?«
»Was hat die Hulatsch mit dir gemacht?« Der Horvath

schaut sich um, als fände er in irgendeiner Ecke des sterilen Raumes die Antwort auf seine Frage.

Franzi schüttelt unter Tränen den Kopf.

»Das perfekte Haus, das perfekte Kind, Hunderttausende Follower und wahrscheinlich genauso viel Geld auf dem Konto.« Er räuspert sich, um seinen Worten einen dramatischen Nachdruck zu verleihen. »So wie es ausschaut, bist du die Einzige im Dreiergespann, die Christel Hulatschs Rache entgangen ist. Vielleicht magst du mir jetzt erzählen, wo du in der Nacht warst, in der die Christel und die Eva umgebracht worden sind, und was du über den Mord am Benny weißt.«

Franzi beugt sich vornüber und starrt auf ihre nackten Zehen mit den akkurat bemalten Nägeln. »Viele von meinen Followern sind gekauft. Früher haben das die Kunden und Kooperationspartner noch nicht so genau überprüft wie heute. Leider hat es sich irgendwann in der Branche herumg'sprochen, seitdem läuft das G'schäft nicht mehr so gut. Grad nach der Trennung vom Pauli war es finanziell schwierig. Aber dann hab ich eine neue G'schäftsidee für mich g'funden. Eine Plattform, wo ich den Fans ein bisserl mehr von mir zeig als auf TikTok und Instagram, wennst verstehst. Da bin ich jeden Abend und treff mich im Online-Videochat mit Kunden. Wenn's notwendig ist, kann ich das alles belegen.«

Ein schriller Schrei lässt die drei zusammenschrecken.

»Herz!«, schreit Franzi Schütz, springt auf und rennt aus dem Zimmer. Der Horvath und die Mimi folgen ihr nach kurzem Zögern ins Wohnzimmer.

Amalias Kreischen klingt wie ein Sirenenalarm. »Der blöde Hahn hat mich wieder zwickt.« Theatralisch wischt sie sich nicht vorhandene Tränen aus den Augen und behält dabei vor allem die Mimi und den Horvath im Blick.

»Wo?«, fragt Franzi Schütz, dreht ihre Tochter im Kreis und sucht ihren Körper hektisch nach Verletzungen ab. »Ich hab dir g'sagt, du sollst nicht in den Stall gehen. Du weißt, wie aggressiv er reagiert, wenn er was Rotes sieht.«

»Der Opa soll ihn endlich köpfen«, jammert das Mädchen, als ginge es um ein neues Spielzeug, das ihr verwehrt bleibt.

»Morgen, mein Herz.«

Die Mimi zuckt merklich neben dem Horvath zusammen.

»Ist das der Hahn?« Sie geht näher an die Glasfront heran, hinter der der Hühnerstall unter der üppigen Außenbeleuchtung wie eine Filmkulisse anmutet.

Franzi Schütz nickt. »Der war für neuen Farming-Content gedacht. Der Bauer, der ihn mir verkauft hat, hat in keinster Weise darauf hingewiesen, wie aggressiv er ist. Jetzt beißt er die Henderl und sogar meine Tochter«, wendet sie sich zunächst an die Mimi, dann wieder an Amalia. »Wo tut es denn weh? Setz dich auf dein Bodenkissen, ich hol ein Coolpack.«

Kaum ist Franzi Schütz aus der Tür, sieht ihre Tochter alles andere als verängstigt aus. Sie zieht ihr großes Plüschkissen zu einer Truhe, die sie energisch auskippt. Barbiepuppenteile verwandeln den Fliesenboden in ein rosa Schlachtfeld. Ohne den Puppen Beachtung zu schenken, rutscht sie auf ihrem Kissen zurück in die Mitte des Raumes und brüllt dabei etwas, das für Horvaths Gehör nicht zu entschlüsseln ist.

»Kann bitte jemand ein Glas drüberstülpen und es rausbringen?«, flüstert er der Mimi zu.

Im Laufschritt kehrt Franzi Schütz ins Wohnzimmer zurück. Sofort nimmt ihre Tochter wieder eine leidende Haltung ein. »Ich will ein Eis.«

»Herz, um die Zeit essen wir nichts mehr. Das macht uns dick.« Sie drückt Amalia das Kühlkissen auf den Kopf, dann fährt sie sich damit selbst über Stirn und Hals. »Na gut, aber nur eine Kugel.«

»Yay!«, ruft Amalia und stürmt aus dem Zimmer.

»Der Hahn soll wirklich umgebracht werden?«

Dem Horvath ist gar nicht aufgefallen, dass die Mimi nicht

mehr neben ihm, sondern direkt am Fenster steht. In der Spiegelung der Glasfront sieht er ihr besorgtes Gesicht.

»Ihr gehts jetzt bitte. Ihr sehts ja, wie traumatisiert meine Tochter ist.«

Ohne eine Verabschiedung dirigiert Franzi Schütz den Horvath und die Mimi zum Ausgang, winkt sie mit einer wegwerfenden Handbewegung hinaus und knallt die Tür hinter ihnen zu.

Ratlos sehen die beiden einander an. Hand in Hand kehren sie zum Auto zurück, wo sie im diffusen Licht einer Straßenlaterne von Elvis erwartet werden. Die Fragen sprudeln aufgeregt aus ihm heraus. »Habts was herausgefunden? Ist sie die Mörderin?«

»Eines nach dem anderen.« Der Horvath lehnt sich an sein Auto und behält dabei das Haus von Franzi Schütz im Auge. Was würde er jetzt dafür geben, einen geheimen Blick ins Innere zu werfen. Wen ruft sie wohl an? Welche Dateien löscht sie von ihrem Computer und welche Nummern von ihrem Handy? Oder kann es wirklich sein, dass sie keine Ahnung von Christel Hulatschs Racheplänen und demnach auch kein Motiv für die Morde hatte?

»Wenn sie jemanden umgebracht hat, wird sie jetzt anfangen, Fehler zu machen. Das gilt auch für die anderen zwei Grazien.«

»Wie hat sich die Christel an ihr gerächt?« In Elvis' Frage schwingen Gehässigkeit und Schadenfreude mit.

»Ich bezweifle, dass die Hulatsch vor sieben Jahren Einfluss auf Franzis Eierstöcke genommen hat. Wenn doch, kann nur das Gschropp die Rache sein.«

Horvaths Handy gibt einen Ton von sich, der ihm bisher nicht bekannt war. Eine Instagram-Benachrichtigung. Kurz ärgert er sich darüber, dass er sich von der Mimi ein Konto einrichten hat lassen. Er entsperrt das Display und pfeift. Sein Wunsch nach einem Blick ins Innere des Hauses wurde schneller erfüllt als gedacht. Franzi Schütz tänzelt gewohnt gefiltert, zwanzig Kilo leichter und bester Laune durch ihre Küche und verkündet, dass heute »Cheat Day« sei. Die Kamera schwenkt auf eine Schüssel mit Schokoladeneis und einer tennisballgroßen Portion Schlagobers. »Gönnt euch was, Leute«, haucht sie ins Mikrofon, richtet die Kamera dann wieder auf sich und formt ihre Lippen zum Kussmund. »Dickes Bussi, eure Francis.«

Der Horvath sperrt das Auto auf.

»Sitzt die Mimi lieber hinten oder vorne?«, fragt der Elvis und erinnert den Horvath wieder an sein Versprechen, ihm heute Nacht Unterschlupf in ihrer Wohnung zu gewähren.

»Mimi …« Der Horvath schaut sich um.

»Ich werd euch nicht lange zur Last fallen, versprochen. Wenn ich sicher weiß, dass die Russen nicht hinter mir her sind, kann ich wieder im Puff schlafen. In zwei Wochen bin ich sowieso auf Koh Phangan.«

Der Horvath hört nur zur Hälfte zu. »Mimi!«, ruft er.

»Ich bin hier, Hase«, trällert sie und kommt auf ihn zu. »Die Nervosität hat mir ein bisserl auf die Blase gedrückt.« Sie küsst den Horvath auf den Mund und hüpft um das Auto herum. »Der Elvis kann vorne sitzen. Ich bin das so gewohnt, wenn der Shaman mitfährt. Dem wird hinten nämlich immer schlecht.«

»Mir wird hinten auch schlecht«, erwidert der Elvis mit einer Euphorie, als hätte er eine gemeinsame Superkraft mit dem Shaman entdeckt.

27

Elvis' Schnarchen, das trotz geschlossener Türen ins Schlafzimmer gedrungen ist, hat dem Horvath eine unruhige Nacht beschert. Ohne die Augen zu öffnen, dreht er zuerst den klingelnden Wecker ab und streckt danach seinen Arm auf die andere Hälfte des Bettes. Mit einem Schlag ist er hellwach. Mimis Seite ist leer, das Kissen ausgekühlt und ihre Decke ein verwickeltes Knäuel, auf dem eines der Kätzchen liegt. Dabei ist die Mimi alles andere als eine Frühaufsteherin. Der Gedanke, die Mimi könnte unter Elvis' Decke liegen, paralysiert den Horvath einen Augenblick. Dann erkennt er die Absurdität dahinter, steigt aus dem Bett und zieht sich ein Shirt über.

Er findet die Mimi in der Küche sitzend, den Kopf auf den Tisch gelegt und gleichmäßig atmend. Sie ist vollständig bekleidet, ganz in Schwarz wie am Abend zuvor. Der Horvath wundert sich. Hat er nur geträumt, dass sie nach dem Zähneputzen nackt zu ihm unter die Decke geschlüpft und neben ihm eingeschlafen ist?

Leise verlässt er den Raum und durchquert den schmalen Flur. Er wird unter die Dusche gehen und die Mimi danach aufwecken, damit sie sich für ihren Dienstantritt bei Dr. Freilich fertig machen kann. Bestimmt lässt sich ihre Kündigung rückgängig machen, denn ohne sie sind sowohl Dr. Freilich als auch er in der Ordination aufgeschmissen.

Die Attacke erfolgt in dem Moment, als er die Badezimmertür öffnet. Brüllend wehrt er den Angreifer ab und springt zurück. Er wirft sich auf den Boden und tritt die Tür mit den Füßen zu.

Die Mimi steht augenblicklich neben ihm.

»Wie kommt der grantige Gockel in unser Bad?« Der Horvath rappelt sich auf und starrt die Mimi ungläubig an.

Die Mimi zieht scharf Luft ein. »Wegen den Katzerln hab ich nicht g'wusst, wo ich ihn unterbringen soll. Ich wollt es dir eh sagen, aber du hast so fest g'schlafen …«

Seine Spielzeugpistole im Anschlag, stürmt der Elvis in Unterhosen aus dem Wohnzimmer. »Ist was passiert?«

»Erst die Katzen, dann der Elvis und jetzt der Gockel. Unsere Wohnung ist nicht die Arche Noah. Wie hast den gestern eigentlich unbemerkt ins Auto bekommen?« Der Horvath streicht sich die schweißnassen Haare zurück. »Du hast den Gockel entführt, als du gesagt hast, du wärst pinkeln g'wesen, stimmt's?«

Die Mimi verneint mit einem Kopfschütteln. »Da hab ich g'schaut, wie ich am besten auf das Grundstück komm. Mitgenommen hab ich den Kinski erst in der Nacht, als ich noch einmal dort war.«

»Kinski?«, fragen der Horvath und der Elvis zeitgleich.

Die Mimi öffnet die Tür einen Spalt.

»Mimi!«, warnt der Horvath. »Pass auf, der ist geisteskrank. Der fällt dich an mit deinen roten Haaren, hast eh gesehen, was er bei mir gemacht hat.«

Die Mimi tritt ins Badezimmer. »Braver Kinski. Ganz braver Kinski«, flüstert sie. »Er akzeptiert mich als seine Ranghöchste. Deshalb solltest lieber das rote Leiberl ausziehen, Hase.«

Der Horvath ringt um Fassung. »Alle anziehen und fertig machen. In zwanzig Minuten fahren wir zu Maria und Shaman. Das gilt auch für den psychopathischen Gockel.«

»Du nimmst den glatzerten Guru bei dir auf, aber ein Gockel kann dich nicht erweichen?« Der Horvath brüllt die letzten Worte durch das Auto, während er mit zu hoher Geschwindigkeit über die Ringstraße brettert. Im Rückspiegel sieht er, wie Elvis sich die Ohren zuhält.

»So ein Tier braucht eine Eingewöhnung, aber die Zeit haben wir nicht. Ich muss die Tanja auf der Gemeinde vertreten, und der Shaman ist mit seiner Higher-Self-Meditationsgruppe beschäftigt.« Der Horvath hat die Soundbox vom Auto auf volle Lautstärke gedreht, und Marias Stimme dröhnt blechern durch die Freisprechanlage.

»Higher Self?«, wiederholt der Horvath. »Das Ego vom Shaman ist doch eh schon komplett überhöht.« Das Display wird schwarz. Maria hat den Anruf beendet.

Streng genommen spielt das im Moment gar keine Rolle, denn der Horvath hat es nicht geschafft, den aggressiven Hahn ins Auto zu verfrachten, und die Mimi war nicht dazu bereit, ihm zu helfen.

»Ich weiß gar nicht, warum ich in die Ordi mitfahren soll. Ich hab dir ja g'sagt, dass ich kündigt hab. Sogar die Frauenärztin hat sich von mir verabschiedet. Ich find's komisch, da jetzt wieder aufzutauchen. Außerdem ist mir schlecht.«

Der Horvath zieht an seiner Melonen-Vape, die er sich nach dem Schock der frühen Morgenstunden an der Tankstelle gegönnt hat. »Alle scheinen deine Drogen überlebt zu haben, also kannst die Kündigung auch zurückziehen.«

»Ich hab dir doch schon g'sagt, dass ich ihnen gar keine Drogen geben hab«, protestiert die Mimi, lässt es danach aber gut sein. Sie wirkt müde, gähnt ausgiebig und lehnt den Kopf ans Seitenfenster. »Die Schulmediziner sind ignorant und überhaupt nicht offen für ein ganzheitliches Verständnis für Natur und Erde. Wenn man mit denen über das Medizinrad reden will, suchen s' im Internet nach passenden Felgen.«

Die Fahrt durch die Wachau besänftigt den Horvath. Sein Auto gleitet über die kurvige Straße. Die Weinberge sind tiefgrün und erstrecken sich bis zum Horizont. Er lässt die Scheibe herunter und atmet den Duft von frisch gemähten Wiesen ein. Alles ist halb so schlimm, sagt er sich. Mimis Einbruch bei Franzi Schütz scheint unbemerkt geblieben zu sein, der Rest wird sich von selbst regeln.

Im Dorf angekommen, lässt der Horvath den Elvis vor Marias Haus aussteigen. Er biegt zum Dorfplatz ab und parkt das Auto vor der Ordination. Beim Betreten der Arztpraxis vernimmt er das Klackern der Computertastatur aus Dr. Freilichs Behandlungszimmer. Er wirft einen Blick auf die Wanduhr und wundert sich, wie genau es der Arzt heute mit der Pünktlichkeit nimmt.

Die Mimi ruft der halb geschlossenen Tür ein unsicheres »Hallo« entgegen, das Dr. Freilich sofort aus seinem Zimmer lockt. Mit gerötetem Kopf und tiefen Furchen um die Augen steht er vor ihnen. »Mimi«, presst er flüsternd heraus, als wäre ihr Name etwas Verbotenes. »Holen S' Ihre Sachen ab?«

»Die Mimi zieht ihre Kündigung zurück«, erwidert der Horvath anstelle von der Mimi, die sich wie ein kleines Mädchen auf den Schreibtisch setzt und nervös mit den Füßen wackelt. »Sie war ein bisserl überfordert von der Gesamtsituation. Stimmt's, Mimi?«

Dr. Freilich scheint erst jetzt Notiz vom Horvath zu nehmen. Er mustert ihn kurz und lacht auf. »Horvath, du bist ein ganz anderer Mensch mit dem Blumerlhemd. Man erkennt dich fast nicht.«

Horvaths Hand streift reflexartig über die Knopfleiste, die sich schief und uneben anfühlt. Hat die Mimi überhaupt bemerkt, dass er ihr zuliebe wieder eines der Hemden trägt, die sie für ihn genäht hat? Es ist der stumme Versuch, ihr seine Verbundenheit und Reumütigkeit zu zeigen. Wenn ein skrupelloser Zuhälter zum Feministen wird, wird er es ja wohl schaffen, seine schärfsten Ecken und Kanten zumindest etwas zu schleifen.

Dr. Freilich tritt näher an die beiden heran. »Horvath, Mimi«, sagt er in einem Ton, der erahnen lässt, dass er mit sich hadert. »Es hat Beschwerden gegeben. Es heißt, dass Mimi den Patienten irgendeine Substanz verabreicht hat.«

Die Mimi schaut betreten zur Seite, während der Horvath auf Konfrontationskurs geht. »Ihr Ärzte gebt den Patienten jeden Tag Substanzen, die sie in eine medizinische Endlosschleife befördern. Bei dem, was die Mimi ihnen gegeben hat, waren sie wenigstens gut drauf.« Der Horvath spürt Mimis Augen auf sich. Er erwidert ihren Blick. »Die Mimi hat nichts Falsches gemacht.«

»Außerdem hab ich ihnen gar nichts verabreicht –«, geht die Mimi dazwischen, aber Dr. Freilich fällt ihr ins Wort. »Wie dem auch sei. Ich weiß, dass die Frau Mimi es nur gut meint, trotzdem kann sie nicht mehr in meiner Ordi arbeiten.« Er schafft es kaum, die Mimi anzusehen. »Das gilt auch für dich, Horvath. Ich komm in Teufels Küche. Ab morgen übernimmt die Brigitte stundenweise, bis ich eine neue Vertretung hab.«

Der Horvath verspürt Erleichterung. Die Ermittlungen im Umfeld der Arztpraxis sind ohnehin abgeschlossen, und er hat neben dem Fall auch noch ein Buch zu schreiben.

»Ich wär euch aber dankbar, wenns den heutigen Dienst noch machts ...«

»Natürlich machen wir den Dienst«, erwidert die Mimi, streicht sich eine rote Strähne hinter das Ohr und schenkt dem Horvath ihr typisches Zwinkern, mit dem sie ihn immer wieder um den Finger wickelt.

Der Horvath lässt sich auf den Schreibtischsessel fallen und startet den Computer. »Aber die rosa Fetzen zieh ich heute sicher nicht an«, protestiert er, um wenigstens etwas Widerstand zu demonstrieren.

Dr. Freilich atmet hörbar erleichtert auf. »Frau Mimi, Sie halten sich heut besser im Hintergrund. Vielleicht können S' die Inventurliste durchgehen.« Mit diesen Worten verschwindet er zurück in sein Behandlungszimmer.

»Superlieb, dass du mich so verteidigt hast.« Die Mimi schwingt sich vom Schreibtisch und legt von hinten ihre Arme um den Horvath.

Der Horvath schaltet mit einer Hand den Anrufbeantworter ab und tätschelt mit der anderen Hand die ihre. »Vergiss die Inventurliste. Schau dich lieber nach einem Hof um, wo wir deinen Kinski unterbringen können.«

Die Mimi drückt ihm einen Kuss auf die Wange. »Wer bist du, und was hast du mit meinem sturen, grantigen Horvath g'macht?«

Fünf Minuten später verlässt die Mimi die Ordination, und der Horvath rennt wie üblich zwischen dem Telefon, den Behandlungsräumen und dem Anmeldepult hin und her. Den Blick laufend auf die Uhr gerichtet, stellt er fest, dass die Zeit hier drinnen langsamer zu vergehen scheint. Als er sich einredet, der Tag könne nicht schlimmer werden, treiben ihn Frau Weber mit ihrem verschütteten Urinbecher und ein Kleinkind, das sein unverdautes Frühstück im halben Wartezimmer verteilt, an die Grenzen seiner Geduld.

Schweißnass lässt er sich am Schreibtisch nieder. Seit Dienstbeginn sind keine zwei Stunden vergangen. Er greift nach seiner Kaffeetasse, führt sie an den Mund und senkt sie wieder, als Franzi Schütz vor ihm steht.

Franzi scheint überrascht zu sein, ihn hier zu treffen, was den Horvath wundert, denn in einem Dorf mit so vielen geschwätzigen Leuten machen Neuigkeiten schnell die Runde. Ihre Miene nimmt arrogante Züge an. Sie schiebt ihre E-Card durch das halb geöffnete Fenster und strafft die Schultern. »Ich hol mein Diätpulver ab«, sagt sie, ohne ihn direkt anzusehen.

Der Horvath steckt die E-Card in das Lesegerät und tippt ihren Namen in die Suchleiste der Patientenakten. Aus der Ordinationsapotheke holt er die Packung mit dem Pulver, das Franzi Schütz laut Akte seit einem halben Jahr zu sich nimmt. Er reicht es ihr und druckt die Rechnung aus.

Franzi Schütz schüttelt zuerst die Packung, dann den Kopf. Ihre falschen spitzen Nägel schlitzen das Klebeband auf, als hätte sie Messer an ihren Fingerkuppen. Sie zieht eines der Säckchen heraus und schüttelt erneut den Kopf.

»Diese Sackerl sind ja viel kleiner. Und normalerweise sind sie weiß und nicht blau.« Sie betrachtet das Säckchen, dreht es herum und schleudert es dem Horvath entgegen. »Von außen schaut die Packung gleich aus, trotzdem ist es nicht das Pulver, das ich sonst hab. Ich will mit Dr. Freilich sprechen.«

»Der ist gerade in einer –«

»Da!«, ruft Franzi Schütz und deutet mit ausgestrecktem Arm über Horvaths Schulter. »Dahinten liegt mein Pulver.« Der Horvath dreht sich auf seinem Schreibtischsessel und versucht herauszufinden, was Franzi meint. »Das?«, fragt er und greift nach dem Beutel mit Christel Hulatschs hochkalorischer Trinknahrung.

»Genau das will ich wieder haben.«

Irritiert starrt der Horvath auf die Packung mit dem Diätpulver, dann auf das Säckchen in seinen Händen. »Ich muss erst etwas mit Dr. Freilich klären, bevor ich –«

»Ich frag mich, warum man dich als Arzthelferin eing'stellt hat, wenn du nicht einmal die richtigen Sachen ausgeben kannst.«

»Arzthelfer«, korrigiert der Horvath.

Franzi Schütz kehrt ihm schwungvoll den Rücken zu. »Vergiss es. Solange hier so unfähiges Personal arbeitet, werd ich mir einen anderen Arzt suchen«, ätzt sie und stolziert auf klappernden Absätzen aus der Praxis.

Über Horvaths Gesicht zieht sich ein Grinsen. »Hulatsch, du gerissenes Luder. Du beeindruckst mich immer wieder«, murmelt er.

In der folgenden Stunde kann der Horvath kaum erwarten, dass die Mimi zurückkommt, um ihr alles zu erzählen. Als er sein Auto auf den Parkplatz rollen sieht, spürt er freudige Erregung in ihm hochsteigen. Die neue Erkenntnis ändert nicht viel am aktuellen Stand der Ermittlungen, aber sie wird Mimis unerleuchteten Stellen die gleiche Genugtuung verschaffen wie ihm.

Christel Hulatschs Plan, Franzis Diätpulver, das ihr dabei helfen sollte, ihre Mahlzeiten schneller zu verdauen, gegen Astronautennahrung auszutauschen und ihr auf diese Weise zwanzig zusätzliche Kilos auf die Hüften zu zaubern, grenzt an bösartige Genialität, die der Horvath innerlich feiert.

Die Tür zum Wartezimmer wird geöffnet. In Erwartung, die Mimi zu sehen, springt der Horvath auf, doch anstatt der Mimi betritt eine Patientin mit Knieverband die Ordination. Der Horvath lauscht. Er vernimmt Mimis Stimme von draußen, stellt sich ans gekippte Fenster und entdeckt sie neben Dr. Senta Braun. Mit einer Handbewegung ist das Fenster geöffnet. Er lehnt sich hinaus und fühlt, wie der Wind seine schweißnasse Stirn trocknet.

»Ich sperr die Ordi in einer Stunde auf, dann können S' das bestellte Schwangerschaftspräparat abholen«, hört er Dr. Senta Braun. »Wie geht's Ihnen mit der Morgenübelkeit?«

Der Horvath muss sich am Fensterbrett festhalten. Er kann nicht glauben, was er da hört. Den Moment, von Mimis Schwangerschaft zu erfahren, hat er sich anders vorgestellt. Ganz anders.

Die Mimi erwidert etwas. Ihre Worte werden vom Wind weggetragen, aber es spielt keine Rolle. Nichts spielt eine Rolle.

Dr. Braun klopft der Mimi auf die Schulter und verschwindet aus Horvaths Sichtfeld. Mimis Blick schweift zum Fenster. Als sie den Horvath sieht, reißt sie ihren Arm hoch und winkt. »Hase, ich hab ein schönes Platzerl für den Kinski g'funden!«, ruft sie ihm entgegen.

Der Horvath stößt das Fenster zu und lehnt sich ans Waschbecken. Seine Gedanken rattern, seine Augen fliegen über den Wandkalender. Egal, wie krampfhaft er nach einer Erklärung sucht, es gibt nur eine bittere Wahrheit. Die Mimi ist schwanger, aber das Kind kann unmöglich von ihm sein.

28

Es scheinen Stunden zu vergehen, bis die Mimi vor ihm steht und ihn mit erwartungsvollen großen Augen anschaut. »Hase, hast du g'hört, was ich g'sagt hab?«, fragt sie und zupft am schiefen Ärmel seines Hemdes, in dem er sich mit einem Mal wie eine Witzfigur fühlt.

Nein, er hat nichts von dem gehört, was sie gesagt hat, und er will auch nichts hören. Den Blick noch immer auf den Kalender gerichtet, zählt er zum zehnten Mal stumm die Tage bis zum letzten gemeinsamen Eisprungritual. Es liegt mehr als drei Monate zurück. Danach drehte sich bei der Mimi alles um ihr neues schamanisches Business.

Aber das ist nur die halbe Wahrheit, muss sich der Horvath eingestehen. Denn nicht nur die Selbstständigkeit fordert ihre komplette Aufmerksamkeit, sondern auch ein bestimmter Mann in ihrem Leben, mit dem sie Tage und Nächte verbringt. Shaman.

Dem Horvath wird schlecht.

»Geht es dir gut, Hase?« Die Mimi wirkt besorgt, doch der Horvath lässt sich nicht täuschen. So hinterhältig, wie sie ihn betrügt, muss er ihr völlig egal sein.

Die Mimi ruckelt an seinen Schultern. »Hast du nicht g'hört, wen ich draußen troffen hab?«

Jetzt wird der Horvath klar und hellhörig. »Ich habe es deutlich gesehen und gehört.« Seine Worte sind wie scharfe Klingen, die er sich ins eigene Fleisch rammt.

»Worauf wartest dann noch? Wir müssen sofort zu Christels Haus.«

Der Horvath kneift die Augen zusammen. »Von was redest du?«

»Von was redest du denn?«, gibt die Mimi zurück. Sie bewegt sich fahrig und zwinkert hektisch. »Draußen steht Bennys Vater und erzählt, dass einer im Haus von der Christel herumgeistert.«

Der Horvath steckt sein Handy in die Hosentasche und rennt aus der Ordination. Er wird Christel Hulatschs Haus stürmen und sich danach von der Mimi trennen.

Die Mimi und der alte Stahl rennen hinter dem Horvath her. Der alte Stahl bleibt zuerst auf der Strecke, und sein Gebrüll von dem bösen Engel, der zurück sei, verliert sich in der Ferne. »Hase, warte!«, keucht die Mimi, die mit ihrer Kondition sonst mühelos mit ihm Schritt halten kann. Doch heute ist der Horvath der Stärkere, wird angetrieben von der Wut auf die Mimi, auf den Shaman und auf sich selbst.

Vor Christel Hulatschs Haus zieht er in Erwägung, einfach weiterzulaufen, nicht mehr stehen zu bleiben, bis er das Dorf und alle Menschen hinter sich gelassen hat. So wie es der Rudi gemacht hat, als er sich eingestehen musste, dass es keinen Weg zurück zur Maria gibt.

Nein, schimpft Kommissar Krüger. *Du gehst da rein, stellst den Einbrecher und löst den Fall. Du bist ganz nahe dran, Kollege. Du bist der Held dieser Geschichte. Deine Wunden kannst du später lecken, aber jetzt sei ein Mann und tu, was du tun musst.*

Mit einem Sprung ist der Horvath über dem Gartenzaun, ist der Inbegriff eines Verlierers, der sich kurz vor der endgültigen Niederlage zu Höchstleistungen aufbäumt. Er tritt die Haustür ein und findet sich in Christel Hulatschs kahlem Vorzimmer wieder, in dem sich der Geruch von sauber geputzten Schuhen mit Lavendel vermischt. Sein Pfefferspray im Anschlag, stößt er eine Tür nach der anderen auf. Ein vertrauter Duft reizt sein Erinnerungsvermögen und treibt ihn die Treppe hoch ins Obergeschoss.

Die dunkle Silhouette am obersten Absatz lässt ihn zusammenzucken. Zu spät. Ein Fuß trifft ihn an der Schläfe, bringt die alte Wunde zum Platzen und befördert ihn rückwärts die

Treppe hinunter. Verwundert darüber, einen derartigen Sturz überlebt zu haben, schüttelt er sich und spürt im nächsten Moment warmen Bierdunst in seinem Gesicht.

»Horvath ... Mah, Oida. Mit dir hab ich nicht gerechnet.« Der Horvath braucht Minuten, bis er die Stimme und das Gesicht einer Person zuordnen kann. Trotzdem kann er nicht glauben, wer da vor ihm steht, sein Shirt über die kahle Brust zieht und es ihm auf den Kopf drückt.

»Rudi!«, lallt er und fühlt sich zunehmend näher an der Ohnmacht. Er zwickt die Augen zu Schlitzen zusammen und fasst dem Mann, der hinter dem Nebel der Bewusstlosigkeit wie sein Bruder aussieht, ins Gesicht. »Bist du das wirklich?«

Der Horvath vernimmt dumpfe Schritte, die den Rudi aufscheuchen. Er greift nach Horvaths Pfefferspray und stellt sich schützend vor ihn. »Schleich dich, oder ich mach dich blind.«

»'tschuldigung, aber können S' bitte die Waffe aus meinem Gesicht nehmen?«

»Rudi«, stöhnt der Horvath und streckt seine Beine von sich, die glücklicherweise nicht gebrochen zu sein scheinen. »Das ist der Elvis. Der tut nix.«

»Hase!« Die Mimi tritt wie die Akteurin eines schlechten Bühnenstücks ebenfalls in Horvaths eingeschränktes Sichtfeld. »Du bist voller Blut. Wer ...?« Sie stockt. »Rudi? Warst du das? Was machst du hier?«

»Ich werd die Maria zurückerobern. Ich spür genau, dass da noch was ist zwischen uns.«

Der Horvath wischt sich das Blut aus den Augen. »Ist dein Realitätsverlust etwas Pathologisches oder nur normal deppert?« Sein Kopfschütteln löst ein Schmerzgewitter in ihm aus.

»Elvis, hilf mir. Wir müssen ihn runter ins Bad bringen.« Der Horvath spürt die Mimi und den Elvis an seiner Seite. Die beiden zerren ihn auf die Beine und schleppen ihn Stufe für Stufe zum Waschbecken ins Untergeschoss. Weil ihm nichts anderes übrig bleibt, als sich helfen zu lassen, lässt er alles über sich ergehen. Den Waschlappen in seinem Gesicht, das Herumgetupfe an seiner Wunde und das wirre Durcheinandergerede.

Zurück ins Leben befördert den Horvath jedoch nicht der kühle Lappen in seinem Genick, sondern Shamans Stimme. Mit seiner Anwesenheit kehrt auch die Erinnerung an die letzten Minuten vor Rudis Attacke zurück. Mit beiden Armen wehrt der Horvath die Mimi und den Elvis ab. »Finger weg!«, krächzt er und betrachtet zuerst seinen geschundenen blutverschmierten Schädel, danach Shamans scheinheiliges Gesicht im Spiegel. Er dreht sich um und nimmt den Guru ins Visier.

»Was macht der Glatzerte hier?«, fragt er, obwohl er den Shaman direkt anschaut. Er spürt, wie sein Körper langsam kippt, und hält sich an der Kante des Waschbeckens fest.

»Shaman, ruf die Rettung!«, weist die Mimi den Guru an.

»Ich hab mein Handy in der Ordi, und der Elvis –«

»Der Pimperschamane ruft gar keinen an.«

»Aber Hase, was ist denn …?«

»Gusch, Mimi. Ich will jetzt dem Shaman zur Vaterschaft gratulieren.«

Shamans Gesicht färbt sich bis über den nicht vorhandenen Haaransatz rot. Beinahe meint der Horvath, ein verlegenes Lächeln um seine Mundwinkel zu erkennen. Hätte er sich nicht soeben mehrfach bei seinem Treppensturz überschlagen, würde er dem Guru jetzt an die Gurgel gehen.

»Deswegen sollte die Maria mit einer roten Perücke herumrennen.« Der Horvath lacht verbittert auf, während er Notiz von Rudis verwirrtem Blick nimmt. »Aber dann war dir das Original doch lieber.« Der Horvath nickt in Mimis Richtung.

»Leute, setzen wir uns hin und reden wir in Ruhe«, mischt der Elvis sich ein, erntet jedoch keine Reaktion.

»Bruder, du glaubst doch nicht im Ernst, dass ich will, dass die Marilou wie die Mimi ausschaut?«

Der Horvath summt den Gewinn-Jingle der Millionen-show und grinst so breit, dass seine Kopfwunde noch weiter zu reißen droht. Der Shaman macht einen Schritt auf den Horvath zu. Der Horvath hebt in einer Drohgebärde die Fäuste. »Bruder, die Perücke hab ich für mich kauft, nicht für die Marilou.« Der Horvath verzieht angeekelt das Gesicht. »Das heißt, du wirst nicht geil, wenn du dir vorstellst, dass die Maria die Mimi ist, sondern du wirst geil von dem Gedanken, dass du selber die Mimi bist?«

»Bruder, sei nicht deppert. Ich wollt nicht, dass die Marilou die Perücke aufsetzt. Ich hab sie für mich kauft, weil wir auf unserer Elisabeth-Plainacher-Gedenkpilgerung alle rote Perücken aufsetzen. Aus Solidarität für die Frauen, die der Hexenverfolgung zum Opfer gefallen sind. Aber die haben wir ja jetzt abgesagt ...«

»Wer ist die Marilou?«, fragt der Rudi.

»Das ist der neue Name von der Maria«, erklärt der Elvis im gewohnt freundlichen Ton, der absurd fehl am Platz wirkt.

»Die Perücke war für dich selber?«, ertönt Marias Stimme, die hinter dem Shaman das Badezimmer betritt. »Mah, ich schäm mich so.« Sie zieht sich die falschen roten Haare vom Kopf und schüttelt ihre platt gedrückten Locken.

»Schämen sollt sich der Pimperschamane.« Der Horvath dreht sich mühsam in Mimis Richtung. »Und du! Ich zieh mir Hemden an, in denen ich ausschau wie ein Trottel. Sogar dieses depperte Elektroauto, das ich nur wegen dir gekauft hab, schaut aus wie ein Trottel.« Er beißt sich auf die Unterlippe. »Ich hab dich und die Frauenärztin am Parkplatz gehört. Ich gratuliere zur Schwangerschaft.«

Die Mimi steht mit offenem Mund da, während die Maria verlegen hüstelt und zwischen dem Horvath und dem Rudi hin- und herschaut. »Also, soweit ich weiß, bin ich die einzige Schwangere im Raum.«

»Die Marilou und ich kriegen ein Butzi«, schiebt der Shaman hinterher. »Die Mimi hat schon g'schrieben, dass die Schulmedizinerin sie mit der Marilou verwechselt hat.«
Erneut taumelt der Horvath. Das alles kann doch nur ein Fiebertraum sein. »Du mit deinem maroden Knie?«, ist das Einzige, was dem Horvath in dieser Situation einfällt.
»Ein hiniches Knie ist kein zuverlässiges Verhütungsmittel«, erwidert die Maria und zuckt mit den Achseln.
»Du hast meine Frau geschwängert?«, fährt der Rudi den Shaman an.
»Wir sind seit drei Monaten offiziell geschieden, und ich bin jetzt die Seelenpartnerin vom Shaman.« Die Maria hakt sich beim Shaman unter und reckt trotzig das Kinn in Rudis Richtung. Der Horvath findet es seltsam, die Maria und den Rudi wieder nebeneinander zu sehen. Sie stehen da wie zwei Möbelstücke unterschiedlicher Epochen und Stilrichtungen, die so gar nicht miteinander harmonieren.
»'tschuldigung, dass ich mich einmisch, aber wir sollten den Horvath ins Krankenhaus bringen. Seine Wunde gehört dringend genäht.« Der Elvis fächert dem Horvath, dem der Schweiß aus allen Poren strömt, mit der Hand Luft zu.
Die Mimi nickt zustimmend. Wie zuvor nehmen die Mimi und der Elvis den Horvath links und rechts in den Griff und hieven ihn aus dem Badezimmer. Der Horvath weiß nicht, was er von alldem halten soll. Hat er ein Schädel-Hirn-Trauma, von dem er halluziniert, oder passiert das alles wirklich?
»Was machst du eigentlich im Haus von der Hulatsch?«, spricht Kommissar Krüger durch Horvaths Mund und wendet sich an den Rudi. »Bist du ihr Komplize im Bürgermeisterskandal?«
Rudis Augen haften noch immer am Shaman. »Komplize? Was meinst du? Ich schlaf hier. Mein Zuhause wird ja von einem Scharlatan besetzt, der meiner Frau das Gehirn gewaschen hat.«
»Moment …« Die Maria stemmt die Hände in die Hüften.

Ihre Blicke werden zu Pfeilen, die sie nacheinander auf den Rudi abfeuert. »War das Schlaflager im Stadl etwa von dir? Hast du durch meine Fenster g'spechtelt?«

Der Rudi nickt ohne jegliches Schuldbewusstsein.

»Aber Hauptsache, alles auf den Benny schieben.« Die Mimi gibt ein verächtliches Schnauben von sich, das im nächsten Moment in einen Weinkrampf übergeht. »Der Benny hat mit dem Gedanken sterben müssen, dass ihn alle für einen Perversen halten.«

Der Elvis reißt ein Stück Klopapier von der Halterung und reicht es der Mimi. Sie schnäuzt geräuschvoll und wirft das zerknüllte Papier in die Toilette.

»Ich wollt nur schauen, ob es dir gut geht«, rechtfertigt sich der Rudi nun doch.

»Das ist dir ein bisserl spät eing'fallen.« Die Maria dreht dem Rudi den Rücken zu und fasst sich an den Bauch.

»Deine Eizellen, die dein Guru begattet hat, gehören übrigens mir, immerhin stammen sie aus der Zeit, in der wir zwei verheiratet waren und die künstliche Befruchtung geplant haben.«

Marias Kopf glüht. »Eine künstliche Befruchtung war gar nicht mehr notwendig. Der Shaman hat das ganz allein geschafft. Ein richtiger Mann halt. Keiner, der seine Spermien an alles vergeudet, was bei drei nicht auf dem Baum ist.«

Dem Horvath wird das alles zu viel. Er fasst sich zuerst an die Brust, die vor Prellungen schmerzt, danach an den Kopf. Er muss hier raus, aber so wie es aussieht, wird er das nicht ohne Hilfe schaffen. Er hängt seine Arme um den Elvis und die Mimi und lässt sich von den beiden in die Küche ziehen, wo er auf einen Stuhl fällt. Seine Hand landet auf einem Stapel alter Zeitschriften. Medizinjournale und Fachzeitungen. Dazwischen seine Kommissar-Krüger-Bücher mit zahlreichen Klebemarkierungen und Notizen. Christel Hulatsch wird ihm zunehmend sympathischer.

Der Horvath fächert durch die Seiten und genießt den Luftzug. In seinem Kopf rattert es. Er kann nicht ausmachen, ob es am Sturz liegt oder ob sich soeben ein leiser Verdacht durch das Gewirr aus Missverständnissen und gedanklichen Irrläufern kämpft.

»Ich glaub, ich hab letztens im Keller einen Erste-Hilfe-Koffer g'sehen. Ich schau einmal runter. Kann ich dich mit dem Elvis allein lassen, Hase?«

Der Horvath erwidert nichts, und die Mimi verlässt die Küche mit hängenden Schultern. Dass er sie verdächtigt hat, ihn mit dem Shaman zu betrügen, nagt anscheinend nicht nur an ihm, sondern auch an ihr. Aber das ist nicht der richtige Zeitpunkt, um über Privates nachzudenken. *Überleg, Kollege. Die Antwort ist zum Greifen nahe. Reiß dich zusammen und denk nach.* Kommissar Krüger ploppt auf, rennt aufgescheucht durch die kleine aufgeräumte Küche, die augenscheinlich für Christel Hulatschs Auszug vorbereitet worden ist.

»Keine Mikrowelle, keine Kaffeemaschine, kein Fernseher, kein Computer«, murmelt der Horvath und ist nicht sicher, ob er den Satz nur denkt oder ausspricht.

»Die Geräte hat die Christel der Caritas gespendet. Ihr Laptop ist bei mir. Sie hat ihn mir geborgt, weil die Russen meinen mitgenommen haben.«

Der Horvath ist überrascht. Bisher hat er angenommen, die Polizei habe Christel Hulatschs Computer beschlagnahmt. »Ich brauch das Gerät.«

»Kein Problem, mein Freund. Er liegt zusammen mit meinen Dokumenten sicher in einem Langzeitschließfach.« Der Elvis wühlt einen Schlüsselbund aus seiner Umhängetasche und löst einen kleinen Schlüssel vom Ring, den er dem Horvath zuschiebt.

Mimis Schrei durchflutet den Horvath mit Adrenalin. Sofort ist er auf den Beinen und stürmt, gefolgt vom Elvis, die Treppe hinunter in den Keller.

Das Skalpell in Mimis Händen reflektiert das Licht der

Neonröhre über der Werkzeugbank. »Schau, was ich entdeckt hab. Aber das ist nicht alles.« Die Mimi zieht die oberste Schublade heraus. Skalpelle, Spatel, Klemmen und Pinzetten liegen geordnet und poliert in einem medizinischen Besteckkasten, wie ihn der Horvath zuletzt im Kremser Krankenhaus kurz vor seiner Leistenbruchoperation gesehen hat. In der nächsten Lade finden sich verpackte Tupfer, Latexhandschuhe, Verbände und Nähmaterial. Der Horvath geht näher an die Werkzeugbank heran – oder vielmehr an das, was er irrtümlich für eine Werkzeugbank gehalten hat. Sein Blick gleitet über die blank geputzte Nirosta-Fläche, danach auf die Flaschen mit Desinfektionsmittel, die in Kanistern auf einer Ablage stehen.

Elvis' Blick ist ebenso fasziniert wie Mimis. »Glaubst du, die Christel war verrückt?«, fragt sie.

»Sie war nicht verrückt. Sie war ein Genie«, erwidert der Horvath und schaut sich noch einmal flüchtig in alle Richtungen um. »Das ist kein Keller, das ist ein Operationssaal.« Mit diesen Worten stürmt der Horvath durch den Kellerausgang in den Garten.

»Hase!«, ruft die Mimi besorgt.

»Wir sehen uns daheim«, erwidert der Horvath und lässt den Elvis und die Mimi in Christel Hulatschs Haus zurück. Er muss jetzt allein sein, muss klare Gedanken abseits der anderen fassen. Rudis plötzliches Auftauchen, die Verwechslung rund um Marias Schwangerschaft und seine widersprüchlichen Gefühle für die Mimi dürfen keinen Raum in seinem Verstand einnehmen.

Denk nach, Kollege. Denk nach, drangsaliert ihn Kommissar Krüger, der ihm im Laufschritt hinterhereilt. Mit pochendem Kopf kämpft sich der Horvath durch die Gasse. Ahnungslos, wohin er will, folgt er einer inneren Stimme, der er noch nicht so recht Gehör schenken kann.

Vor Dr. Freilichs Praxis hält er an. Er hat seine Schlüssel noch nicht abgegeben und könnte sich ein starkes Schmerzmittel aus der Ordinationsapotheke holen. Erneut wird er von einer Schwindelattacke heimgesucht und stemmt sich mit beiden Unterarmen gegen die Hausfassade. »Alles in Ordnung?« Dr. Senta Brauns schrille Stimme fährt dem Horvath wie ein Blitz durch den Schädel. Die Ärztin mustert ihn von Kopf bis Fuß. Ihr Blick haftet einige Sekunden am Blümchenhemd, dessen lila-grüner Stoff sich mit Blut getränkt hat. Dann wandern ihre Augen zu Horvaths Wunde. »Meine Güte, sofort in meine Ordi kommen! Das gehört dringend behandelt.«

29

Unbehagen breitet sich im Horvath aus, als er Senta Brauns Praxis betritt. Trotz der wohltuenden klimatisierten Luft fühlt er sich, als würde ihm die Nähe der Ärztin die Brust zusammenschnüren.

Die Ordination ist offiziell geschlossen, und im sonst überfüllten Wartezimmer prangt ein Dutzend leerer Stühle, die stylisher, aber weniger funktional erscheinen als die in Dr. Freilichs spiegelverkehrten Räumlichkeiten.

Seltsam distanziert winkt Dr. Braun den Horvath in ihr Behandlungszimmer. Vielleicht hat er sich in der Frau getäuscht, als er angenommen hat, sie habe es darauf abgesehen, ihn zu verführen. Sie streift Latexhandschuhe über und bedeutet ihm, Platz zu nehmen.

»Hier?«, fragt der Horvath ungläubig und zeigt auf den Untersuchungsstuhl in der Mitte des Raumes. Als ob es nicht reichen würde, dass er bei der Arbeit Pink und privat Blümchenhemden trägt, soll er sich nun allen Ernstes auf diesen Stuhl legen?

Senta Braun nickt. »Da hab ich das beste Licht.«

Der Horvath schaut sich nach einer anderen Lösung um. Vielleicht sollte er gehen, lieber das Krankenhaus aufsuchen, wie die Mimi und der Elvis es ihm geraten haben. Aber die gerahmten Urkunden im Fachbereich Notfallmedizin wecken Vertrauen, und das Deckblatt von ihrer Dissertation zeigt, dass die Ärztin Ahnung von Skalpellen und Nadeln hat. Der Horvath überfliegt den Titel der Doktorarbeit, der imposant klingt, für ihn aber trotzdem nicht mehr als eine Aneinanderreihung von Worten ist, mit denen er nichts anzufangen weiß. *Veränderungen innerhalb primärer und sekundärer Sectiones im Zeitraum 1994 bis 2004. Eine retrospektive Analyse geburtshilflicher Parameter.*

Dr. Senta Braun rollt einen Beistelltisch an den Stuhl heran. Auf einer weißen Unterlage liegen Klammern und eine Schere neben einem Fläschchen Desinfektionsmittel. »Kennen Sie sich damit aus?«

»Ich war zwar nie Bürgermeisterin, aber ich hab ein abgeschlossenes Studium der Humanmedizin. Aber wenn Sie glauben, dass ich mich nur untenherum auskenn, können S' sich ja verkehrt herum auf die Liege legen.« Der Horvath schmunzelt über Senta Brauns Schlagfertigkeit. Trotzdem kommt es ihm seltsam vor, dass sie ihn siezt und auf distanziert macht. Einmal heiß, einmal kalt. Diese unvorhersehbaren Schwankungen scheinen Frauen angeboren zu sein.

Zögerlich nimmt der Horvath auf dem Untersuchungsstuhl Platz und weiß nicht so recht, wohin mit Armen und Beinen. »Schöne Hemden haben Sie in letzter Zeit an. Der neue Lebensabschnitt tut Ihnen offenbar gut.« Senta Braun lächelt, und der Horvath vermutet hinter dem Small Talk den Versuch, ihn zu beruhigen.

»Hat die Mimi für mich genäht.« Der Horvath lenkt das Gespräch nicht ganz unabsichtlich auf die Mimi. Schließlich ist er nach wie vor ein vergebener Mann, auch wenn der Fortbestand seiner Beziehung nach den falschen Anschuldigungen vermutlich am seidenen Faden von Mimis Geduld hängt. Eine verfängliche Situation mit Senta Braun wäre der Todesstoß für die Mimi und ihn.

Senta Braun zuckt kaum merklich zusammen. Trotzdem entgeht dem Horvath ihre Reaktion nicht. Mit einem seltsamen Ausdruck setzt sie sich auf den Hocker und rollt an ihn heran.

»Horvath, bei der Arbeit halt ich es normalerweise ein bisserl förmlicher, aber heute mach ich eine Ausnahme«, sagt sie, und es klingt beinahe hypnotisch. »Warum hast das nicht schon längst nähen lassen?« Sie richtet die Lampe auf seinen Kopf. »Ich werde die Wunde zuerst reinigen und sie danach verschließen. Wenn alles fertig ist, bekommst du eine Tetanusspritze, gut so?«, erklärt sie in einem Ton, in dem sie ihm ebenso sexuelle Avancen machen könnte.

Der Horvath, dem Ärzte generell suspekt sind, will es gar nicht so genau wissen. Er schließt die Augen und gräbt die Finger in die Oberschenkel.

»Das ist eine ordentliche Platzwunde. Wie ist das denn passiert?«, haucht Senta Braun und tastet seinen Kopf ab.

»Ermittlungen«, gibt er zurück. Ihm wird schon jetzt schlecht und schwindelig, wenn er sich das Prozedere vorstellt, das ihn erwartet. Wenn doch nur die Mimi hier wäre und seine Hand hielte. Wenn nicht anders möglich, würde er sich auch mit dem Elvis zufriedengeben.

»Ermittlungen?«, wiederholt Senta Braun. »Aber doch nicht im Fall von Christel Hulatsch und Eva Bergmann? Es ist längst bekannt, wer der Mörder war.«

»Der Benny hat die Frauen nicht umgebracht.«

Der Horvath spürt etwas Kaltes an seiner Wunde und wagt es nicht, die Augen zu öffnen.

»Und wer dann, wenn nicht der Benny? Meinst du, dass der Bürgermeister und seine Frau etwas mit den Morden zu tun haben?«

Der Horvath vernimmt Dr. Brauns süßen Atem an seiner Wange. Sein Körper versteift sich.

»Das schließe ich aus«, erwidert er und beißt sich auf die Lippen. Ob ausgeliefert oder nicht, er muss professionell bleiben und darf sich keine weiteren Details zum Fall entlocken lassen. Einmal im Umlauf, breiten sich Gerüchte wie ein Lauffeuer aus, und das kann der Horvath nicht gebrauchen, solange er dabei ist, im Kreis von Christel Hulatschs Peinigerinnen zu ermitteln.

»Tief einatmen und langsam ausatmen«, weist Dr. Senta Braun ihn an. Er spürt einen Schmerz in der Schläfe, dem ein Prickeln folgt. »Ich hab dir eine örtliche Betäubung injiziert. Schließlich will ich nicht die Rolle der Sadistin in deinem nächsten Buch kriegen.«

Horvaths Lachen ist einseitig, denn die Betäubung wirkt rasch und lähmt seine gesamte linke Gesichtshälfte. Seine Wangen ziehen nach unten, als hingen schwere Gewichte daran. »Christel Hulatsch hatte ein umfangreiches medizinisches Wissen«, lallt er, ohne zu wissen, warum er die Ärztin mit dieser Information füttert. Dr. Brauns Berührungen fühlen sich dumpf an. »Wenn man so lange als Ordinationshelferin und im Labor arbeitet, nimmt man sicher das eine oder andere mit, aber von medizinischem Wissen zu reden, halt ich für übertrieben.« Liegt es an der Spritze, oder vernimmt der Horvath einen seltsamen Unterton in Senta Brauns Stimme?

»Nicht erschrecken«, säuselt sie und ist wieder ganz der verführerische Vamp, der ihm in letzter Zeit liebeshungrig wie eine Gottesanbeterin aufzulauern scheint. »Ich fange jetzt an, die Wunde zu verschließen.«

Beim Verlassen von Dr. Brauns Ordination liegt ein Druckverband um seinen Kopf, unter dem ein ruhiggestellter Schmerz pocht. Mimis Anruf kommt in dem Moment, als er ins Auto steigt. Der Klingelton hat etwas Anklagendes. Eine Welle der Schuld flutet Horvaths Gedanken. Er hat die Mimi und die anderen in Christel Hulatschs Haus zurückgelassen, hat sich wie ein Verräter aus der Affäre gezogen. Jetzt ist es nicht nur angebracht, sich bei der Mimi zu entschuldigen, sondern auch beim Guru.

»Ja?«, meldet er sich und wappnet sich für eine Flut von Fragen und Vorwürfen.

»Hase, wir sind bei der Maria. Komm bitte gleich vorbei. Es gibt ein Problem.« Kaum hat die Mimi die Worte zu Ende gesprochen, reißt die Verbindung ab.

Der Horvath starrt auf das dunkle Display. Es muss etwas passiert sein, was sie aus der Bahn geworfen hat. Das Wort »Problem« kommt in Mimis Vokabular sonst nie vor. Sie umschreibt Probleme gern mit Formulierungen wie »Learnings«

oder »Pachamamas Herausforderungen«, was ihn jedes Mal an den Rand des Wahnsinns treibt.

Im Auto ist es brütend heiß. Mit heruntergelassenen Fensterscheiben fährt er zu Marias Haus und stellt das Auto neben ihrem Traktor ab. Beim Aussteigen vernimmt er leises Gemurmel, das aus der Scheune zu kommen scheint. Irgendetwas in ihm rät ihm, umzudrehen, rät ihm, von hier zu verschwinden. Irgendetwas stimmt hier nicht.

»Hallo?« Der Horvath stößt das Tor auf und tritt in die düstere, schwüle Scheune. Eine matte Glühbirne erhellt die Umgebung gerade so stark, dass er zwischen Strohballen schemenhaft ein paar Gestalten ausmachen kann. Die Mimi, den Shaman und den Elvis, etwas abseits die Maria in ihrem sackartigen Kleid, aber da ist eine weitere Person. Der Rudi?

»Mimi?«, ruft er, bleibt stehen und lauscht.

Mimis Hilferuf erklingt in der Sekunde, als er die Frau erkennt, die sich hinter Maria aus der Dunkelheit schält. Conny Albrechts linker Arm liegt um Marias Hals, während ihre rechte Hand eine Pistole auf Marias Bauch richtet.

»Jetzt ja keine Panik auf der Titanic und keinen Blödsinn machen«, zischt sie. Sie schiebt die Maria in die Mitte der Scheune und weist den Horvath mit einer Geste an, sich zu den anderen zu stellen.

Der Horvath zögert keine Sekunde, hebt die Arme und bewegt sich langsam zu Mimi, Shaman und Elvis.

»Alle die Hände nach oben und keine falsche Bewegung!« Der Horvath, die Mimi, der Shaman und der Elvis tun, was ihnen gesagt wurde.

»Du setzt dich hierhin. Kopf zwischen die Knie!«, schreit sie die Maria an.

Panisch hockt sich seine Schwägerin auf den Betonboden, senkt den Kopf und wimmert leise vor sich hin.

Langsam tritt Conny Albrecht rückwärts in Richtung Scheunentor, die Waffe weiterhin auf die Maria gerichtet.

»Jetzt, wo ihr vollzählig seid, will ich Antworten. Wer

von euch hat sich den Plan, mein Leben zu zerstören, ausdacht?«

»Keiner von uns. Es war die Christel. Sie wollt dir und den anderen heimzahlen, was ihr mit ihr gemacht habt.«

Conny lacht spöttisch. »Was wir mit ihr gemacht haben?«, äfft sie den Horvath nach. »Wir waren doch beste Freundinnen.« In ihrer Miene liegt purer, unberechenbarer Wahnsinn.

»Freundinnen? Ich wett, das Wort kannst du nicht einmal buchstabieren. Ihr habt die Christel psychisch zerstört.« Der Elvis spuckt ihr die Worte förmlich entgegen. »Du hast verdient, was sie mit dir g'macht hat, du Mobberin.«

»Die Lulatsch war nicht gerissen genug. Für so eine Aktion braucht es Planung und Kreativität. Nicht zu vergessen, dass das Handy vom angeblichen Stefano in deinem Besitz war. Das riecht nach der kranken Idee von einem Schriftsteller und seinen Moralaposteln.« Conny richtet den Lauf der Pistole auf den Horvath.

»Planung und Kreativität?« Der Horvath lacht auf. »So viel Lob bekomm ich nicht einmal von meinem Verlag. Vielleicht magst mir eine Rezension auf Amazon hinterlassen.«

»Halt's Maul!« Conny wischt sich mit der bewaffneten Hand eine Haarsträhne aus der glänzenden Stirn. »Wegen dir hab ich alles verloren.«

»Für dein Fremdgehen kannst nicht die Schuld im Außen suchen«, mischt sich die Mimi ein. »Ich würd so was nie machen, wenn ich jemanden wirklich lieb.«

Die Mimi steht mehr als einen Meter vom Horvath entfernt, trotzdem spürt er die Wärme, die aus ihrem Körper strömt. Er spürt auch, dass ihre Antwort ihm gilt, nicht Conny Albrecht. Ihre Blicke treffen sich, und der Horvath spricht ein stummes Gebet an Mimis ominöse Pachamama, dass sie heil aus dieser Lage herauskommen.

»Keiner von uns hat etwas mit deinem Love-Scam zu tun. Ich hab das Handy in Christel Hulatschs Sachen gefunden. Lass die anderen gehen und behalt mich hier.«

Horvaths Worte bringen Conny Albrecht in Rage. »Die Lulatsch hat bekommen, was sie verdient hat. Aber sie war das nicht allein. Nein, nein. Niemals. Ihr werdet jetzt dafür geradestehen, was ihr mir angetan habt.« Ihre Pistole wandert von einem zum anderen. Dann das unheilvolle Klicken. Sie hat die Waffe entsichert.

»Lass die anderen gehen. Sie können nix dafür. Die Maria ist noch dazu schwanger«, ruft der Elvis. »Ich war es. Ich hab die Christel angestiftet und ihr bei allem g'holfen.«

Der Horvath glaubt dem Elvis keine Sekunde. Wie Mimis Pendel schlägt Connys Pistole in Elvis' Richtung aus, und dem Horvath steigt die Galle hoch.

»Hierher!«, befiehlt Conny und winkt Elvis in die Mitte der Scheune. »Knie dich neben sie.«

Der Elvis geht neben der Maria auf die Knie. »Lass die anderen gehen«, wiederholt er.

»Wer gehen darf, entscheide ich. Euer blödes Freundschaftsgetue interessiert mich einen Dreck.« Conny drückt die Waffe an Elvis' Schläfe.

»Nein!«, schreit die Maria, greift nach Connys Bein und reißt es hoch. Conny stürzt rückwärts und fällt auf den Boden. Ihre Pistole landet zwischen ihr und Maria. Es wäre *die* Chance, Conny zu überwältigen, aber Conny ist schneller, wirft sich mit dem Oberkörper auf die Waffe, nimmt sie an sich und ist rasch wieder auf den Beinen. Eine Hand im Rücken, steht sie da und krümmt sich vor Schmerzen. Das Haar klebt nass an ihren Wangen, und ihre Brust hebt und senkt sich unter schweren Atemzügen. Dann kehrt eine Ruhe in Conny ein, die dem Horvath eine Gänsehaut über den Körper jagt. »Zurück in die Ecke zu den anderen«, sagt sie mit fast sanfter Stimme. Dem Horvath schwant Böses.

Maria stürzt in Shamans Arme. Zusammen sacken sie auf den Boden. Der Elvis ist sichtlich gefasster und angriffslustiger, ballt die Fäuste vor der Brust, als bereitete er sich auf einen Ringkampf vor.

»Ihr unterstellt mir, dass ich mich mit Freundschaft nicht auskenn.« Connys Lachen klingt falsch und diabolisch. »Dann lasst mich was darüber lernen.« Ohne die Truppe aus den Augen zu lassen, geht sie mit vorgehaltener Waffe rückwärts, bückt sich und hebt einen Benzinkanister auf. Mit den Zähnen dreht sie den Verschluss ab und spuckt ihn auf den Boden.

»Nein«, jammert die Maria, wendet den Blick ab und drängt sich weiter in Shamans Arme.

»Mach keinen Scheiß, Conny. Noch ist nichts passiert. Reit dich nicht unnötig in noch mehr Probleme.« Der Horvath bemüht sich um einen vermittelnden Tonfall. Doch in Connys Zügen zeichnet sich ab, dass sie den Bezug zur Realität längst verloren hat.

Mit ausholenden Bewegungen verschüttet sie das Benzin und zieht damit einen Halbkreis um den Horvath, die Mimi, die Maria, den Shaman und den Elvis. Der beißende Geruch fährt dem Horvath durch die Nase in den Kopf und löst Benommenheit aus. Dann schleudert sie den leeren Kanister in eine Ecke und öffnet den nächsten, dessen Inhalt sie durch die Scheune spritzt, bis der Boden und die Wände vollständig mit der stinkenden Flüssigkeit bedeckt sind.

Conny senkt die Waffe, und der Horvath hört Mimis erleichtertes Aufatmen, das ihm das Herz bricht. Ihr Glaube an das Gute in den Menschen mag die größte Stärke in ihrer eigenen Welt sein, doch in Conny Albrechts Welt richtet sie nichts aus.

Adrenalin strömt durch Horvaths Körper. »Nase und Mund mit den Händen bedecken«, sind seine letzten Worte, bevor Conny die ersten Schüsse auf die Benzinspur abfeuert.

Funken tanzen wie unheilvolle Sternschnuppen. Direkt vor dem Tor entsteht der erste Feuerteppich, der mit jedem Windstoß weiter in die Höhe wächst. Conny weicht zurück. Die nächsten Schüsse.

Der Horvath fährt herum, sieht sich hektisch nach Fluchtmöglichkeiten um, doch der einzige Weg aus der Scheune führt an Conny vorbei. Wie viele Patronen fasst das Munitionslager? Der Horvath zählt die abgefeuerten Schüsse mit. Er könnte abwarten, bis die Waffe nichts mehr hergibt, Conny keine Gefahr mehr darstellt, und mit Mimi und den anderen ins Freie fliehen, bevor das Feuer den Heuboden erfasst und die Katastrophe nicht mehr abzuwenden ist. Zu spät. Grelles Licht durchzuckt die Scheune. Flammen breiten sich flächendeckend entlang der Benzinspur aus, bilden eine Wand, die sie in Gefangenschaft nimmt. Der Horvath spürt Hitze auf seiner Haut. Überall Rauch, Funken und herumfliegende Fetzen von lodernden Materialien.

Die Mimi, die Maria, der Shaman und der Elvis drängen sich weiter nach hinten, pressen hustend die Hände vor ihre Gesichter. Hinter Rauchschwaden erkennt der Horvath, wie Conny die Waffe fallen lässt und davonrennt.

»Ihr müsst auf dem Boden bleiben! Genau in dieser Ecke«, keucht er. Dann zerrt er eine Decke aus Rudis Schlaflager, wirft sie über sich und sprintet los.

Die Hitze ist unerträglich, und der Rauch brennt in seiner Lunge. Aber er hat keine Zeit zu verlieren, er hat gar nichts mehr zu verlieren, wenn er nicht handelt. Nach einem kurzen Blick zurück zur Mimi stürmt er vorwärts und direkt hinein in die Feuerwand.

Die Flammen greifen nach ihm und scheinen ihn zu verschlingen. In Gedanken bei der Mimi, zwingt er sich, weiterzulaufen. Dann hat er es ins Freie geschafft. Sauerstoff strömt durch seinen Körper und bewahrt ihn vor einer Ohnmacht.

Der Horvath strampelt die brennende Decke ab. Er hat Mühe, zu laufen, krümmt sich immer wieder unter Husten und Würgen. Am Ende seiner Kräfte, erreicht er den Traktor. Der Schlüssel steckt. Er startet den Motor, tritt das Gaspedal voll durch und rollt das Fahrzeug in Richtung Scheune. Mit Vollgas rammt er die seitliche Wand, schiebt zurück, rammt sie erneut und hofft dabei inständig, dass alle wie von ihm angeordnet dort geblieben sind, wo er sie zurückgelassen hat. Das Holz bricht, und der Horvath findet sich Sekunden später mit der Fahrerkabine in der Scheune. Die Mimi fährt hoch, entdeckt zuerst ihn, dann die zerstörte Wand, durch die nicht nur die Freiheit winkt, sondern auch genug Sauerstoff strömt, um das ganze Gebäude in wenigen Minuten komplett niederzubrennen.

»Schnell«, brüllt der Horvath, »raus hier!«

Die Maria ist die Erste, die sich mit Mimis Hilfe durch die zersplitterte Holzwand nach draußen rettet. Als Nächstes ist die Mimi dran, dann der sichtlich geschwächte Shaman, gefolgt vom Elvis.

»Hase!«, hört der Horvath, der vergeblich um Luft ringt. Alles um ihn herum wird dumpf und färbt sich schwarz. Das gleichmäßige Rauschen in seinem Gehörgang lullt ihn ein, wiegt ihn in trügerischer Sicherheit. Er muss hier weg, bevor es zu spät ist. Er stolpert um den Traktor herum. Ein Knacken lässt ihn erstarren. Er blickt nach oben und sieht, wie ein Deckenbalken auf ihn herunterkracht.

Unter der Last des Holzes begraben, windet er sich, versucht vergebens, sein Bein hervorzuziehen. Er wird es nicht schaffen. Er wird hier drinnen sterben, und er wird die Mimi mit der Erinnerung zurücklassen, sie für eine Fremdgeherin gehalten zu haben.

»'tschuldigung, aber das wird jetzt ein bisserl wehtun«, vernimmt er dumpf und kann nicht feststellen, ob er sein Bewusstsein verloren hat. Ihm ist, als spürte er auf- und abschwellenden Druck auf seinem Unterschenkel. Fühlt es sich so an, zu sterben? Ist das das von der Mimi oftmals geschilderte Szenario, wenn die Seele den Körper verlässt, um in eine andere Dimension überzugehen?

»Bruder, du musst jetzt mitarbeiten.«

Shamans Stimme weckt letzten Lebensmut im Horvath. Sein Oberkörper wird aufgerichtet, und mit vereinten Kräften zerren die beiden Männer den Horvath zur Luke. Nebeneinander schälen sie sich nach draußen, fallen auf die Knie, ziehen einander wieder hoch und stolpern auf die klamme Wiese zu Mimi und Maria. Die Mimi fällt dem Horvath um den Hals. Ihr Körper wird geschüttelt von Schluchzern und Hustenkrämpfen, dann stößt sie einen schrillen Schrei aus und deutet auf die Scheune, die lodernd in sich zusammenfällt.

30

Mit Hilfe von Mimis Positive-Mindset-Training versucht der Horvath, seinem Gipsbein etwas Gutes abzugewinnen. Jetzt, wo er an die Wohnung gefesselt und der Fall geklärt ist, hat er ausreichend Zeit, sich seinem Manuskript zu widmen, und das funktioniert ungeachtet aller Widrigkeiten gut. Seit Conny Albrechts Verhaftung vor drei Tagen lauert die Presse vor Horvaths Haus, und trotz geheimer Telefonnummer hagelt es Anrufe und Nachrichten, in denen er um Interviews gebeten wird. Vielleicht ist es gar nicht nötig, ein neues Buch zu schreiben. Die Ereignisse der letzten Tage haben den Verkauf seiner Krimis derart angekurbelt, dass in nur zweiundsiebzig Stunden zwei neue Auflagen gedruckt werden mussten.

Er denkt an Franzi Schütz und Babsi Stöger, die ihren Mann kurzerhand verlassen hat und an einen unbekannten Ort geflüchtet ist, um dem Skandal zu entkommen. Aber auch Franzi Schütz' Tat ist nicht ohne Folgen geblieben. Die Mobbinggerüchte haben sich wie ein Virus ausgebreitet, und der mediale Shitstorm, der über sie hereingebrochen ist, hat ihr Ansehen als Influencerin über Nacht zerstört. Horvaths Gedanken springen zurück zu Conny Albrecht, die, wie er vom Simoner erfahren hat, zu allen Anklagepunkten schweigt und sich nicht einmal ihrem Anwalt gegenüber kooperativ zeigt. Ihre Aussage, Christel Hulatsch habe die Ermordung verdient, ihr Motiv, ihre fehlenden Alibis für die Nächte der Morde und ein vorangegangener Streit um eine geprellte Zeche beim Bugl-Wirt, den sie mit Eva Bergmann ausgetragen hat, liefern der Staatsanwaltschaft auch ohne ein Geständnis ausreichend Beweise, um sie lebenslänglich hinter Gitter zu befördern.

Die Täterin wurde gefasst, der Horvath führt die Spitze der Buch-Charts an, und trotzdem will sich bei ihm keine

Zufriedenheit einstellen. Etwas in ihm rumort. Eine Ungereimtheit, der Rest eines Zweifels, der in ihm steckt und vor sich hin eitert.

»Ja, ganz toll. Vielen Dank«, hört er die Mimi, die mit dem Handy am Ohr das Schreibzimmer betritt. Die Schürfwunden in ihrem Gesicht haben eine dunkelrote Farbe angenommen, was zwar dramatisch aussieht, aber auf den einsetzenden Heilungsprozess hindeutet.

Die Mimi schwingt sich vorsichtig auf Horvaths Schoß und küsst zuerst seine Kopfwunde, dann die Brandwunde an seiner Schulter.

»War das die Maria am Telefon?«

Die Mimi schüttelt den Kopf. »Mit der hab ich vorher telefoniert. Jetzt gerade war es der Bauer aus Hürm, der den Kinski bei sich aufnimmt. Ein superlieber Mann, der versprochen hat, sich um ihn zu kümmern. Er holt ihn morgen früh ab.«

Daran hat der Horvath gar nicht mehr gedacht. An die Tatsache, dass ein aggressiver Hahn bei ihnen wohnt, wird er nur erinnert, wenn um fünf das Krähen einsetzt oder er aus alter Gewohnheit das Badezimmer betritt, das Kinski zu seinem Revier ernannt hat. Er hat sich an den Umstand gewöhnt, am Waschbecken in der Küche Zähne zu putzen, sich dort notdürftig zu duschen und seine Rasur zu erledigen.

Der Horvath klappt seinen Laptop zu und streichelt über Mimis frisch getöntes rotes Haar. »Macht das den Kinski nicht komplett wuschig? Also mich macht es wuschig.« Der Horvath grinst anzüglich.

»Ich bin das einzig Rote, was er akzeptiert«, kichert die Mimi und zwirbelt eine Strähne zwischen ihren Fingern. »Vielleicht bist du zufällig nächste Woche auch wuschig, da würd nämlich eine kleine Eisprung-Zeremonie stattfinden.«

Horvaths Magen verkrampft sich. Zum einen, weil er sich nach all dem, was in den letzten Tagen passiert ist, nicht stark genug für die Vaterrolle fühlt, zum anderen, weil ihm die Maria in den Sinn kommt.

»Weiß man schon, ob es Marias Baby gut geht?«

»Die Schulmediziner sagen, dass alles in Ordnung ist. Mein Pendel sagt das auch.«

Der Horvath atmet erleichtert durch und bekommt einen Hustenanfall. Noch immer schmeckt er Rauch, kann ihn auch an Mimis Haut riechen.

»Wie geht's dir beim Schreiben?« Die Mimi klappt Horvaths Manuskriptmappe auf, die in den letzten Stunden um einige Seiten dicker geworden ist.

»Ich hab den Ermittlungsstandort vom Krüger in die Wachau verlegt. Das ist nicht nur der beste Marketinggag, sondern auch der krasseste Plot-Twist seit Christi Auferstehung.«

Die Mutterkatze pirscht sich an und reibt sich miauend am Türstock. In den letzten beiden Tagen hat sie bei jeder Gelegenheit auf Horvaths eingegipstem Bein gelegen. Er lockt sie an, hebt sie hoch und setzt sie auf seinen zugeklappten Computer, weil es sowieso nur eine Frage von Minuten wäre, bis sie es sich selbstständig darauf gemütlich machen würde. Sie rollt schnurrend auf den Rücken, und der Horvath betrachtet die lange Kaiserschnittnarbe an ihrem Bauch. Er denkt an Christel Hulatsch, die mit all ihren Facetten heute noch seltsamer auf ihn wirkt als zu ihren Lebzeiten. Trotzdem versteht er sie nun, diese in sich gekehrte, grimmige Frau, die einen Schutzwall um sich herum errichtet hat, durch den einzig Elvis Groissberger dringen konnte.

Die Mimi krault der Katze das Fell. »Wie findest du den Namen Aya?«

»Du willst sie behalten?«

Die Mimi schaut ihn mit großen Augen an. »Ein paar Katzerl wären eine super Vorbereitung auf unser zukünftiges Butzi.«

Der Horvath verdreht die Augen. »Alle?«

»Zwei Babykatzerl will der Elvis haben, wenn sie alt genug sind, dass sie von der Mama getrennt werden können. Die Katzerl und Kinski haben ihn auf die Idee gebracht, eine

Rettungsstation für streunende Hunde und Katzen auf Koh Phangan einzurichten.«

Der Horvath schmunzelt. Die Geschichte vom Zuhälter zum Gutmenschen ist so bizarr, dass er in Erwägung zieht, sie in sein Manuskript einzubauen. Reflexartig fasst er sich ans Bein. Ohne den Elvis und den Shaman würde er heute vielleicht nicht hier sitzen, durchfährt es ihn.

Die Mimi steht auf. »Soll ich uns was beim Chinesen bestellen?« Sie wirft einen Blick auf die Uhr. »Ich hab nur noch zwei Stunden Zeit, was zu essen, danach faste ich für meine Ayahuasca-Zeremonie.«

Der Horvath schaut ebenfalls auf die Uhr. »Kümmer du dich um den Hahn und die Katzen. Ich hol uns was«, beschließt er. »Ich muss mal wieder raus. Langsam wird's eng hier drinnen.«

Am Garderobenschrank lehnen seine Krücken, die er bisher nicht benutzt hat. Er nimmt sie in die eine Hand, greift mit der anderen nach der Geldbörse und schiebt sie in die Tasche seiner Jogginghose. Sein Blick fällt auf einen kleinen Schlüssel, den er beinahe vergessen hätte. Er legt den Finger darauf und zieht ihn zu sich herüber. Die Erinnerung setzt prompt ein. Es ist der Schlüssel zu Elvis' Schließfach.

Es ist noch nicht vorbei, Kollege, hört er Kommissar Krügers Stimme hinter sich.

Das Taxi befördert den Horvath in die Kremser Innenstadt. In einem Chinarestaurant an der Ringstraße bestellt er für sich und die Mimi zwei vegetarische Gerichte. Während der Wartezeit macht er sich auf den Weg zum Bahnhofsplatz.

Auf der Suche nach den Schließfächern entdeckt er Dr. Senta Braun vor einer Anzeigetafel.

»Der Patient lebt«, spricht er sie von der Seite an und tippt sich auf die Kopfwunde, die bereits gut verheilt ist.

Senta Braun fährt herum und fasst sich erschrocken an die Brust. »Horvath«, stöhnt sie und mustert ihn von Kopf bis

Fuß. Ihr Blick ist glasig und ausweichend. »Ich gratulier dir. Du hast den Fall wieder einmal gelöst.«

Der Horvath spürt einen Anflug von Stolz in sich aufkeimen. Vielleicht hat die Ärztin recht. Er kann sich gratulieren, und er hat jeden Grund, stolz auf sich zu sein. Mit einem Nicken tritt er an die Reihe mit den Schließfächern heran und sucht nach der richtigen Nummer. Er spürt Senta Brauns Blick im Rücken, aber die Zeiten, in denen er sich von der üppigen Blondine verunsichern hat lassen, sind vorbei. Der Horvath schiebt den kleinen silbernen Schlüssel ins Schloss und zieht die Tür auf. Der Laptop sticht ihm sofort ins Auge, und mit der Katzenhülle ist unverkennbar, wem er gehört hat. Unbeholfen hält er die Krücken zwischen den Knien und zieht das Gerät heraus.

»Warte!«, ruft Senta Braun und kommt herbeigestöckelt. »Ich helfe dir beim Tragen. Meine Bekannte wird eh erst in zwanzig Minuten da sein.«

Der Horvath lehnt dankend ab. Kurz mustert er Senta Brauns rotes Minikleid und die silbernen Pumps. Offenbar liegt ein spannender Abend vor ihr. Er versperrt das Schließfach, schiebt den Schlüssel in seine Hosentasche und klemmt sich Christel Hulatschs Computer unter den Arm.

»Servus«, verabschiedet er sich von der Ärztin und wendet sich zum Gehen.

31

Der letzte Abend, an dem er mit der Mimi auf der Couch gegessen und geplaudert hat, scheint Jahre zurückzuliegen. Er stellt seinen leeren Teller auf den Wohnzimmertisch und greift nach ihrer Hand. Sie ruht warm und schlaff in seiner, und erst jetzt bemerkt er, dass sie eingeschlafen ist.

Er will gerade aufstehen, um das dreckige Geschirr in die Küche zu bringen, als sein Blick auf Christel Hulatschs Laptop auf dem Lesesessel fällt. Zögernd greift er danach. Er möchte die wertvolle Zweisamkeit mit der Mimi nur ungern unterbrechen, indem er den Fall zurück in ihr Leben holt. Schon gar nicht jetzt, wo die Mimi frisch geräuchert hat. Aber die Neugier siegt, und wenige Minuten später sitzt er da, den Laptop auf den Knien, den Blick auf den Bildschirm gerichtet.

Mimis leises Schnarchen motiviert ihn, sich durch die einzelnen Ordner zu klicken. Viel gibt es nicht zu sehen. Keine anzüglichen Fotos oder Videos, keinen verfänglichen Browserverlauf, keine sozialen Netzwerke, bei denen sie registriert ist. Stattdessen Textdokumente mit medizinischen Facharktikeln und unzählige Bilder von ihren Katzen.

Der Horvath will den Computer gerade zuklappen, als ihm einfällt, mit welchen Tastenkombinationen man versteckte Dateien aufspüren kann.

»Bingo«, murmelt er und öffnet einen Ordner mit dem Titel »XX«. In diesem Ordner befindet sich nur eine einzige Datei. Er klickt darauf und öffnet sie mit einem Textprogramm.

Beschämt stellt er fest, dass es sich um Christel Hulatschs Tagebuch handelt, an dem er sich zu schaffen macht. Die Einträge beginnen laut Datum in Christels Zeit als Mittzwanzigerin. Er scrollt durch die Seiten und überfliegt banale Erzählungen, bis ihm etwas ins Auge sticht.

17. März 2007
Ich habe mich oft gefragt, wie sie mir das antun konnte.
Sie weiß, wie sehr ich sie geliebt habe und noch immer
liebe. Aber alles an ihr lehnt mich ab. Es ist, als wäre
ich nur für eine einzige Sache gut genug gewesen, aber
nicht einmal dafür dankt sie mir noch. Ich muss mit
ihr abschließen, sonst bringt es mich um. Ich will nie
wieder an sie denken, über sie reden oder ihren Namen
aussprechen. Mein Leben muss weitergehen.

Der Horvath scrollt weiter runter, liest sich durch Berichte
über schlechte Dates und Frust über den Job. Er stoppt an
Stellen, an denen seine Augen vertraute Namen erfassen,
findet Christel Hulatschs Gedanken zu Babsi Stöger, Franzi
Schütz, Conny Albrecht und Dr. Freilich. Erzählungen, die
ihn nicht weiter überraschen und keine neuen Erkenntnisse
liefern.
Wieder scrollt er. Ein weiterer Eintrag lässt ihn innehalten.

17. Mai 2019
Ich kann nicht fassen, dass sie es wirklich wagt, ins Dorf
zu kommen. Nach allem, was zwischen uns passiert ist,
kommt sie ausgerechnet hierher. Beim ersten Treffen
hat sie so getan, als würde sie mich nicht erkennen,
also hab ich ihrem Gedächtnis auf die Sprünge gehol-
fen, hab sie daran erinnert, dass sie ohne mich nichts
wäre. Aber sie hat nur gelacht und gesagt, ich solle
mich nicht so kindisch anstellen, schließlich seien wir
jetzt erwachsen.

Der Horvath überlegt angestrengt. Spricht sie von Eva Bergmann? Er versucht, sich daran zu erinnern, wann Eva ins Dorf
gezogen ist. Hastig überfliegt er die weiteren Seiten.
Der nächste Eintrag erfolgte erst zwei Jahre später.

20. Oktober 2021
Ich überlege, das Dorf zu verlassen. Die Arbeit im Labor
wirft nicht genug ab, um mich allein damit über Wasser
halten zu können. Vielleicht bitte ich das Krankenhaus
um eine Vollzeitanstellung. Auf keinen Fall kann und
will ich angesichts der Umstände länger für den Freilich
arbeiten.

7. Dezember 2023
Es ist Zeit, sie wissen zu lassen, dass ich das nicht mehr
mit mir machen lasse. Es ist Zeit, ihnen die starke und
echte Christel zu zeigen. Ich weiß noch nicht, wie, aber
ich werde mit ihnen abrechnen. Mit allen und ganz be-
sonders mit ihr.

In ihren letzten Tagebucheinträgen beschreibt Christel Hu-
latsch das Kennenlernen von Elvis und die gemeinsamen Pläne
Koh Phangan betreffend. Dann enden die Einträge, und der
Horvath stellt den Computer neben sich ab.
Die Mimi regt sich und seufzt leise. Sie öffnet langsam die
Augen, zwinkert ihn an und streckt sich. »Ich geh ins Bett.
Kommst du auch bald?«
Der Horvath nickt. Er blickt ihr hinterher, dann steht
er auf und humpelt ans Fenster. Die Straßen sind leer, und
Krems liegt unter einem bedrohlichen Himmel, an dem sich
graue Wolken auftürmen. Blitze erhellen die Umgebung wie
defekte Neonröhren. Das Licht gewährt einen Blick auf die
Häuser mit ihren verwitterten Fassaden, die im Mondschein
wie verschlissene Bauklötze aufragen. Was gäbe er dafür, von
hier aus die Donau zu sehen, die sich ruhig und majestätisch
an der Stadt vorbeischlängelt.
Er setzt sich wieder auf das Sofa und starrt wie zuvor auf
den Bildschirm von Christel Hulatschs Computer. Ohne zu
wissen, was er dort sucht, klickt er auf den Ordner mit den
medizinischen Artikeln. Er stöbert durch das Inhaltsverzeich-

nis, kehrt dann zurück zum Deckblatt. Plötzlich versteht er, womit er es zu tun hat. Es sind Doktorarbeiten. Dutzende Dissertationen in Deutsch und Englisch von angehenden Doktoranden, deren Unis und Namen auf den Deckblättern fehlen. Wozu hat die Hulatsch all das gesammelt? Er öffnet die nächste Arbeit. *Einfluss eines (Prä-)Frailty-Syndroms bei Patienten auf die Hypotonierate während einer elektiven Operation.* Sein Blick driftet zur Kopfzeile. *Autor: C. Hulatsch.* Der Horvath wiederholt den Vorgang bei den nächsten Dokumenten. Neue Arbeiten, neue Themen, neue Titel, aber eine Sache bleibt immer gleich. Alle Dissertationen wurden von Christel Hulatsch verfasst.

»Du warst nicht nur ein Genie, du hast mit deinem Genie auch noch Geld als Ghostwriterin verdient«, murmelt er und hält den Atem an. *Veränderungen innerhalb primärer und sekundärer Sectiones im Zeitraum 1994 bis 2004. Eine retrospektive Analyse geburtshilflicher Parameter,* liest er, und die Erkenntnis trifft ihn wie einer der Blitze, die sich über Krems entladen. Christel Hulatsch hat Senta Braun zur Dissertation verholfen.

Bilder und Gesprächsfetzen ziehen wie die Gondeln eines Karussells am Horvath vorbei, die er vergebens aufzuhalten versucht. *Konzentrier dich, Kollege. Erinnere dich an das, was Elvis über Christel Hulatschs gescheiterte Beziehung mit dieser Frau erzählt hat. Denk an die Erpressung.* Der Horvath springt auf, stolpert über sein Gipsbein und rennt aufgewühlt durch die Wohnung. Christel Hulatsch, Eva Bergmann, Senta Braun, geistert es ihm durch den Kopf. Durch die halb geöffnete Schlafzimmertür betrachtet er Mimis leuchtend rotes Haar, das ihren Kopf aussehen lässt, als stünde er in Flammen.

»Mimi«, flüstert er und fühlt sich an jenen Morgen zurückkatapultiert, an dem er ihr Gespräch mit Senta Braun durch das Fenster belauscht hat. Aufgescheucht humpelt er weiter. Vor dem Garderobenspiegel bleibt er stehen und starrt seinem eigenen Gesicht entgegen. Er fährt mit der Handfläche über das bunte Hemd, ein weiteres, das Mimi für ihn genäht hat und das ihn sogar für seine eigenen Augen fremd aussehen lässt. Danach berührt er die verkrustete, rot geränderte Wunde an seinem Kopf, und die Puzzleteile fügen sich nacheinander zu einem Ganzen zusammen.

32

Dass der Horvath angesichts der neuen Erkenntnisse einschlafen konnte, zeigt den Grad seiner Erschöpfung. Er hebt den Kopf, der bis eben in einer verdrehten Position an die Couch gelehnt war, und stöhnt auf. Ein stechender Schmerz verästelt sich vom Nacken bis zum Haaransatz und blendet für einen Moment das Geräusch aus, das er auf dem Flur vernimmt.

»Mimi?«, fragt er und beugt sich nach vorne, um nach ihr zu sehen. Der Fernseher ist in den Stromsparmodus gegangen, und die Wohnung liegt in der Art Dunkelheit, die Unbehagen im Horvath auslöst.

Ein Rumpeln, dann ein Schlurfen.

»Mimi? Alles okay bei dir?«, fragt er wieder, reibt sich die Augen und greift nach dem Schalter der Stehlampe.

Die Mimi tritt seltsam langsam und mit steifem Oberkörper ins Wohnzimmer. »Horvath!«, ruft sie und stürzt auf seinen Schoß, eher er begreift, was passiert.

»Servus, Horvath.« Senta Brauns freundliche Begrüßung steht im scharfen Kontrast zu ihrem starren Blick und der Tatsache, dass sie überhaupt nicht hier sein sollte. Ihr Kleid, das sie bereits bei ihrer Begegnung am Bahnhofsplatz getragen hat, sieht noch immer akkurat gebügelt und zurechtgezupft aus.

Ihr Blick streift Christel Hulatschs Laptop im selben Moment, in dem auch der Horvath hinsieht.

»Ein Hausbesuch? Ich hab geglaubt, das machen die Ärzte nicht mehr«, versucht der Horvath sein Unbehagen zu kaschieren. Er steht auf. »Der Patient lebt noch immer, und die Frau Doktor darf beruhigt Feierabend machen.«

»Sofort wieder hinsetzen«, befiehlt Senta Braun mit messerscharfer Stimme. »Jetzt ist Showdown für euch.«

»Hat die Christel sterben müssen, weil sie dich mit der Dissertation, die sie für dich geschrieben hat, erpresst hat?« Die Mimi fährt herum, starrt zuerst ihn, dann die Ärztin an. »Sie haben sich den Doktortitel erschummelt?«, geht sie dazwischen. »Das hab ich mir gleich dacht, als ich Sie zum ersten Mal g'sehen hab.«

»Es hätt eine Gefälligkeit unter Freundinnen sein sollen. Dann hab ich die Ordi übernommen, und auf einmal ist die Christel durchgedreht. Sie hat sich eingebildet, ich schuld ihr was.«

»Sie waren das?«, murmelt die Mimi und versucht augenscheinlich, die neuen Informationen einzuordnen. »Aber warum die Eva?«

Senta Braun wirft dem Horvath einen Blick zu, während sich ihre Pupillen hektisch hin und her bewegen. »Die Frage kann dir der Horvath sicher beantworten. Stimmt's, Hase?«

Horvaths Hand fährt in die Sofaritze hinter sich, in der er für den Fall der Fälle ein Springmesser versteckt hat. »Bei der Sonnwendfeier letztes Jahr hast du mich mit jemandem verwechselt. Und neulich vor deiner Ordi hast du mich gesiezt, weil du mich wegen meinem Blumenhemd für den Altbürgermeister gehalten hast.« Der Horvath streckt die Finger nach dem Messergriff aus. »Eigentlich hätt ich schon draufkommen müssen, als du die Mimi mit der Maria verwechselt hast. Genauso hast du die Eva mit der Christel verwechselt.« Der Horvath stößt mit dem Mittelfinger an das kalte Messer. Sein Herzschlag beschleunigt sich. Jetzt nur keine zu schnelle Bewegung, um Senta Braun nicht auf die Position seiner Hand aufmerksam zu machen. »Du bist gesichtsblind.«

»Der Elvis hat mir von einer Ex-Geliebten von der Christel erzählt, die Medizin studiert hat. Das warst du«, fügt die Mimi hinzu und trifft damit ins Schwarze.

Senta Braun klatscht langsam in die Hände. »Gratuliere«, jubelt sie. »Es gibt böse Stimmen, die behaupten, dass Gesichtsblindheit hilfreich ist, um sich mit einer Frau wie der

Christel einzulassen. Ich selber kann das natürlich nicht beurteilen. Für mich schauts ihr ohne Haare und eure typischen Kleider alle gleich aus.«

»Deshalb hast du geglaubt, ich bin die Marilou«, dämmert es nun auch der Mimi.

»Ein dummer Anfängerfehler, denn sonst kann ich mich ganz gut durchs Leben schummeln. Nur ganz wenige Menschen haben meine kleine Beeinträchtigung bisher entlarvt.«

»Aber für die Eva war diese Beeinträchtigung ein Todesurteil.« Der Horvath würgt trocken.

»Als die Christel am Freitag lebendig in die Ordi gestampft ist, hab ich ganz schön blöd dreing'schaut, das kannst mir glauben. Die Eva war ein Missgeschick, das sich im Nachhinein als gar nicht so falsch herausgestellt hat, wenn du nicht so versessen darauf gewesen wärst, die Unschuld vom Dorfdeppen zu beweisen. Dass schlussendlich die durchgeknallte Conny Albrecht für alles ihren Kopf hinhalten muss, ist das, was man wahrscheinlich ›Fügung des Schicksals‹ nennt.«

»Dass wir uns heute über den Weg gerannt sind, ist dann wahrscheinlich auch Schicksal.«

Senta Braun kichert dümmlich und verzieht ihre aufgespritzten Lippen zum Entenschnabel. »Als ich Christels Computer gesehen hab, war mir klar, dass ich handeln muss. Bei meinem Einbruch in ihr Haus hab ich schon einen Großteil der Beweise mitnehmen und vernichten können, aber ihren Computer hab ich nicht g'funden. Irgendwann hab ich gedacht, dass sie ihn wie alles andere verscherbelt hat, so knapp, wie die Christel immer bei Kasse war.« Senta Braun schiebt die Hände in die Etuitasche ihres Kleides, und der Horvath versucht auszumachen, was sie darin versteckt. Erst jetzt bemerkt er die Latexhandschuhe an ihren Händen.

»Wieso hast du die Hulatsch umbringen müssen? Wieso hast du ihr nicht das gegeben, was ihr für die Dissertation zugestanden ist?«

Senta Braun wirkt verärgert. »Weil das nicht so ausg'macht

war. Sie hat die Arbeit für mich g'schrieben, weil sie mir imponieren wollt, oder was weiß ich, was in ihr vorgegangen ist. Dann übernehm ich die Ordi im Dorf, und auf einmal kommt sie mit ihren Vorwürfen und Forderungen daher.«

»Forderungen, die nicht nur gerecht waren, sondern die du dir auch hättest leisten können.«

Senta Braun zuckt mit den ausgepolsterten Schultern. »Darum geht es gar nicht. Sicher hätt ich es mir leisten können. Ich hätt es mir aber nicht leisten können, wegen ihr die angebotene Stelle als klinische Leitung der Gyn im LKH abzulehnen. Sie hat getobt, als ich ihr davon erzählt hab. Sie war so dreist, mir vorzuwerfen, ich wär nicht für die Stelle qualifiziert. Da hab ich gewusst, was zu tun ist.«

Schwere Stille breitet sich wie Dunst im Raum aus. Der Horvath kann das Ticken der Wanduhr in der Küche hören und zählt die Sekunden, ehe Senta Braun weiterspricht. »Ich geb zu, dass ich dich unterschätzt hab. Du bist wirklich der geborene Krimiautor. Schade nur, dass es keine weiteren Bücher von dir geben wird. Aber sieh es positiv. Auf diese Weise wirst du in die Memoiren eingehen, bevor deine Romane floppen.«

Die Mimi zappelt nervös, und der Horvath legt seinen Arm auf ihr Bein, um sie am Aufspringen zu hindern. »Hast du den Benny auch umgebracht? Warst du der Engel, von dem sein Vater geredet hat?«

»Huch, wie charmant. Engel«, wiederholt die Ärztin und fährt sich andeutungsweise über das straff zurückgebundene Haar. »Es war nicht besonders herausfordernd, ihn im Weinkeller zu betäuben und darauf zu warten, dass er stirbt. Aber bleib ganz entspannt, Blair Witch. Der Dorfdepp hat einen schmerzfreien Tod gehabt. Ich bin ja schließlich kein Unmensch.«

»Und jetzt sind wir dran«, stellt der Horvath nüchtern fest und nutzt Senta Brauns Triumph, um das Messer zu umschließen und die Faust unbemerkt aus der Sofaritze zu ziehen. Damit, dass die Mimi aufspringt und sich kreischend auf die Ärztin stürzt, hat der Horvath nicht gerechnet. Ihr Timing hätte nicht schlechter sein können. Der Horvath fährt die Klinge des Messers aus und springt ebenfalls auf.

Senta Brauns Arme umfassen Mimis schmalen Körper. »Leg das Messer weg, oder deine kleine Hexe bekommt den Schuss ohne dich. Obwohl ein Stich in die Arteria carotis ganz ohne Injektion ausreichen würd, um sie zu erledigen.« Senta Braun lacht. »Schau, was ich alles weiß, auch ohne selber geschriebene Doktorarbeit.« Entsetzt betrachtet der Horvath die Nadel an Mimis Hals. Langsam lässt der Horvath das Messer auf den Tisch fallen und tritt, wie von Senta Braun angeordnet, mit erhobenen Händen zurück. »Spätestens wenn man unsere Leichen findet, wird die Forensik aktiv werden. Du weißt selber, dass man DNA von dir finden wird.«

Senta Braun schubst die Mimi in einer fließenden Bewegung zurück auf die Couch und reißt dabei das Messer an sich.

»Natürlich wird man meine DNA finden, denn zufälligerweise verzeichnet deine E-Card einen Hausbesuch für die Nachbehandlung deiner Kopfwunde, die ich als Notärztin erstversorgt hab.«

»Beim LKA arbeiten keine Trottel. Zwei weitere Morde werden nicht als Zufall eingestuft werden.«

Senta Braun verdreht die Augen. »Das beleidigt meine Intelligenz. Was glaubst du denn, was sich in der Spritze befindet? Irgendein Pharmazeutikum aus meiner Hausapotheke, für das ich mir brav ein Rezept ausg'stellt hab? Es ist Heroin. Eine tödliche Dosis für jeden von euch, falls du nicht selber draufgekommen bist. Aber seht auch das positiv. Die Entscheidung liegt bei euch. Entweder ich stech euch aus Notwehr ab, weil ihr mich in eurer Wohnung gefangen gehalten habt, oder ihr setzt euch die Spritzen selber und schlaft friedlich nebeneinander ein. Damit bleibt für mich das Restrisiko, dass einer von euch den goldenen Schuss überlebt, aber wie ich schon gesagt hab, ich bin kein Unmensch.« Die Ärztin lacht schrill und wirft dem Horvath ein Klebeband zu, das sie in der anderen Tasche ihres Kleides aufbewahrt hat. »Ein Malerband, das hinterlässt keine Spuren auf der Haut. Du darfst die kleine Hexe damit fesseln, ich wett, das hat sie dir noch nie erlaubt.«

Der Horvath dreht die Rolle in seinen Händen, um Zeit zu schinden. »Damit kommst du nicht durch.«

»Ein bisserl Schnupftabak hier, ein paar Kröten- und Dschungeldrogen da, dazwischen ein paar Schwammerl. Nicht zu vergessen das Zeug, das ihr den Alten eingeflößt habt. Von da ist es nur ein kleiner Schritt zu härteren Drogen.«

»Alles, was ich ihnen gegeben hab, waren positive Glaubenssätze. Mehr als Liebe und Zuwendung war gar nicht nötig.«

»Gusch jetzt, ich –«

Senta Braun macht vor Schreck einen Sprung nach hinten. Die Spritze gleitet aus ihren Händen, fällt auf den Laminatboden und rollt hinter die Kommode, auf der Mimis riesige Buddhafigur hockt. »Scheiße. Was soll das?« Die Klinge des Messers zuckt in Mimis Richtung, die mit weit aufgerissenem Mund dasitzt und gackert. »Wennst mich noch einmal so erschreckst, mach ich kurzen Prozess mit dir. Und jetzt gusch!«

Die Mimi verstummt, und Senta Braun fasst sich an den Kopf. »Um euch zwei Narren ist es sicher nicht schad. Und jetzt verkleb deiner Kleinen die Hände hinter dem Rücken. Am besten auch das Maul. Sofort!«

Ein Scheppern hallt durch den Gang. »Was ist das?«, fragt Senta Braun und sieht hektisch über ihre Schulter. »Wer ist noch in der Wohnung? Ist das dieser Elvis?«

Aus Mimis Augen schwappen Tränen. »Bitte tu ihm nichts. Er hat sicher noch nichts mitbekommen.«

Nervös steigt die Ärztin von einem Fuß auf den anderen. »Langsam herkommen«, schafft sie der Mimi an, die gehorsam aufspringt und mit erhobenen Händen auf Senta Braun zugeht. Die Arme der Ärztin nehmen Mimi in einen festen Griff.

»Schieb dein Handy über die Tischkante«, wendet sie sich an den Horvath. Der Horvath gibt seinem Telefon einen Schubser und sieht zu, wie Senta Braun es mit den Absätzen ihrer Stöckelschuhe zertrampelt.

Den Horvath fest im Blick, zerrt sie die Mimi rückwärts aus dem Wohnzimmer. »Keine blöden Aktionen, sonst schlitz ich ihr den Hals auf.«

Der Horvath beugt sich nach vorne, um Senta Braun im Blick zu haben, die die Mimi wie einen Schutzschild vor sich herschiebt.

»Wo ist er?«, zischt die Ärztin.

Wieder rumpelt es.

»Elvis, sperr das Bad zu!«, ruft die Mimi und windet sich in Senta Brauns Griff.

»Der Schlüssel steckt außen, du hohle Nuss«, flüstert Senta Braun. »Bei drei öffnest du die Tür. Eins, zwei, drei.«

Die Mimi reißt die Tür zum Badezimmer auf und duckt sich. Kinskis Schnabel fährt aus der Dunkelheit auf Senta Brauns Kopf zu. In seinen Augen funkelt die Wut, die sonst nur der Horvath bei ihm hervorruft. Senta Braun lässt das Messer fallen und stürzt rücklings gegen die Garderobenhaken. Die Mimi tritt mit dem Fuß gegen das Messer und kickt es zurück ins Wohnzimmer, während Kinski gurrend auf die schreiende Senta Braun einpickt.

So gut, wie sein marodes Bein es zulässt, stürmt der Horvath auf die Ärztin zu und reißt das Hochzeitsbild von Shaman und Maria von der Wand. Mit voller Wucht zerschmettert er den Glasrahmen am Kopf der Ärztin, die wie eine verdrehte Marionette zur Seite kippt und regungslos am Boden liegen bleibt.

Epilog

Sieben Monate später

Der Horvath wippt nervös mit dem Fuß. Krankenhäuser haben ihm seit jeher Unbehagen beschert. Da nützt es auch nichts, dass sich schon die zweite Hebamme ein Autogramm von ihm geholt hat. »Müsst so eine Operation nicht viel schneller gehen?«, fragt die Mimi. Der Unmut über den geplanten Kaiserschnitt ist ihrem Gesicht abzulesen. »Nicht jeder ist motiviert, sein Kind bei Vollmond unter Wölfen zu gebären«, gibt er grantig zurück. Er hat den Telefontermin mit dem neuen Verlag verpasst. Außerdem kratzt der Rollkragenpullover, den die Mimi ihm gestrickt hat, am Hals. Seit sie im neuen Haus ihr eigenes Handarbeitszimmer bezogen hat, produziert sie Kleidungsstücke wie am Fließband. Er zupft am Kragen und verzieht den Mund.

»Auf Koh Phangan haben wir das optimale Wetter für euch Europäer. Dort bräuchtest so einen nicht«, meldet sich der Elvis zu Wort, für den es kein anderes Thema als diese Insel gibt. »Kommts halt mit, wenn ich zurückflieg. Die Wärme tut euch sicher gut.«

Der Horvath starrt in sein braun gebranntes Gesicht und versucht sich vorzustellen, welche Figur er mit seinem Hüftspeck und der bleichen Haut am Strand abgeben würde. Der Gedanke an die Mimi im türkisblauen Wasser gefällt ihm hingegen schon besser. Und leisten könnten sie sich die Reise allemal.

»Hase, was sagst du zu der Idee?«, fragt die Mimi, setzt sich auf seinen Schoß und schlingt die Arme um seinen Kopf. »Die Jacky ist auch superbegeistert von der Insel und vom Yoni-Resort, hat sie mir g'schrieben.«

»Sie ist eine unserer wertvollsten Bewohnerinnen. Und sie kümmert sich so herzlich um die frisch angekommenen Göttinnen im Resort.«

Die Mimi rutscht auf den freien Sessel neben dem Horvath und zieht ihr Handy aus der Manteltasche. »Hast du es schon g'sehen?« Sie scrollt langsam über den Bildschirm. »Frau Dr. Brauns Anwältin plädiert auf Schuldunfähigkeit, schreibt die Kronenzeitung.«

»Deppert sein ist kein Grund, nicht ins Häfn zu müssen. Frag die Conny.«

Auf Mimis Display ploppt eine Textnachricht auf. Rasch schiebt sie ihr Handy zurück in die Tasche.

»Von wem war die?«

Die Mimi zögert. »Von meinen Eltern. Sie beglückwünschen die Marilou und den Shaman zur Geburt.«

»Da wird mir ganz warm in der Speiseröhre«, entgegnet der Horvath. Er weiß, dass es nicht angebracht ist, jetzt eine Diskussion zu entfachen, aber komplett verkneifen kann er es sich nicht. »Wann lern ich deine Eltern kennen?«

Die Mimi drückt ihm einen Kuss auf die Nase. »Beim nächsten Mord lernst meine Eltern kennen. Pachamamas Ehrenwort.«

»Das wird gleich so weit sein, wenn ich noch länger hier herumsitzen muss.« Der Horvath wirft einen Blick auf die Uhr im Warteraum. »Wenn der Kleine nicht bald raus ist, können s' ihn direkt einschulen.«

Der Horvath streckt die Beine von sich und gähnt. Ein älterer Mann auf der gegenüberliegenden Sitzreihe lässt das Handy sinken und starrt auf einen Wagen, den ein jüngerer Mann vor sich herrollt. Er springt auf, während er den Blick nicht von dem winzigen blassen Bündel Mensch, das darin liegt, abwendet. Tränen schimmern in den Augen beider Männer. »Da ist der Opa«, sagt der jüngere Mann in Richtung des Babys. »Der wird mit dir Fußball spielen und dir ganz viel Blödsinn beibringen.«

Verstohlen zieht der Horvath den Ärmel seines Pullovers über die Hände und wischt sich über die Augen. Sein eigener Vater wäre auch in der Lage gewesen, seinem zukünftigen Sohn Blödsinn beizubringen. Zudem dreckige Witze, das Mundharmonikaspielen und den spektakulärsten Schraubensprung in die Donau.

Eine Krankenschwester kommt mit einem üppigen Blumenstrauß den Flur entlang auf sie zu. »Die Dame hat gesagt, ich kann den Strauß für die baldige Mami bei Ihnen abgeben.« Die Mimi greift nach den Blumen. »Vielen Dank«, erwidert sie und klappt neugierig die kleine Karte, die daran baumelt, auf. »Von der Bürgermeisterin. Wie lieb, dass sie an die Maria und den Shaman gedacht hat.«

Für die werdenden Eltern. Alles Liebe für diese kommende magische Zeit. Eure Paula Schellberger

»Eine gute Frau«, murmelt der Horvath und denkt an die große burschikose Blondine, die als erste Amtshandlung den Bau der Seilbahn gestoppt und zusammen mit den Dorfbewohnern den Kinderspielplatz saniert und einen Kräutergarten in der Volksschule angelegt hat.

Der Wecker von Horvaths Handy vibriert in der Hosentasche und erinnert an den nächsten verpassten Termin mit seinem neuen Nachbarn Karli, der sich in regelmäßigen Abständen um die Wartung seines Computers kümmert. »Mimi, ich fahr zurück nach Stein.«

Die Mimi runzelt die Stirn. »Jetzt? Der Elvis und ich wollten gerade ein Geburtsmantra singen.«

Rasch steht der Horvath auf und greift nach seiner Jacke. »Dann ist es genau der richtige Zeitpunkt. Wir sehen uns …«

»Du bist die Hauptperson«, insistiert der Elvis. »Du kannst jetzt nicht gehen.«

»Nur weil der Kleine meinen Vornamen bekommt?«, fragt der Horvath. Shamans Idee, das Baby nach ihm zu benennen, war nur im ersten Moment schmeichelhaft, als die Medikamente gegen die Schmerzen in seinem gebrochenen

Bein seinen Verstand getrübt und ihn unter einen temporären Drogenrausch gesetzt hatten.

Die Mimi nimmt seine Hand und manövriert ihn zurück auf den Sessel. Mit ihrem plötzlichen Stöhnen zieht sie die Blicke des vorbeilaufenden Krankenhauspersonals auf sich. »Sa Ta Na Ma, Sa Ta Na Ma«, beginnt sie zu singen, und der Elvis stimmt mit ein.

Der Horvath legt die Hände vor die Augen, um die Blicke der Leute nicht sehen zu müssen. »Hörts auf zu keuchen. Die Maria kriegt das Kind, nicht ihr zwei.«

»Der Geburtsprozess ist so wichtig für ein Baby, deshalb müssen wir uns mit ihm verbinden, wenn wir schon nicht dabei sein dürfen«, erklärt die Mimi. Ihr abwechselndes Stöhnen und Singen geht in einen Ruhezustand über. Ihre Pupillen weiten sich. »Es kommt ... Es kommt ... Oh ja, ich spüre, dass das Baby jetzt da ist.«

»Gratuliere«, grummelt der Horvath und wendet sich demonstrativ von der Mimi und dem Elvis ab.

Die Tür zum Kreiszimmer öffnet sich, und Shamans Gesicht taucht vor ihnen auf. Nie zuvor hat er den Guru derartig grinsen gesehen. In OP-Kleidung kommt er heraus, den kleinen Menschen fest in seinen Armen.

Der Horvath ist der Erste, der aufspringt und auf ihn zueilt. Seltsam fremde Gefühle durchströmen ihn, als er das Baby ansieht. »Die Frisur kommt ganz nach dir, aber bitte setzts ihm trotzdem keine Perücke auf.«

Der Shaman lacht und dreht sich so, dass die Mimi und der Elvis ebenfalls einen Blick auf das Baby erhaschen können.

»Mah«, fiepst die Mimi. »Superlieb.«

»Gut gemacht, Guru.« Der Horvath legt seine Hand auf Shamans Schulter und drückt sie. »Ich bin stolz auf dich, mein Freund.«

Dann spürt er Bewegung hinter sich und dreht sich um. Die alte Frau wirkt seltsam fehl an diesem Ort, wo das Leben gerade beginnt, während ihres langsam, aber sicher ausklingt.

»Wie heißt er denn?«, krächzt sie und schiebt ihren Rollator an Shaman und das Baby heran.

»Er heißt –«, setzt der Horvath an und wird vom Guru unterbrochen.

»Ach, das wissts ihr ja noch gar nicht. Es ist überraschenderweise doch ein Mädchen geworden, und sie wird Mimi heißen.«

Hulatsch, Christel
christel.hulatsch@gmail.com
Do., 19. Juni, 19.51 Uhr
an mich

Sehr geehrte Damen und Herren,

mit Vorfreude habe ich die beiden Bände der Kommissar-Krüger-Krimireihe von Autor Horvath, die in Ihrem Verlag erschienen sind, gekauft. Nach den ersten fünfzig Seiten war mein Enthusiasmus jedoch dahin, und ich habe mit dem Gedanken gespielt, die Bücher dem diesjährigen Sonnwendfeuer zu opfern.

Ich habe selten so stumpfe, einfältige und klischeehafte Figuren erlebt. Kommissar Krüger ist ein patriarchalisches Fossil, dessen »Charme« mir ohne Berücksichtigung der schlechten Sprache, auf die ich noch zu sprechen komme, Brechreiz beschert. Gegenspieler und Nebenprotagonisten haben die Tiefgründigkeit von Pappaufstellern. Selbst die Figuren auf Verkehrsschildern haben mehr Persönlichkeit. Dazu die plumpen, chauvinistischen Sexszenen, die so erotisch sind wie der Beipackzettel eines Sedativums und die Handlung eher in die fünfziger Jahre als ins nächste Kapitel tragen.

Und dann ist da noch der Schreibstil. Ich schätze stilistische Experimente, aber die Metaphern in diesem Buch sind so deplatziert, dass ich mich frage, ob der Autor »Wörterroulette« gespielt hat, denn anders lassen sich diese rhetorischen Unfälle nicht erklären. Ein Beispiel *gefällig?* »*Seine Ideen sprudelten hervor wie aus dem rostigen Wasserhahn einer verlassenen Scheune.*« *Sind die Ideen rot, metallisch, ein Korrosionsprodukt, oder was genau will uns der* »*Künstler*« *damit sagen? An vielen Stellen habe ich mich gefragt, ob selbst das Lektorat bei der Hälfte dieses unerträglichen Buches kapituliert und die Katze im Sack veröffentlicht hat.*

Herr Horvath mag durch das zufällige Lösen eines Mordfalls den Titel »*Bestsellerautor*« *erlangt haben, aber seine Talente sollte er lieber anderweitig einsetzen. Wie wäre es mit Origami? Da kann er auch mit seinen viel zitierten Ecken und Kanten spielen. Am besten startet er mit dem Papier, das für den Druck seiner Krimis vergeudet worden ist.*

Mit besten Grüßen
Christel Hulatsch

Danksagung

Es ist leicht, sich in den düsteren Winkeln der menschlichen Seele zu verlieren, aber es ist schwierig, dabei die Komik des Abgrundes zu erkennen. Mein Dank gilt daher allen, die mich auf diesem kuriosen Weg begleitet haben, in welcher Form auch immer.

Zuerst möchte ich Horvath und Shaman danken, die es auf wundersame Weise erneut geschafft haben, sich nicht gegenseitig abzumurksen, ich brauch euch nämlich noch für mindestens einen weiteren Band.

Ein großer Dank geht an all die Menschen, die nicht die Polizei gerufen haben, obwohl sie meinen Google-Suchverlauf gesehen haben, oder die ich mit Fragen über das Anzünden von Leichen und Bauwerken oder den perfekten Wahlbetrug konfrontiert habe.

Vielen Dank auch an den Emons Verlag, im Speziellen an meine Lektorinnen, die meine Grammatik retten und immer das Beste aus meinen Büchern herausholen.

Besonderen Dank an die Pizzeria, die mich mit Gratis-Pizzen offiziell zur Provinz-Prominenz gemacht hat.

Natürlich vergesse ich nicht meinen Trainer und Manager, der mich jeden Tag auf meinem Weg begleitet und unterstützt, der meine Lesetouren, meine Auftritte und alles Organisatorische koordiniert und plant und auf den ich mich in jeder Situation verlassen kann. Vielleicht hast du sogar einmal Zeit und Lust, eines meiner Bücher zu lesen!

Zuletzt, aber keineswegs weniger wichtig, danke ich meinen Lesern. Ihr seid die mutigen Seelen, die sich in die Abgründe meines schwarzen Humors wagen. Die, die mich auf meinen Lesungen und Signierstunden mit ihrem Lachen anstecken, inspirieren und motivieren. Ohne euch wären meine Geschichten nur Bilder im Kopf.

Wenn ihr euch für seltsame und private Einblicke in meinen Schriftstellerinnenalltag interessiert, besucht mich gern auf Instagram: autorin_andrea.walter. Etwas seriöser geht's auf meiner Website zu, wo ihr Infos zu Terminen und Veranstaltungen findet: www.diewalter.at. Und wenn ihr euch als Opfer in meinem nächsten Buch wiederfinden wollt, ärgert mich gern mit einer fiesen Nachricht.

Kurz zusammengefasst – herzlichen Dank an: Georg Bischof, Teresa, Magdalena, Familie und Freunde, Julia Lorenzer, Leslie Schmidt, Stefanie Rahnfeld und das restliche Emons-Team, Gemeinderätin Petra Eichberger, LKA-Chef Stefan Pfandler, Stefan P. (Forensiker), Victoria Stahl, Judith und Thorsten Ulrich, die meinen Fanclub leiten, alle Bibliotheken und Buchhandlungen für die tolle Zusammenarbeit, meine treuen Follower, Leserinnen und Leser, Lieferando, Iglu und Knorr, die mich in intensiven Schreibzeiten vor dem Hungertod bewahren, die inspirierenden Menschen in meiner Heimat, alle bisherigen Blogger, Rezensenten und Kooperationspartner.

Fanny Svoboda
MARILLENKNÖDELMORD
Broschur, 224 Seiten
ISBN 978-3-7408-2212-5

Ein vergifteter Marillenknödel wird dem allseits verhassten Obstbauern Berti zum tödlichen Verhängnis. Blöd nur, dass die Polizei den Falschen verhaftet. Das ruft den erfolglosen Krimiautor Horvath auf den Plan, denn im Ermitteln kennt er sich aus, zumindest in der Theorie. Gemeinsam mit seiner Freundin Mimi macht er sich in dem kleinen Wachauer Provinzdorf auf die Suche nach dem wahren Täter – und wirbelt dabei mächtig Staub auf.

Unter ihrem Klarnamen erschienen:

Andrea A. Walter
DEINE WAHRHEIT IST DER TOD
Broschur, 352 Seiten
ISBN 978-3-7408-2223-1

Klara Adam ist nach dem Tod ihrer Eltern Alleinerbin eines Wachauer Weinimperiums. Als sie Jonas kennenlernt, scheint ihr Leben eine glückliche Wendung zu nehmen. Doch kaum lässt sie sich darauf ein, häufen sich seltsame Vorkommnisse. Klara geht es körperlich und psychisch zunehmend schlechter. Erscheinungen ihrer herrischen Mutter und das Eindringen eines Fremden in ihr Anwesen bringen sie an den Rand des Wahnsinns. Entspringen die Geschehnisse ihrer Phantasie, oder treibt jemand ein perfides Spiel mit ihr? Und welche Rolle spielen dabei Jonas und ihre Halbschwester Marisa?

www.emons-verlag.de